폭포의 밤

폭포의 밤

미치오 슈스케

김은모 옮김

청미래

IKENAI 2 いけない 2

by MICHIO Shusuke 道尾秀介

Copyright © 2022 MICHIO Shusuke

All rights reserved.

Original Japanese edition published by Bungeishunju Ltd., in 2022.

Korean translation rights in Korea reserved by Cheongmirae Publishing Company, under the license granted by MICHIO Shusuke, Japan arranged with Bungeishunju Ltd., Japan through Korea Copyright Center Inc.

옮긴이 김은모(金恩模)

경북대학교 행정학과를 졸업했다. 출판 번역가로 활동하며 다양한 작가의 작품을 소개하고자 노력하고 있다. 옮긴 책으로 미치오 슈스케의 『절벽의 밤』, 『수상한 중고상점』, 우타노 쇼고의 『밀실살인게임』 시리즈, 고바야시 야스미의 『앨리스 죽이기』, 『클라라 죽이기』, 이사카 고타로의 『화이트 래빗』, 『후가는 유가』, 미야베 미유키의 『비탄의 문』, 후지마루의 『너는 기억 못하겠지만』을 비롯해 『이상한 그림』, 『방주』, 『나쁜 것이 오지 않기를』, 『신의 숨겨진 얼굴』, 『사랑할 수 없는 두 사람』 등이 있다.

편집, 교정_김미현(金美炫)

폭포의 밤

저자 / 미치오 슈스케

역자 / 김은모

발행처 / 도서출판 청미래

발행인 / 김실

주소 / 서울시 용산구 서빙고로 67, 파크타워 103동 1003호

전화 / 02 · 739 · 1661

팩시밀리 / 02 · 723 · 4591

홈페이지 / www.cheongmirae.co.kr

전자우편 / cheongmirae@hotmail.com

등록번호 / 1-2623

등록일 / 2000. 1. 18

초판 1쇄 발행일 / 2023. 10. 30

값 / 뒤표지에 쓰여 있음

ISBN 978-89-86836-92-9   03830

차례

제1장

묘진 폭포에서 소원을 빌어서는 안 된다

1

학교에서 돌아온 모모카는 우편함을 들여다봤다. 연하장이 두 장 들어 있었다. 연초가 지났는데도 매일 몇 장씩은 온다. 이제 1월도 8일이니까 슬슬 마지막일지도 모르지만.

한 장은 부모님, 다른 한 장은 언니 히리카 앞으로 온 연하장이었다. 연하장 오른쪽 아래에 그려진 귀여운 쥐 일러스트, 그 입에서 부풀어오른 말풍선 속에 글씨가 적혀 있었다.

히리카, 빨리 돌아와. 다들 기다리고 있어. 쪽!

보내는 사람에 이름이 적힌 여섯 명은 아무래도 언니와 같은 반 친구들인 듯했다. 받는 사람에 '오자와 히리카'라고 썼지만, 실제로는 이 집에 사는 가족에게 보낸 것이리라. 아빠, 엄마, 모모카에게. 자신들은 히리카를 잊지 않았다고 말하고 싶어서. 히리카가 어딘가에 살아 있다는 사실을 지금도 믿는다고 알리고 싶어서. 마지막 "쪽!"도 심각한 분위기를 덜어내기 위해 덧붙인 표현이 틀림없었다.

다들 언니가 이 세상에서 사라졌다고 생각하지 않는다. 아빠, 엄마, 모모카에게 배달된 연하장의 숫자가 평년과 별다르지 않은 건 아마 사람들의 그러한 마음의 표현일 것이다. 만약 올해만 연하장을 보내지 않는다면 오자와네에 초상이 났다는 걸 받아들이는 셈이니까. 히리카 앞으로 온 연하장은 오늘 배달된 이 한 장뿐이지만, 그건 그저 언니가 지금 집에 없기 때문이다.

모모카는 우리 집에는 죽은 사람이 없다고 속으로 중얼거리며 미닫이문을 밀었다. 언니는 분명 어딘가에 살아 있다. 1년 동안 돌아오지 않았을지언정, 경찰과 소방대원들이 언니를 찾아내지 못했을지언정. 고코 강 물가에 흠뻑 젖은 '테리베아 선생님'이 떨어져 있을지언정.

부엌을 들여다보자 스웨터 소매를 걷어붙인 엄마가 커다란 냄비 속을 휘젓고 있었다.

"카레야?"

"아, 왔니? 오사다 씨가 참나리 뿌리를 수북하게 가져다주길래 넣어서 끓였지."

"카레랑 잘 맞을까?"

"글쎄, 감자 대신 넣어봤는데 어떠려나."

언니가 있었을 때는 학교가 쉬는 날, 또는 오늘처럼 오전에 끝나는 날에 일부러 집에 와서 이렇게 점심을 차려주지 않았다. 아빠와 엄마가 모란 천맥阡陌에서 작업하다 먹을 주먹밥을 2인분 더 만들어서 테이블에 놓아두었을 따름이다. 하지만 지금은 이렇게 카레나 채소국, 닭고기 우엉 조림을 만들어준다. 자기들은 변함없이 바쁘게 일하다가 짬을 내 주먹밥을 먹으면서.

"언니 앞으로 연하장이 왔어."

"어, 그래? 해마다 아슬아슬하게 보내는 사람이 있다니까. 마쓰노우치(신년에 대문 앞에 소나무 장식을 세워놓는 기간을 가리킨다. 보통 1월 1일부터 7일까지다/옮긴이)는 어제까지니까 아슬아슬하게 세이프가 아니라 아웃이지만……이런 소리를 하면 벌 받는다카레."

"뭐?"

"받는다카네."

"하나도 재미없어."

그래도 모모카는 웃었다. 테이블에는 접시와 스푼이 두 개씩 놓여 있었다. 하나는 모모카, 다른 하나는 히리카 것이었다. 언제 돌아올지 모른다면서 엄마는 반드시 언니 식기도 같이 준비했다. 점심은 모모카와 히리카가 먹을 2인분, 아침과 저녁은 자신과 아빠까지 포함해서 4인분을 차린다. 하지만 지금까지 매번 언니의 식기는 사용되지 않고 찬장으로 되돌아갔다.

어쩌면 엄마가 이렇게 점심에 카레를 만들게 된 건, 언니를 위해 만든 주먹밥을 나중에 버리거나 본인이 먹기 싫어서일까. 사용되지 않은 식기를 조용히 찬장에 넣는 편이 그나마 나은 걸까.

"오늘로 딱 1년이네."

언니가 사라진 건 작년 1월 8일.

오늘처럼 개학식이 있었던 날 오후였다.

"그러게, 1년."

엄마는 국자를 냄비 가장자리에 캉, 캉, 두드려 붙어 있던 카레를 냄비 안에 떨어뜨렸다. 하지만 그 국자를 어디에 치우거나 하지는 않고, 결국 냄비에 다시 담갔다. 등을 돌리고 있지만 엄마의 둥그런 두 뺨이 치켜올라가 있음을 알 수 있었다. 아까 모모카가 부엌문을 열기 전에는 과연 어땠을까.

"지금 언니가 돌아오면 나랑 같은 학년인가."

"쌍둥이 같아서 재미있겠네."

"응, 즐거울 것 같아."

실종 당시 언니는 고등학교 2학년이었다. 하지만 기말고사를 치르지 못한 데다가 출석 일수도 모자라서 올해에도 2학년 학생부에 이름이 실려 있다. 즉, 연년생인 모모카와 같은 학년이 되었다.

"옷 갈아입고 올게."

"엄마는 일하러 빨리 가봐야 하는데, 카레 떠놓을까?"

"내가 할게."

"넌 늘 밥을 조금밖에 안 먹잖아."

"다들 그러는데 뭘."

모모카는 부모님 앞으로 온 연하장을 테이블에 놓고 부엌을 나섰다.

"엄마, 너무 무리해서 일하지는 말고. 아직 경과를 관찰하는 중이니까."

복도에서 돌아보고 말하자, 엄마는 등을 돌린 채 손을 들어 대충 오케이 사인을 만들었다.

"언니가 돌아왔을 때 건강한 모습을 보여줘야지."

2층으로 올라가서 히리카의 방에 들어갔다. 책상에는 지난 1년 동안 언니 앞으로 배달된 엽서와 편지, 광고 우편물 등이 약 3센티미터 높이로 쌓여 있다. 모모카는 그 옆에 오늘 배달된 연하장을 내려놓았다. 스마트폰으로 사진을 찍고, 뒤집어서 반대편도 찍었다.

연하장 왔어-.

메시지를 곁들여서 히리카에게 사진을 보냈다. 그대로 잠시 기다려보았지만, 지금까지 수백 번의 메시지를 보냈을 때와 마찬가지로 읽음 표시는 뜨지 않았다. 모모카는 눈썹을 살짝 치켜세우고 메시지 앱을 닫았다. 언제부터 이런 버릇이 생겼을까. 언니에게 보낸 메시지에 읽음 표시가 뜨지 않을 때, 모모카는 이렇게 눈썹을 살짝 치켜세우고 앱을 닫는다. 엄마처럼 뺨을 끌어올리기는 힘들지만, 눈썹 정도라면 치켜세울 수 있었다.

모모카와 부모님뿐만 아니라 분명 언니 친구들도 메시지를 수없이 보낼 것이다. 연하장을 대신한 메시지도 많이 보냈을 테고, 생일이 있는 5월에는 메시지를 더 많이 보내지 않았을까. 모든 메시지에 한꺼번에 읽음 표시가 뜨는 건 오늘일지도 모르고, 내일일 수도 있다. 어쨌거나 그런 날은 반드시 온다.

1층에서 현관문이 여닫히는 소리가 났다. 창가로 다가가 밖을 내다보자 다운재킷을 입어서 펑퍼짐해진 엄마의 뒷모습이 눈에 들어왔다. 눈이 살짝 쌓인 땅에 조심스레 발을 내디디며 모란 천맥 쪽으로 걸어가고 있었다. 모란 천맥은 요 부근에서만 사용하는 독특한 명칭인가 본데, 다른 지역에서는 뭐라고 할까. 천맥이란 내다 팔 모란을 키우는 곳으로, 봄부터 초여름 사이에는 빨간색, 흰색, 분홍색 꽃들이 가득하다. 지금 이 시기는 한모란 철이므로 모종마다 앞이 트인 고깔 모양의 덮개를 짚으로 만들어 씌워놓았다. 그렇게 보온함으로써 계절을 속여서 겨울에 모란꽃을 피운다고 했다. 지금처럼 2층 창문으로 내다볼 때 색색의 꽃들이 늘어서 있는 모습도 예쁘지만, 짚으로 만든 고깔모자 또한 귀여워서 좋았다. 눈이 많이 내리는 지역 사람들이 착용하는 모자 달린 도롱이와도 비슷하고, 초가지붕을 인 작은 집 같아 보이기도 했다.

이곳 미고오리 시에는 모모카의 부모님이 운영하는 '오자와 종묘' 외에도 모란 농가가 많았다. 초등학교와 중학교 때는 물론, 지금도 부모님이 모란 농사를 짓는 아이가 한 반에 대여섯 명은 있었다. 1년에 두 번, 5월의 황금연휴와 1월의 사흘 연휴에 모란 축제가 열리면 시민운동 공원에서 각 농가가 모란 화분을 대량으로 판매한다. 다른 현에서도 사람들이 오는데, 따져보면 1월 모란 축제 때

관광객이 더 많았다. 보기 드문 한모란을 접할 기회인 데다, 미고오리 시의 명소인 묘진 폭포를 보러 오는 사람도 있기 때문이다.

오늘은 수요일. 모란 축제는 사흘 후에 시작된다. 모모카의 집을 포함한 모든 모란 농가가 1년 중에 가장 바쁜 시기다. 게다가 올해는 묘진 폭포가 6년 만에 얼어붙었으므로 예년보다 많은 관광객이 찾아올 것이다.

눈을 들자 입김으로 흐려진 유리창 저편에 구름 없는 겨울 하늘이 펼쳐졌다. 모모카가 사는 동네와 시가지 사이에 위치한 해발 약 800미터 높이의 가쿠레이 산이 하늘의 아래쪽을 다갈색으로 덧칠하고 있었다.

어릴 적부터 이렇게 창밖을 내다볼 때면 하늘 아래쪽이 삼각형 모양으로 이가 빠진 것 같은 느낌이 들었다. 하지만 지금은 가쿠레이 산의 존재가 먼저 의식되었다.

1년 전 오늘, 히리카의 자전거가 저 산의 기슭에서 발견되었다. 킥 스탠드가 세워진 상태로 등산로 입구에 있었다고 한다. 스마트폰 위치 정보도 그 부근에서 마지막으로 확인되었다니까, 언니는 스스로 자전거를 타고 등산로 입구까지 갔을 것이다.

모모카는 그날 밤이 될 때까지 언니가 없어진 줄 몰랐다. 개학식을 마치고 돌아와 엄마가 만들어놓은 주먹밥을 언니와 함께 먹은 후로는 내내 자기 방에서 스마트폰으로 동영상을 보고 있었다.

—모모카, 언니는?

일을 마치고 돌아온 엄마가 모모카의 방을 들여다보고 물었다.

―몰라.

―방에 없는데.

그게 밤 8시 조금 전이었다. 엄마의 재촉에 모모카가 언니 스마트폰에 전화를 걸어보았지만, 전원이 꺼져 있었고 메시지를 보내도 읽지 않았다. 둘이서 계단을 내려가자 부엌 테이블에서 아빠가 언짢은 표정으로 차를 마시고 있었다. 엄마가 밖으로 나갔다가 바로 돌아와서 모모카에게 손짓했다.

―자전거가 없어.

엄마는 기분이 언짢은 아빠를 더 자극하고 싶지 않았는지 모모카의 귓가에 속삭였다. 하지만 그렇게 계속 소곤거리고 있으니 아빠가 다가왔다.

―안 들어왔어?

딸들이 아무 연락도 없이 늦게 들어오는 걸 아빠는 옛날부터 몹시 싫어했다. 특별히 엄격한 편은 아니었지만, 그것 하나만큼은 잔소리가 심했다.

셋이서 언니가 들어오기를 기다렸다. 부엌 테이블에 둘러앉아 아빠는 말없이 찻잔만 노려보았고, 모모카는 언니에게 보낸 메시지에 읽음 표시가 떴는지를 계속 확인했고, 엄마는 안절부절못하며 벽시계를 올려다보았다. 아빠가 언니 친구에게 연락해보라고 했지만 모모카도 언니 친구의 연락처까지는 알지 못했다. 언니와 같은 반 친구 집이 모란 농가라서 엄마가 전화를 걸어보았지만 그쪽에서도 아는 바가 없다고 했다. 모모카가 언니의 SNS를 확인해보았지만 사흘 전 날짜로 표시된, U자 모양으로 얼어붙은 젖은 수건 사진이 최근에 올라온 게시물이었다.

9시가 지나자 아빠가 일어서서 현관으로 향했다.

—찾아봐야겠어.

차로 근처를 둘러보러 나간 아빠는 한 시간쯤 후에 돌아왔지만, 모모카와 엄마가 묻기도 전에 고개를 저었다. 그리고 아무 말도 없이 집 전화 수화기를 들고 '1', '1' 하고 버튼을 누른 후, 몇 초 망설인 끝에 '0'을 눌렀다.

수화기에서 새어나온 경찰관의 목소리는, 언니가 고등학생이라서인지 처음에는 과도하게 걱정하는 아빠를 진정시키는 낌새였다. 하지만 아빠가 강한 어조로 대응을 요구하자 마침내 출동 지령을 내렸는지 얼마 지나지 않아 경찰차가 집으로 왔다.

출동한 제복 차림의 젊은 남녀 경찰관은 현관 앞에서 사정을 듣고 즉시 수색을 요청했다. 그 시점에 인원이 얼마나 동원되었는지는 모른다. 하지만 꽤 많은 인원이 움직였을 것이다. 한 시간도 지나지 않아서 집 전화가 울리고, 가쿠레이 산 등산로 입구에서 자전거가 발견되었다는 연락이 왔다. 방범 등록 스티커를 조회한 결과 언니의 자전거가 틀림없다고 했다.

소방대원들도 추가로 투입되어 가쿠레이 산에서 수색이 진행되었다. 가족들은 아빠가 운전하는 차를 타고 셋이서 산으로 향했다. 어둠 속 여기저기서 불빛이 어른거렸다. 모모카와 부모님도 히리카의 이름을 부르며 얼어붙을 듯 추운 겨울 산길을 올랐다. 손전등 하나에 의지해 숨을 헐떡이며 정상에 도착한 후, 발걸음을 돌려 다시 기슭으로 내려갔다.

마침 그때 작업복 차림의 경찰관이 달려와서 확인해줬으면 하는 것이 있다고 말했다. 그가 스마트폰으로 보여준 것은 봉제 인형 사진이었다. 아빠, 엄마, 모모카 모두 그것이 '테리베아 선생님'임을 한눈에 알아보았다. 히라카가 초등학교 2학년 때 선물받은 작은 곰 인형이었다. 선생님 같아 보인다며 언니가 그렇게 이름을 지었다. 검은색 가운, 동그란 검은색 안경, 검은색 사각모. 나중에 언니는 그것이 선생님 복장이 아니라 학생 복장이며, '테리베아'는 '테디베어'라고 알려준 엄마의 말을 잘못 알아들었다는 걸 깨달았지만, 테리베아 선생님은 여전히 테리베아 선생님이었다.

—딸의 인형이에요.

엄마의 대답에 경찰관은 평소 인형을 어디 두느냐고 물었다.

—늘 자기 방 침대에 뒀어요. 다른 곳에 둘 때도 있지만, 집에서 가지고 나가는 건 본 적 없어요.

테리베아 선생님은 가쿠레이 산을 흐르는 고코 강의 물가에서 발견되었다. 물가에 혼자 나뒹구는 테리베아 선생님을 수색대 중 한 명이 발견해 사진을 찍어 보고했다고 한다. 상류 쪽이 아니라 산기슭 부근이었다는데, 언니는 거기로 향한 걸까. 아니면 테리베아 선생님 혼자 상류에서 떠내려온 걸까. 테리베아 선생님의 가운, 안경, 사각모는 전부 멀쩡했다. 하지만 봉제 인형이 흔히 그렇듯 원래부터 몸에 꿰매어놓은 것이라 수사에 도움은 되지 않았다.

테리베아 선생님이 발견되자 고코 강을 중심으로 수색이 진행되었다. 하지만 단서가 될 만한 건 하나도 찾지 못한 채 날이 밝았다. 이후 야간에는 진입하기 어려웠던 가쿠레이 산의 골짜기와 절벽, 산중턱에 있는 묘진 폭포 주변도 수색했지만 언니의 소지품도, 언니도 발견되지 않았다.

사흘쯤 지나자 언론사에 정보가 공개되어 히리카 행방불명 사건이 전국에 뉴스로 보도되었다. 하지만 놀랄 만큼 빨리 관련 뉴스가 줄어들었고, 수색 규모도 점차 축소되었다. 미고오리 경찰서의 수사 담당자가 집으로 찾아와 수색이 중단되었다는 소식을 부모님에게 전한 건, 언니가 사라지고 두 달 후인 작년 3월 초순이었다.

물론 어디까지나 수색 중단이지, 수사 중단은 아니었다. 지금도 경찰은 히리카의 행방을 찾고 있다.

등산로 입구에 자전거를 세운 후 히리카는 대체 어디에 뭘 하러 간 걸까. 집 밖으로 들고 나간 적이 없었던 테리베아 선생님이 왜 고코 강 물가에 떨어져 있었을까. 모든 것이 수수께끼로 남은 채, 지금도 언니가 없는 나날이 흘러가고 있었다.

모모카는 가끔 인터넷에서 언니의 이름을 검색했다. 하지만 나오는 거라곤 이미 몇 번이나 읽은 옛날 뉴스나 실종에 관한 수수께끼를 자기 멋대로 망상하는 개인 블로그, SNS뿐이었다. 며칠에 한 번은 언니가 꿈에 나와서 목욕하고 젖은 머리를 탈의실의 드라이어로 말리거나, 어릴 적처럼 마당에서 함께 줄넘기를 했다. 꿈속에서 모모카는 언니와 대화를 나누지만, 잠에서 깨고 나면 무슨 이야기였는지 기억이 나지 않았고, 기억난들 의미는 없었다.

모란 천맥으로 시선을 되돌렸다.

줄지은 짚 고깔모자 사이에서 엄마와 아빠가 각자 웅크린 자세로 작업하고 있었다.

작년에는 언니가 행방불명된 직후라 부모님이 겨울철 모란 축제에 참가하지 못했다. 축제에 맞춰 꽃을 피운 오자와네의 한모란은 다른 모란 농가가 분담해서 판매했고, 나중에 판매금을 가져왔다고 했다.

─언젠가 농사를 물려받아야 하려나.

행방불명되기 한 달쯤 전, 히리카는 그런 말을 했다.

─뭐야, 갑자기.

─어쩐지 요즘 장래를 자꾸 생각하게 되더라고. 엄마 병이 발견되고 나서부터.

엄마의 오른쪽 유방에서 종양이 발견된 건 그보다 조금 전이었다.

─엄마 병은 수술로 나을 텐데, 뭘.

엄마는 정신없이 바쁜 모란 축제가 끝나면 종양 제거 수술을 받을 예정이었다. 히리카가 행방불명되자 병이 대수냐며 엄마는 수술을 취소하려고 했지만, 아빠와 모모카의 설득에 결국 예정대로 수술을 받았다. 다행히 수술은 성공리에 끝났고, 직접 확인한 건 아니지만 가슴 모양도 원래대로 유지된 듯하다.

─물론 낫겠지만, 내 말은 그게 아니잖아. 엄마의 병 자체를 떠나서 부모님이 언제까지나 건강하지는 않다는 당연한 사실을 깨달은

거야.

무슨 일이 생기면 첫째인 자기가 모란 농가를 물려받아야 하는 걸까, 그런 생각이 들었다고 했다.

―그런 건 싫은데.

―왜?

―엄마, 아빠의 일을 무시하는 건 아니지만 해마다 모란만 키우며 살다니, 뭐랄까, 너무 좁은 세상에서 지내는 느낌이잖아.

―딸들 이름도 모란에서 따오고 말이지?

그래 맞아, 하고 언니는 웃었다. 히리카의 히緋도, 모모카의 모모桃도 모란 색깔에서 따왔다고 아빠에게서 들었다.

―난 나중에 좀더 도시 같은 곳에서 살고 싶어. 딱히 대도시가 아니라 시내라도 상관없어. 하다못해 산 너머라도.

그래서 히리카는 가출한 것 아닐까. 그런 식으로 생각한 적도 있었다. 사건이나 사고에 휘말렸다고 생각하기보다는 분명 그렇게 생각하는 편이 낫기 때문이었다. 하지만 언니가 가족에게 아무 말도 없이 가출할 사람이 아니라는 건 모모카가 누구보다 잘 알고 있었다.

창가에서 물러나 언니 냄새가 나는 침대에 앉았다. 베갯머리에는 경찰에게 돌려받은 테리베아 선생님이 멀뚱히 앉아 있었다. 모모카는 스마트폰으로 테리베아 선생님의 사진을 찍어 메시지와 함께 히리카에게 보냈다.

외로워라.

이어서 한 번 더.

1년 전에 왜 나를 산에 데려갔지?

잠시 기다렸지만 읽음 표시는 뜨지 않았다. 모모카는 눈썹을 살짝 치켜세운 후 메시지 앱을 닫으려 했지만, 마음을 바꿔 인터넷 브라우저에 들어갔다.

여고생, 실종, 테디베어, 이유

검색창에 그렇게 검색해보았지만, 역시 오늘도 지금까지 몇 번이나 보았던 개인 블로그 등등만 나왔다. 실족해서 기절한 채 얼어 죽은 것 아니냐, 고코 강에 빠져서 심장마비를 일으킨 것 아니냐, 유괴된 것 아니냐, 부모가 수상하지 않냐, 요메가 숲에서 길을 잃은 것 아니냐. 모두 무책임한 소리뿐이었다. 요메가 숲은 시의 북부에 위치한 드넓은 수림지로, 확실히 그 안으로 잘못 들어갔다가는 나오지 못할지도 모른다. 하지만 그 숲은 모모카의 집을 사이에 두고 가쿠레이 산의 반대편에 있었다. 아무것도 모르고서 적당히 지껄인 것이다. 이제 화도 나지 않지만.

언니, 테리베아 선생님, 뭐 때문에

그런 검색어로 검색해보았지만 인터넷이 정답을 알려줄 리 없었다. 모모카는 죽 표시된 무관한 검색 결과를 침대에 앉아 멍하니 바라보았다. 화면을 아래로 내리자 '언니'가 나오는 듯한 모르는 만화 관련 기사가 있었고, '선생님' 때문에 검색되었을 초등학교 수업 관련 뉴스도 나왔다.
그때 갑자기 이런 문장이 눈에 들어왔다.

테리베아 선생님과 함께 돌아오고 싶은 것 같기도 하고, 함께 돌아오기 싫은 것 같기도 하고.ㅎㅎ

당장 심장이 쪼그라들고 얼굴이 싸늘하게 식었다.
"뭐야, 이거……."
손끝으로 문장을 눌렀다.
화면이 SNS로 바뀌었다.
아까 전 문장과 함께 테리베아 선생님의 사진이 떴다. 아마도 한 손으로 봉제 인형을 들고서 찍은 듯하다. 배경은 흐릿해서 잘 보이지 않지만 늘어선 나무와 자갈이 깔린 지면과……그 앞쪽에 뭔가가 있었다. 테리베아 선생님의 오른발 옆쪽. 식칼 자루 같은 모양의 갈색 물건. 이 게시물이 올라온 건 1년 전으로, '13:11 01/08'이라고 표시되어 있었다.

히리카가 사라진 날 오후였다.

계정명은 'hirihiri'이고 프로필 사진은 짚 고깔모자를 씌운 진홍색 모란이었다. 팔로잉도 팔로워도 없었다. 게시물은 고작 세 개. 테리베아 선생님을 찍은 사진 전후에 한 건씩 게시물이 있었다.

첫 번째 사진을 열었다. 날짜는 13:06 01/08. 조금 떨어진 곳에서 부모님의 모란 천맥을 찍은 사진이었다. 죽 늘어선 고깔 모양 덮개. 그 사이에 쪼그리고 앉은 엄마의 뒷모습. 분명 문설주 부근에서 찍은 것이었다. 함께 적힌 글은 이제부터 부모님께 효도.

이건 히리카의 비밀 계정일까. 언니는 늘 사용하던 계정 말고 비밀 계정을 만들어 게시물을 세 개만 올린 걸까.

세 번째 사진을 열었다. 날짜는 13:58 01/08이고 커다란 나무를 찍은 사진이었다. 하지만 가지고 잎이고 없이, 나무줄기가 도중에 수평으로 잘려나갔다. 가쿠레이 산의 기슭, 등산로 입구에 있는 귀신 은행나무였다. 원래는 크기가 30미터에 가까운 거목이었지만, 나이가 들어 줄기가 썩는 바람에 언제 쓰러질지 모를 위험한 상태였으므로 위쪽을 잘라냈다고 초등학교 때 배웠다.

"……손잡이."

그제야 모모카는 처음에 보았던 식칼 자루 같은 물건의 정체를 알아챘다. 테리베아 선생님 뒤편에서 찍힌 자전거 손잡이였다. 1년 전 오늘, 히리카는 일단 집 문설주 부근에서 엄마의 사진을 찍어서 비밀 계정에 올렸다. 그리고 자전거를 타고 가던 도중 테리베아 선생님 사진을 올렸고, 마지막으로 등산로 입구를 찍어서 올렸다.

믿든지 말든지는 너한테 달렸지. ㅎㅎ

마지막 사진에는 그런 글이 적혀 있었다. 믿는다니 대체 뭘. 언니는 테리베아 선생님을 데리고 가쿠레이 산에 뭘 하러 간 걸까. 모모카는 침대에 앉은 채 게시글 세 개를 번갈아서 다시 들여다보았다. 그러는 사이에 어떤 생각이 머릿속에 떠올랐다.

그날 언니는 묘진 폭포에 간 것 아닐까.

2

─폭포가 얼면 물은 어디로 흘러?

어렸을 적에 오쓰키는 아버지에게 물어본 적이 있었다.

초등학교 저학년 때였으니까 50년도 넘은 옛날 일이었다. 지금이야 묘진 폭포가 꽁꽁 얼어붙는 게 몇 년에 한 번 있는 진귀한 현상이 되었지만, 그 무렵에는 매년 얼어붙었다. 연말이 지나면 좌우에서부터 서서히 얼다가, 어느 날 마침내 얼음이 한가운데서 합쳐졌다. 그러면 거기에 소리 없는 세계가 출현했다. 전날까지 들렸던 세찬 물소리가 사라지고, 눈앞에는 그저 하얗게 얼어붙은 폭포만 있었다. 높이가 100미터를 넘는 거대한 얼음은 마치 한 폭의 그림 같았다. 하지만 이른 아침이나 땅거미가 내린 어스레한 시간대에는 폭포의 시체 같아 보여서 무서웠다.

─폭포가 얼면 강물은 흐를 곳이 없어지잖아? 어디로 가?

　묘진 폭포는 고코 강이 가쿠레이 산을 통과하는 경로에 있었다. 하지만 폭포가 얼어도 그 위아래에서는 물이 평소처럼 흘렀다. 대체 어떻게 된 건지 오쓰키는 신기했다.

　─어디일 것 같니?

　아버지가 되물었을 때 어떻게 대답했는지는 기억이 나지 않는다. 대답하지 못했는지도 모른다. 찬 기운이 도는 오두막에서 무뚝뚝한 아버지가 가만히 자신의 얼굴을 바라보고 있었던 것만 기억난다. 이윽고 아버지가 눈을 돌리더니 갑자기 산장 문을 열고 산길로 나갔다.

　오두막에서 50미터쯤 떨어진 묘진 폭포는 바위와 나무에 둘러싸인 채 조용히 얼어붙어 있었다.

　─보이지 않을 뿐이야.

　수염에 뒤덮인 얼굴로 아버지는 얼음에 뒤덮인 폭포를 가리켰다. 덩치가 큰 사람이라 얼굴을 보려면 고개를 많이 들어야 했지만, 목소리는 귓가에 속삭인 것처럼 똑똑히 들렸다. 폭포가 얼어붙어 주변이 고요했기 때문이리라.

　─폭포는 얼어붙은 것처럼 보여도 꽁꽁 얼지는 않아. 그저 표면이 얼음으로 덮였을 뿐이지. 강물은 얼음 안쪽을 타고 흐르고 있어.

　─흐르는데 왜 소리가 안 나?

　─물웅덩이에 물을 떨어뜨리면 소리가 나지. 창문에 묻은 물방울이 흐른다고 소리가 나지는 않잖아.

쉰아홉 살의 오쓰키는 추억을 되새기면서 갈퀴로 낙엽을 긁어모았다.

긁어모은 낙엽을 왼손에 든 키에 쓸어담았다.

폭포 관람대 청소는 부모님에게서 산장을 물려받은 오쓰키가 맡은 얼마 되지 않는 일 중 하나였다. 폭포 정면에 설치된 관람대는 다다미 약 열 장 넓이였다(다다미 한 장은 약 0.5평, 1.6제곱미터다/옮긴이). 보기 좋게 꾸민 곳 없이 철제 난간과 바닥이 전부인 구조물로, 사람들은 여기에 서서 묘진 폭포를 바라보거나 사진을 찍었다.

"이거, 이거, 근사하게 얼어붙었네요."

목소리가 들려 돌아보자 구마지마 형사가 서 있었다. 다운재킷 지퍼를 턱까지 올려서 굵은 목이 답답해 보였다.

"멋진 사진 찍으셨습니까?"

구마지마가 장갑 낀 손으로 오쓰키의 목에 걸린 디지털카메라를 가리켰다. 저 장갑 속에는 털이 북슬북슬한 손이 들어 있을 것이었다. 구마지마가 처음 산장을 방문했을 때 오쓰키가 무심코 빤히 바라보자, 구마지마는 그런 시선에 익숙한지 경찰서에서 '곰손'이라고 놀림받는다며 웃었다.

"얼어붙은 폭포를 찍은들 뭐하겠습니까."

"그런가요. 몇 번을 봐도 장관인데요."

구마지마는 미고오리 경찰서의 신입 형사로, 나이는 서른 살 전후일까. 묻지도 않았는데 들려준 바로는 파출소에서 근무하다 교통과에 배치되었고, 지금으로부터 약 1년 전에 형사과로 발령받았다고 했다.

"사흘 후면 겨울철 모란 축제가 시작되니, 오쓰키 씨도 바쁘시겠군요. 얼음 폭포를 보러 오는 사람이 많을 테니까요."

"그렇게 많이 오지는 않아요. 와본들 관람대를 청소하고, 가끔 화장실을 빌려주는 것밖에 하는 일이 없습니다."

"뭐, 그래도 대피소니까, 할 일이 적을수록 좋죠. 저희처럼요."

오쓰키가 기거하는 산장은 원래 대피소 역할을 하는 건물로, 가쿠레이 산에 오르는 사람들이 악천후나 사고 등 긴급한 상황에 맞닥뜨렸을 때 사용하기 위한 곳이었다. 원래는 오쓰키의 부모님이 관리인을 맡아 가끔 찾아오는 등산객에게 식사와 쉴 곳을 제공했다. 그 외 시간에 부모님은 하청받은 산길 정비 작업을 했다.

고등학교를 졸업할 때까지 오쓰키는 꼬박 두 시간을 걸어서 학교에 다녔다. 겨울에는 해가 늦게 뜨고 일찍 지므로 등하교할 때 손전등이 꼭 필요했다. 고등학교를 졸업하고 시가지의 인쇄 회사에 취직했을 때에는 회사 옆에 있는 기숙사에서 지냈지만, 지금은 다시 산장에서 생활하고 있다.

"저까지만 하고 산장은 접을 겁니다."

오쓰키는 서른 살에 이 대피소를 이어받았다. 그해 연말에 어머니가 산장을 나갔다고 아버지에게 들었고, 아버지도 그로부터 한 달 후에 작업 중에 사고로 세상을 떠났기 때문이다.

아버지의 시신은 고코 강 물가에서 발견되었다. 사인은 심장마비였다. 옷과 시신의 상태로 판단하건대 강을 떠내려가다가 그곳으로 밀려올라온 모양이었다. 묘진 폭포 옆에서 아버지가 용소龍沼를 청소할 때 사용하던 그물이 발견되었으므로, 작업 중에 발생한 불행한 사고로 처리되었다. 직장 내 인간관계로 지쳐 있었던 오쓰키는 아버지가 돌아가신 지 얼마 되지 않아 회사를 그만두고 대피소 관리인이 되었다.

"접다니, 왜 또 그런 말씀을."

"의미가 없으니까요."

관리인 자리를 이어받은 지 채 몇 년이 지나지 않아서 해야 할 일이 급격히 줄어들었다. 등산로와는 별개로 차량이 지나다닐 수 있는 넓은 포장도로가 생겼기 때문이다. 시에서 '가쿠레이 마운틴 로드'라고 이름 붙인 그 길을 타고 사람들은 자가용이나 버스로 산 중턱까지 갈 수 있게 되었다. 주차장과 매점이 있는 그 지점에서 입산해 완만하고 좁은 길을 2킬로미터 정도 걸으면 묘진 폭포에 다다를 수 있었다. 대피소를 필요로 하는 사람은 거의 없어졌고, 실제로도 지난 29년 동안 대피소를 찾은 등산객은 손가락으로 꼽을 정도였다. 등산하는 사람은 지금도 있지만, 산속에서 문제가 생겼을 때 대피소로 오기보다는 주차장이나 매점으로 향하는 편이 쉽기 때문이었다.

"대피소는 오래 전부터 존재 의의를 잃었습니다."

가쿠레이 마운틴 로드가 생긴 이후로는 산장 관리인에게 하청을 주던 산길 정비도 전문 업자가 도맡았다. 쓰러진 나무가 산길을 막으면 순식간에 치우고, 가파른 곳에 설치된 로프가 파손되면 당장 새것으로 교환했다. 더는 오쓰키 같은 아마추어가 나설 자리가 없었다.

대피소는 시청 관할이지만, 그러한 조처에 관해 연락이 온 적은 한 번도 없었다. 시에서 왜 여태 대피소를 남겨두는지는 오쓰키도 몰랐다. 부모님 때와 마찬가지로 미고오리 시에서 매달 수당을 계좌에 넣어주지만, 그야 컴퓨터가 자동으로 처리하는 것이리라. 어쩌면 대피소의 존재 자체를 시청에서 잊어버린 것 아닐까.

"그 도로도 편리하긴 하지만요……실제로 저도 이용하고요."

구마지마는 가쿠레이 마운틴 로드로 이어지는 좁은 길에 눈길을 주며 두툼한 입술을 삐죽 내밀었다.

"하지만 아쉽네요. 저렇게 번듯한 도로가 생겼으니, 겨울철에 이 폭포를 보러 오는 관광객이 좀더 늘어날 법도 한데 말이죠."

말과 함께 입에서 허연 입김이 후우 흘러나왔다. 입김은 나무 사이에 둘러싸인 어스름한 폭포 관람대를 잠깐 떠돌다가 배경에 녹아들어 사라졌다.

"얼어붙지 않으면 그냥 폭포니까요."

미고오리 시 입장에서는 겨울철 모란 축제와 함께 묘진 폭포를 관광 자원으로 삼고자 가쿠레이 마운틴 로드를 만들었으리라. 하지만 그 도로가 깔렸을 무렵부터 지구 온난화가 가속되면서 묘진 폭포가 꽁꽁 얼어붙는 모습은 좀처럼 보기 힘들어졌다. 겨울철 관광객이 늘기는 했지만, 분명 시에서 기대했던 수준은 아니었다.

"그건 그렇고 오쓰키 씨. 그후로 뭔가 듣거나 생각나신 일은……

없으실까요?"

"행방불명 사건 말씀이십니까?"

지금으로부터 딱 1년 전에 발생한 여고생 행방불명 사건은 형사과로 발령된 구마지마가 처음으로 담당한 사건이라고 했다. 등산로 입구에서 자전거가 발견되었으니 여고생은 가쿠레이 산으로 향했을 가능성이 크다면서, 사건 발생 직후부터 구마지마가 산장에 여러 번 탐문 수사를 하러 왔다. 처음에는 선배 형사를 따라왔지만, 얼마 지나서부터는 이렇게 혼자 찾아왔다.

"죄송합니다만……여전히 아무것도."

"아니요. 죄송한 건 이쪽이죠. 여태 해결하지 못한 건 저희 책임이니까요."

구마지마는 주먹코에 주름을 잡으며 웃었다. 이 남자는 늘 웃는다. 때로는 무성의하게 느껴지기까지 하는데, 누구에게나 이러는 걸까. 생각하는 사이에 구마지마가 묘진 폭포로 몸을 돌렸다.

"형사가 신에게 소원을 비는 것도 한심한 짓이지만."

구마지마는 가슴 앞에서 손뼉을 짝 친 후 눈을 감았다.

"……그 전설 말씀이십니까?"

"네, 신에 관한 이야기요."

"뭐라고 소원을 비셨는데요?"

물어보자 구마지마는 눈을 감은 채 너무 정직하다 싶은 대답을 내놓았다.

"제가 사건을 해결하게 해달라고 빌었습니다."

묘진 폭포에 전해지는 전설은 어렸을 때 아버지에게서 여러 번 들었다.

—옛날에 한 젊은 남자가 이 산의 기슭에 살았지.

그 남자는 죽은 부모님의 모란 밭을 혼자 돌보며 살았다고 했다.

그러던 어느 날 마을에 거대한 독사가 나타났다. 길이가 8척이나 되었다는 그 독사는 풀숲이나 건물 뒤편, 모란 밭에 숨어 있다가 마을 사람을 공격했다. 공격당한 사람은 그 자리에서 숨지거나, 크게 다친 후 물린 부위에서 온몸으로 독이 퍼져서 죽었다. 마을 사람들은 집 밖으로 나가기가 두려워 모란 밭도 돌보지 못할 지경이었다. 마을의 모란은 한 그루, 또 한 그루 시들어갔다. 그런 상황을 지켜보던 남자는 어느 날 마음을 굳히고 가쿠레이 산에 올랐다. 묘진 폭포에 산다는 신에게 소원을 빌러 간 것이다. 남자는 폭포를 향해 두 손을 모으고 부디 독사를 마을에서 쫓아내달라고 빌었다. 그러자 신이 나타나, 소원을 들어주는 대신 너의 소중한 것을 받아가겠다고 말했다. 남자는 자신이 가장 소중히 여겼던 부모님을 이미 잃었으므로 두말없이 교환 조건을 받아들였다.

그후 마을에서 독사가 사라졌다. 사람들은 원래의 활기를 되찾아 다시 정성껏 모란을 돌보기 시작했다. 하지만 남자가 키우던 아름다운 모란만은 모조리 시들어버렸다.

—하지만 이 이야기는 사실이 아니야.

아버지는 늘 이런 말로 이야기를 끝맺었다.

—저 폭포에 사는 건 그보다 훨씬 무서운 신이지.

말소리가 들리고 중년 여자 몇 명이 폭포 관람대로 올라왔다. 얼어붙은 폭포를 보고 모두 일제히 탄성을 질렀다.

"자, 그럼 일하러 가야겠네요. 오쓰키 씨, 뭔가 생각나거나 하면 연락 주십시오."

구마지마는 중년 여자들에게 다가가서 경찰 수첩을 제시했다. 사건에 관해 물어보는 목소리가 정적으로 가득한 공기를 뚫고 전해졌다.

그 목소리를 들으며 오쓰키는 목에 건 디지털카메라를 쳐들었다. 7-8년 전이었나, 시가지까지 내려가서 구입한 DSLR 카메라였다. 저렴한 물건이지만 노출이니 조리개니 전부 자동으로 설정해주므로, 카메라를 잘 모르는 오쓰키도 나름대로 사진을 찍을 수 있었다.

전원을 켜고 오른쪽에 있는 이미지 재생 버튼을 눌렀다. 사람 머리를 두 개 쌓아올린 정도 크기의 작은 눈사람이 화면에 나타났다. 빨간 두 눈은 식나무 열매였고, 회색 코는 부엌의 음식물 쓰레기에서 꺼낸 모시조개 껍데기였다. 오늘 아침 산장 입구에서 찍은 사진이다. 연초에 심심풀이로 눈사람을 만들어 이렇게 현관 밖을 장식하곤 했다. 문을 사이에 두고 반대편에는 역시 눈으로 만든 그해의 띠 동물을 놓아두는데, 오쓰키는 개인적으로 '십이간지 오뚝이'라고 불렀다. 잘 생각해보면 오뚝이가 아니니까 이 명칭은 잘못되었지만, 남에게 이야기할 것도 아니니 아무래도 상관없었다. 지금까지 만든 십이간지 오뚝이 중에서는 원숭이와 양이 의외로 만들기 어려웠고, 가장 까다로웠던 건 용이었을까. 물론 실물 크기는 아니고, 기껏해야 고양이 정도 크기였다. 추위 덕분에 자잘한 부분까지 표현이 가능했다. 올해도 꼬리가 살짝 말린 모습 등이, 스스로 생각하기에도 제법 잘 만든 것 같았다. 완성도를 평가해줄 사람이 없으니 이 또한 아무래도 상관없었지만.

화면의 버튼을 눌러 일람 표시로 바꾸었다. 모눈 모양으로 죽 표시된 의미도 없는 사진들. 손가락으로 화면을 아래로 문지르자, 위쪽의 오래된 사진이 나타났다. 며칠 거슬러 올라간다, 몇 주 거슬러 올라간다. 몇 달. 반년. 1년.

오쓰키는 손가락을 멈췄다.

어두운 배경 속에 뜬 소녀의 모습이 모눈 중 하나에 표시되었다.

더플코트의 가슴에 박힌 백곰 모양 와펜이 앞으로 일어날 일을 전혀 모른 채 만세를 하고 있다.

—여기서 뭐 하는 거니?

—소원을 빌고 있어요.

—뭐라고 빌었는데?

3

다음 날 오후, 모모카는 가쿠레이 마운틴 로드의 종점에 도착해 버스에서 내렸다.

버스 정류장 옆에 매점이 있었다. 어젯밤에 바람이 많이 분 탓인지 매점 벽 앞에 낙엽이 잔뜩 쌓여 있었다. 매점 앞치마를 착용한 남자가 낙엽을 부지런히 긁어모으는 중이었다. 손놀림이 어색하고 얼굴도 대학생 정도로 보이니까 분명 아르바이트생이겠지.

오른손에 대빗자루, 왼손에는 키.

저 사람은 자기가 지금 사용 중인 도구가 키인 줄 알까. 모모카는 농가에서 나고 자랐으므로, 대나무를 엮어서 만든 저 쓰레받기 같은 물건의 이름을 알고 있었다. 아빠와 엄마가 낙엽을 청소하거나 고형 비료를 옮길 때 사용하기 때문이었다.

미고오리箕氷 시의 '미'에는 키를 뜻하는 한자 箕를 쓴다고 아빠가 가르쳐주었다.

추운 아침이면 키에 서리가 내린다. 대나무는 표면이 매끈매끈하므로 서리는 결정을 이루어서 말끔하게 키를 뒤덮는다. 그러면 키 자체가 얼어붙은 것처럼 보여서 미고오리라는 지명이 생겼다나. 물론 키뿐만 아니라 예를 들면 대빗자루의 자루도 매끈매끈하고, 추운 아침이면 역시 말끔하게 서리가 내린다. 하지만 '호키고오리 시'('호키'는 일본어로 빗자루를 뜻한다/옮긴이)는 말맛이 좋지 않았던 것 같다.

매점 정면으로 돌아가서 유리문을 열고 안으로 들어갔다. 머리를 몹시 꼬불꼬불하게 파마한 여자가 지역 채소 코너에서 배추를 고르고 있을 뿐 다른 손님은 없었다. 모모카는 페트병에 든 따뜻한 밀크티를 사서 매점을 나섰다. 밀크티를 다운재킷 호주머니에 넣고 마운틴 로드의 반대쪽으로 건너갔다.

"묘진 폭포 ➡"라고 적힌 입간판 앞에 다다르자, 나무에 둘러싸인 침침한 좁은 길이 보였다. 경사가 거의 없는 이 길을 2킬로미터쯤 걸어가면 묘진 폭포에 도착한다.

이제부터 부모님께 효도.

엄마의 뒷모습을 찍은 사진.

테리베아 선생님과 함께 돌아오고 싶은 것 같기도 하고, 함께 돌아오기 싫은 것 같기도 하고. ㅎㅎ

가까이에서 크게 찍은 테리베아 선생님.

믿든지 말든지는 너한테 달렸지. ㅎㅎ

등산로 입구.

1년 전 어제, 히리카가 SNS에 올린 혼잣말 같은 세 문장과 사진. 아니, 실제로 그건 혼잣말이었을 것이다. 비밀 계정을 그렇게 사용하는 사람이 있으니까. 학교 친구 중에도 비밀 계정을 가진 아이가 몇 명 있는데, 대개는 혼잣말을 올리는 모양이었다. 물론 계정명은 가르쳐주지 않고, 이쪽도 물어보지 않으니까 구체적으로 뭐라고 쓰는지는 모르지만.

언니가 혼잣말을 올린 건 이제부터 **의식 비슷한 행동**을 하러 가는 게 그저 재미있었기 때문일까. 아니면 그 **의식 비슷한 행동**을 기록하려는 생각이었을까.

아무튼 SNS에 올린 글 덕분에 알았다. 어제부터 100번도, 200번도 더 생각했지만 그때마다 역시 같은 결론에 도달했다.

히리카는 그날 묘진 폭포에 소원을 빌러 간 것 아닐까.

어렸을 때부터 소중하게 아꼈던 테리베아 선생님을 데리고.

묘진 폭포에서 소원을 빌면, 자신의 소중한 것과 맞바꾸는 조건으로 신이 소원을 들어준다고 했다. 초등학생 때 반에서 화제가 되었고, 중학생 때도 가끔 이야기가 나왔지만, 고등학교에 올라가자 아이들의 관심사에서 완전히 멀어진 소문이었다.

이제부터 부모님께 효도.

엄마의 유방에서 발견된 종양. 엄마는 겨울철 모란 축제가 끝났을 무렵인 작년 1월 중순에 종양 제거 수술을 받을 예정이었다. 엄마는 말을 얼버무렸지만, 오른쪽 가슴에 생겨난 것이 악성 종양임은 부모님의 표정과 행동거지로 짐작할 수 있었다. 그렇기에 히리카가 행방불명되었다는 이유로 엄마가 수술을 취소하려고 했을 때 모모카는 아빠와 함께 엄마를 설득했다.

얼마나 진심이었는지는 모르지만, 언니는 묘진 폭포의 전설을 믿었다. 적어도 믿고 싶어했다. 신이 소원을 이루어주길 바랐다. 엄마의 병이 낫게 해달라는 소원을. 수술이 성공하게 해달라는 소원을. 그 대가로 신이 소중한 테리베아 선생님을 빼앗더라도.

테리베아 선생님은 언니에게 그저 평범한 봉제 인형이 아니었다. 초등학교 2학년 때 가족이 다 함께 갔던 백화점에서 보고, 웬일로 떼를 써서 선물받은 후로 쭉 함께였다. 평소에는 침대 가장자리에 두었고, 1층 거실에서 시간을 보낼 때에는 들고 와서 자기 무릎에 앉혔다. 언니가 테리베아 선생님에게 너무 애착을 보이자 어느 날 엄마가 어른이 되면 다 잊어버리는 법이라고 농담으로 말하기도 했다. 초등학생이었던 언니가 애매하게 웃고는 나중에 혼자 울었다는 걸 모모카는 알고 있었다. 사랑하는 테리베아 선생님이 언젠가 자신의 마음속에서 사라진다니, 생각만 해도 견딜 수 없었던 것이리라.

테리베아 선생님과 함께 돌아오고 싶은 것 같기도 하고, 함께 돌아오기 싫은 것 같기도 하고. ㅎㅎ

묘진 폭포에서 소원을 빌면 신이 눈앞에 나타나 테리베아 선생님을 휙 빼앗아간다. 아니면 묘진 폭포에서 소원을 빌고 돌아오는 길에 어느덧 테리베아 선생님이 사라지고 없다. 히리카는 어떤 상상을 했을까. 어쨌거나 만약 정말로 그런 일이 일어난다면 언니는 몹시 슬플 것이었다. 고등학생이 된 언니는 자신의 추억과 늘 함께한 그 봉제 인형을 소중히 아꼈을 테니까. 엄마의 농담에 울었던 것도 포함해서. 하지만 언니는 그래도 상관없다고 생각했다. 엄마의 수술만 잘된다면 작별해도 상관없다는 마음으로 테리베아 선생님을 묘진 폭포에 데려갔다.

물론 전부 모모카의 상상에 지나지 않지만.

부모님에게는 언니의 비밀 계정을 발견했다는 사실을 아직 밝히지 않았다. 이야기할 수 없었다. 모모카의 상상이 옳고 그르고를 떠나, 이야기하면 분명 엄마가 자책할 테니까.

묘진 폭포로 이어지는 좁은 길은 좌우로 조금씩 구불거리며 안쪽으로 뻗어나갔다. 며칠인가 전에 내린 눈이 길가의 흙과 범벅이 되어 있었다. 미고오리 시가 눈이 많이 내리는 지역이 아니라서 다행이라고 모모카는 겨울마다 생각했다. 이렇게 추운 지역에 눈까지 많이 내린다면 녹는 데 한참 걸릴 것이다. 그 눈이 거리를 더욱 차갑게 만들어 아무리 시간이 흘러도 봄이 찾아오지 않는 건 아닐까.

저 앞에 폭포 관람대가 보였다. 철계단이 앞쪽에 하나, 왼쪽에도 하나. 여기서는 보이지 않지만 안쪽에도 폭이 약간 좁은 계단이 있었다. 앞쪽 계단은 가쿠레이 마운틴 로드 쪽에서 오는 사람들을 위한 것이고, 왼쪽 계단은 등산로로 올라오는 사람을 위한 것이었다. 안쪽 계단을 내려가도 등산로에 다다르지만, 도중에 산장이 한 채 서 있었다.

히리카가 행방불명된 밤, 부모님과 함께 언니 이름을 부르며 가쿠레이 산을 올랐을 때 저 산장의 문가에 서 있는 남자를 봤다. 불빛을 등지고 서 있던, 등이 구부정하고 몸집이 작은 그 남자는 수색에 나선 경찰관 중 한 명과 뭔가 이야기를 나누고 있었다. 아빠가 다가가자 경찰관이 돌아보고 안타까운 표정으로 고개를 저었다. 분명 산장 사람에게 히리카를 보지 못했는지 물어봤을 것이다.

폭포 관람대에 올랐다. 운동화 밑창이 딱딱한 것도 아닌데 철계단에서 캉캉, 하고 높다란 소리가 났다. 젖은 바위 냄새에 얼음 냄새가 섞였다는 것이 코가 아니라 피부로 느껴졌다. 나무들에 막힌 시야의 오른쪽 가장자리에서 거대한 얼음덩이가 모습을 드러냈다. 고요하게 정지한 묘진 폭포는 고대부터 존재하던 유적같이 암벽에서 하얗게 몸을 내밀고 있었다.

1년하고 하루 전날, 히리카는 여기 왔을까.

걸음을 멈췄는데도 계단이 울렸다. 소리가 바위와 얼어붙은 폭포에 반사되어 어느 방향에서 나는 소리인지 잘 모르겠다. 뒤를 돌아봐도 방금 올라온 계단 쪽에는 아무도 없었다. 폭포 정면, 등산로로 이어지는 계단에도 사람은 없었다. 모모카는 약간 움직여서 안쪽에 있는 좁은 계단을 살펴보았다. 갈색 가죽재킷에 작업용 바지 같은 것을 입은 남자의 뒷모습. 계단을 내려가서 그대로 산길을 걸어간다. 히리카가 행방불명된 밤, 신장 입구에서 경찰관과 이야기를 나눈 남자가 저런 느낌 아니었던가.

"실례합니다."

작게 불러봤지만, 남자는 돌아보지 않고 걸어갔다. 큰 소리를 내기가 망설여져서 모모카는 남자 뒤로 다가갔다. 계단을 내려가 눈 섞인 길을 걸어가는데, 남자가 갑자기 멈춰 서서 목에 건 카메라를 얼굴에 대고 쪼그려 앉았다.

"실례합니다."

한 번 더 불렀다. 남자는 산길 옆을 향해 셔터를 누른 후 천천히 돌아보았다.

"저기 사는 분이세요?"

모모카는 바로 저 앞에 보이는 산장을 가리키며 물었다. 직육면 체 모양의 목조 건물로, 일반적인 단독주택만큼 크지는 않지만 모 모카네 집의 2층 넓이 정도는 될 듯했다.

"관리인입니다만."

모모카를 향한 두 눈 속에서 초점을 맞추듯이 눈동자가 쓱 작아 졌다.

"저기, 좀 궁금한 게 있어서요. 궁금하달까, 조사하고 있달까…… 저는 1년 전에 행방불명된 오자와 히리카의 동생인데요."

남자의 얇은 입술이 벌어졌지만 말은 나오지 않았다.

"행방불명된 날에 언니가, 저기 폭포에 왔을지도 몰라요. 그래서 혹시 뭔가 아시는 게 없을까 싶어서—"

"안에서."

남자가 눈을 돌리고 산장으로 얼굴을 향했다.

"여기는 추우니까요."

산장으로 가는 동안 모모카는 그곳이 지금은 거의 사용되지 않 는 대피소라는 것, 관리인의 성씨가 오쓰키라는 것, 30년 가까이 혼 자 대피소에 산다는 것, 디지털카메라로 사진을 찍는 것이 취미라는 걸 알게 되었다. 물어본 것이 아니라 상대가 일방적으로 이야기 했다.

마커펜으로 "금방 돌아오겠습니다"라고 적은 구깃구깃한 종이가 산장 문에 압정으로 박혀 있었다. 오쓰키가 익숙한 손놀림으로 압정을 뽑은 자리에 몹시 선명한 자국이 남아 있었다. 늘 같은 곳에 압정을 박다 보니 구멍이 커진 탓이겠지.

"들어가시죠."

오쓰키가 문을 가리켰다. 문 오른쪽 옆에는 작은 눈사람이 서 있고, 왼쪽 옆에는 눈으로 만든 쥐가 앉아 있었다. 눈으로 만든 장식이 귀여웠던 덕분에 긴장이 탁 풀린 모모카는 문을 열고 산장으로 들어갔다.

"고타쓰(탁자 밑에 방열 기구를 설치하고 그 위에 이불을 덮은, 일본의 겨울철 난방기구/옮긴이)가 있으니까, 추우면 사용하세요."

뒤에서 오쓰키가 문을 닫고 아까 그 종이를 압정으로 현관 쪽 벽에 고정했다. 목에 걸고 있던 카메라는 그 옆의 갈고리 모양 걸이에 걸었다.

오쓰키가 그대로 있길래 모모카는 먼저 방으로 들어가서 한가운데 있는 고타쓰 밑에 다리를 넣었다. 여기는 거실 같은 공간일까. 벽 앞에 텔레비전, 그 옆에는 책장이 있었다. 커버가 없는 만화책과 『미고오리의 역사』, 『한모란의 매력과 끌림』 같은 어려워 보이는 책. 전부 오래된 책인지 책등이 많이 빛바랬고, 만화책도 처음 보는 제목이었다.

반대편 벽에 있는 문은 둘 다 닫혀 있어서, 건물 전체의 구조는 잘 상상이 되지 않았다. 바닥 전체에 깔린 연갈색 카펫은 고타쓰와 두 문 사이에 길이 난 것처럼 털이 뭉개지고 색이 바랬다. 사람이 자주 밟다 보니 그렇게 된 것 같았다.

"차 드시겠습니까?"

"괜찮아요. 가지고 왔어요."

다운재킷 호주머니에 밀크티를 넣어둔 게 기억나서 고타쓰 위에 내려놓았다. 하는 김에 다운재킷도 벗어서 엉덩이 옆에 적당히 뭉쳐서 놔두었다. 오쓰키는 이쪽으로 다가오려다가 생각을 바꾼 듯 걸음을 멈췄다.

"아이스크림이라도 드실래요?"

"아, 네."

반사적으로 대답했지만 한겨울 산에서 아이스크림이라니, 묘한 제안이었다. 하지만 그러고 보니 먹고 싶기도 했다. 메마른 공기 속을 걸어온 데다 난방이 잘되는 실내에 들어왔으니.

"가져올게요."

오쓰키가 안쪽으로 향했다. 넓은 주방인 듯 그쪽에는 커다란 싱크대와 조리대가 있었다. 안쪽에 누전차단기가 줄지은 배전반이 보였지만, 낡은 유형인지 모모카의 집에 있는 것과는 완전히 느낌이 달랐다. 주방 모서리에 놓인 냉장고는 업소용인지 제법 컸다. 오쓰키가 냉장고 앞에 서서 자기 키만 한 은색 양문 중 한쪽을 열었다. 안에서 흘러나온 부연 안개로 오쓰키의 등이 흐려지고 나서야,

모모카는 그것이 냉장고가 아니라 냉동고임을 알아차렸다. 문이 닫히자 안개가 사라지고 어느새 오쓰키가 바닐라 아이스크림 종이 컵을 들고 있어 약간 마술 같아 보였다.

"꽤 예전부터 써온 냉동고예요. 아버지가 관리인으로 계셨을 때부터."

모모카의 시선을 알아차렸는지 오쓰키가 설명했다.

"마운틴 로드가 없던 옛날에는 기슭에서 대량으로 구매한 식재료를 전부 저기 넣어서 냉동했죠. 산 아래 사람들처럼 아무 때나 슈퍼에 갈 수 없으니까요."

오쓰키는 아이스크림을 고타쓰에 내려놓고, 함께 가져온 스푼을 그 위에 얹었다. 별로 맡아본 적 없는 체취가 고타쓰 너머에서 훅 풍겼다. 목욕을 하지 않았다거나 땀을 많이 흘려서 그런 게 아니라, 산이 응축된 듯한 독특한 체취였다.

"드세요."

모모카는 감사하다고 인사하고 종이 덮개를 벗겼다. 스푼을 들어 아이스크림을 뜨려고 했지만, 딱딱해서 스푼이 전혀 들어가지 않았다. 조금 녹기를 기다리기로 하고 고개를 들었는데, 정면에 앉은 오쓰키가 모모카를 똑바로 바라보고 있었다.

"그래서, 학생의 언니가 어쨌다고요?"

아래쪽 눈꺼풀이 약간 처져서 젖은 점막과 눈알이 이어진 듯 보였다.

"네, 그……작년에, 행방불명된 날 묘진 폭포에 왔을지도 몰라요.

1월 8일이니까 딱 1년하고 하루 전날이네요."

"누군가 본 사람이라도 있습니까?"

"아니요, 그런 건 아니고요. 어, 지금까지 발견되지 않았던 언니의 사진 같은 게 나왔는데, 그걸 봤을 땐 아무래도 묘진 폭포에 간 게 아닐까 싶어서……."

구체적인 이야기는 되도록 하고 싶지 않았다.

"언니는 폭포에 뭘 하러?"

"소원을 빌러 갔던 게 아닐까 싶어요."

이 정도라면 말해도 상관없지 않을까.

"뭔가 옛날 전설 같은 게 있잖아요. 폭포에 소원을 빌어서 독사로부터 마을을 구해낸 사람이 있는데, 그래서 지금도 폭포에 소원을 빌면 신이 들어준다는."

"그 사람이 소중히 여기는 걸 대가로요."

"네. 언니는 어쩌면 그러한 거래랄까 의식을 실행해보려고 했던 게 아닐까 해요. 그래서 여기 산장에 계신 분이라면 혹시 뭔가 보셨거나 기억하시지 않을까 싶어서—"

말을 걸었던 것이다.

하지만 행방불명된 히리카에 관해 뭔가 아는 듯한 낌새는 아까부터 전혀 없었다. 하기야 애당초 뭔가 아는 바가 있다면 벌써 경찰에 정보를 제공해서 모모카나 부모님 귀에도 들어왔을 것이다.

"학생의 언니한테는 신이 이뤄주기를 바라는 소원이 있었습니까?"

"집안 사정과 관련해서……어쩌면 좀."

얼버무리면서 스푼으로 아이스크림을 찔렀다. 이번에는 끝부분이 약간 들어갔다. 입에 넣자 아주 조금인데도 달콤한 맛이 목구멍 안쪽까지 확 퍼졌다.

"학생의 언니 소원이 뭐였는지는 모르겠지만—"

얼굴에 비해 약간 작은 오쓰키의 눈이 고타쓰 상판으로 향했다.

"너무 가벼운 마음으로 그 폭포에 소원을 빌지 않는 편이 좋을 겁니다."

"어, 왜요?"

"돌아가신 저희 아버지가 그러시더군요."

오쓰키가 벽 너머, 묘진 폭포가 있는 쪽으로 고개를 돌렸다. 산장에 들어와서도 가죽재킷을 벗지 않고 지퍼를 목까지 올려놔서, 실감 나게 생긴 인형의 목이 돌아간 것처럼 보였다.

"묘진 폭포는 원래 묘진 폭포가 아니었습니다."

무슨 소리인지 모르겠다.

"한자가 달랐대요. 지금은 '밝은 신'이라는 뜻으로 묘진明神이라고 쓰지만, 원래는 '묘'가 다른 한자였어요. 원래 묘진은 신의 이름에 붙이는 존칭으로, '님' 같은 의미의 말입니다. 가스가 신을 '가스가 묘진'으로 부르거나, 이나리 신을 '이나리 묘진'으로 부르는 식으로요. 전국 여기저기에 '묘진 온천'이니 '묘진 연못'이니 하는 곳이 있는데, 원래 의미로 따지면 틀린 명칭입니다."

갑자기 어려운 이야기가 시작되자 모모카는 당황했다. 오쓰키는 이쪽으로 고개를 돌리고 오른손을 들어 비쩍 마른 손가락으로 고타쓰 상판에 '冥'이라고 적었다. 아는 한자지만 아마도 직접 적어본 적은 없고, 어떤 때 사용하는지도 금방은 생각나지 않았다.

"이건 '어둡다'는 뜻의 한자입니다. 묘진 폭포의 '묘'는 원래 이 한자를 썼어요."

즉 묘진冥神 폭포라는 걸까.

"이 한자에는 저승이라는 뜻도 있습니다. 폭포에 있는 건 저승의 신이에요."

"……악한 신이라는 말씀이세요?"

하지만 오쓰키는 고개를 저었다.

"그냥 그런 상대라는 이야기입니다. 그걸 모르고 찾아오는 사람 쪽에 문제가 있는 거예요."

어떻게든 이해는 했지만, 대체 이 사람은 무슨 말을 하고 싶은 걸까. 마치 폭포에 소원을 빌러 온 언니를 나무라는 것처럼 들렸다. 아니, 나무라는 걸까.

"아버지의 말에 따르면 옛날 사람은 그 사실을 분명히 알고 있었다고 합니다. 폭포에 있는 게 저승의 신이라는 사실을요. 독사로부터 마을을 구한 남자도 물론 알고 있었고요. 폭포의 신이 소원을 들어주는 대신 무엇을 빼앗는지."

움직이는 오쓰키의 입술을 모모카는 그저 바라만 보았다.

"폭포의 신은 소원을 들어주는 대신, 그 사람의 목숨을 빼앗습니다. 남자가 폭포에 소원을 빈 후 독사가 마을에서 사라진 대신 남자가 소중히 아꼈던 모란이 몽땅 말라 죽었다고 해요. 하지만 실은 신이 독사를 없애주는 대신 남자의 목숨을 빼앗은 겁니다. 모란이 말라 죽은 건 그저 돌보는 사람이 돌아오지 않았기 때문이고요."

요컨대 언니가 죽었다는 말을 하고 싶은 걸까. 그 말을 하고 싶어서 이런 이야기를 꺼낸 걸까. 산장은 난방이 잘되어서 따뜻했지만, 모모카의 가슴은 얼어붙은 듯 차가웠다. 컵 속의 아이스크림이 녹았다. 한 입만 떠서 먹은 자국도 이미 희미해졌다.

"1년 전, 저희 언니가 행방불명된 일에 대해서는 전혀 모르세요?"

목구멍에 힘이 들어가서 목소리가 갈라졌다. 오쓰키는 생각하는 듯한 표정으로 잠시 머리를 숙였다가 고개를 저었다. 입 옆의 팔자주름이 갑자기 진해져서 표정이 어두워진 것처럼 보이기도 했고, 희미하게 미소 지은 듯 보이기도 했다.

온몸이 서글픔으로 가득 찬 모모카는 옆에 놓아둔 다운재킷을 붙잡았다. 대체 나는 여기에 뭘 하러 왔을까.

"실례했습니다. 이만 가볼게요."

머리를 숙여 인사하고 일어섰다. 기껏 꺼내준 아이스크림을 한 입밖에 먹지 않은 걸 사과할까 했지만, 결국 아무 말 없이 현관으로 향했다. 밀크티를 고타쓰 위에 놔두었다는 것도 생각났지만 가지러 돌아가지 않고 운동화를 신었다.

"도움이 되지 못해 죄송합니다."

오쓰키가 옆에 서서 벽에 걸어둔 디지털카메라를 집었다. 옆에 고정해둔 "금방 돌아오겠습니다"라고 적힌 종이를 압정과 함께 떼어내 모모카보다 먼저 밖으로 나갔다.

"저쪽까지 바래다드릴게요."

"마운틴 로드 쪽으로 와서 괜찮아요."

하지만 밖을 보자 짧은 겨울 해가 많이 기울었고, 나뭇잎과 나뭇가지의 윤곽이 조금 흐릿해졌다.

"산책 겸 저기까지만."

오쓰키는 문을 닫은 후 들고 있던 종이를 아까와 똑같은 곳에 압정으로 붙였다. 뭐라고 대답해야 할지 몰라 애매하게 고개를 젓는데, 문 왼쪽 옆에 장식해둔, 눈으로 만든 쥐에 시선이 갔다.

"할 일이 없어서요."

오쓰키가 모모카의 시선을 알아차리고 중얼거렸다.

"아, 하지만……귀여워요."

솔직하게 말하고 나자 분노와 서글픔이 약간 누그러졌다. 머리를 숙인 후 산장을 등지고 산길로 걸음을 옮겼다. 오쓰키의 발소리가 뒤를 따라왔다.

4

하늘이 황혼에 물들었을 무렵, 오쓰키는 산장으로 돌아왔다.

"금방 돌아오겠습니다"라고 적힌 종이를 압정과 함께 떼어내 현관 벽에 다시 붙였다. 특별히 찍을 만한 것이 없어서 사용하지 않은 디지털카메라는 목에서 벗겨내 벽에 걸었다.

오쓰키는 자기 자신이 신기했다. 산장을 비울 때 왜 문을 잠그지 않을까. 절대로 남에게 들켜서는 안 되는 것이 산장에 있건만. 만약 들키면 그것만으로도 인생이 끝장날 텐데.

벽에 걸린 채 흔들리는 디지털카메라를 바라보았다. 1년 전 밤에 찍은 소녀의 사진은 지금도 이 카메라에 저장되어 있었다. 그 또한 신기하기 짝이 없었다.

—여기서 뭐 하는 거니?

—소원을 빌고 있어요.

—뭐라고 빌었는데?

고타쓰 밑에 다리를 넣고 리모컨으로 정면의 텔레비전을 켰다. 늘 시청하는 지방 방송국 채널에서 마이크를 든 젊은 여자 리포터가 시민운동 공원을 걷는 중이었다. 공원은 밝은 불빛으로 가득하고, 안쪽 둘레를 따라 네모난 텐트가 수없이 설치되어 있었다. 이틀 후에 있을 겨울철 모란 축제를 앞두고 드디어 준비가 막바지에 접어든 모양이었다. 텐트의 천막을 흰색으로 통일한 건, 꽃 색깔을 강조하기 위해서이리라. 리포터가 판매대에 상품을 늘어놓는 모란 농가 남자에게 마이크를 들이대고 예쁜 모란 화분을 약간 요란스레 칭찬했다.

"그야 축제에 대비해 열심히 키웠으니까요."

남자는 작업을 계속하며 카메라를 보지 않고 말했다.

"준비만큼은 단단히 해야죠."

"올해도 손님이 많이 올 것 같은데요."

"그렇게 많이 온 적 없어요."

남자가 반쯤 웃으며 대답한 후, 리포터는 텐트를 떠나서 카메라를 향해 혼자서 말했다.

"모란은 원래 중국에서 전해진 꽃이라고 합니다. 일본에서는 8세기부터 재배가 시작됐고요. 미고오리 시에서도 일찍부터 왕성하게 재배했고, 현재 시를 상징하는 꽃도 모란입니다. 특히 한모란이 유명한데요. 전국에서 많은 관광객이 이 겨울철 모란 축제를 즐기러 찾아옵니다."

리포터는 아까 남자의 말과는 모순되는 설명을 하더니, 과장되게 두 눈을 떴다. 매년 이 시기가 되면 지방 방송국에서 늘 비슷한 방송을 하므로, 리포터가 다음에 무슨 말을 할지도 오쓰키는 대충 짐작이 갔다.

"자, 여기서 한모란에 관한 토막 상식 하나! 한모란을 겨울에 피는 품종이라고 알고 계신 분들이 많을 텐데요. 사실은 그렇지 않습니다."

리포터는 화면 밖에서 건네준 한모란 화분을 카메라에 가까이 댔다. 지름 10센티미터 정도 되는 보라색 모란이었다.

"모란은 보통 4월에서 5월에 꽃이 피는데요. 원래 겨울에는 시들어버리지만, 짚으로 만든 칸막이 등을 사용해 흙을 따뜻하게 해서 모란이 계절을 착각하게 만들어 개화 시기를 조절하는 겁니다."

실은 이미 시들었을 꽃.

필 리 없는 꽃.

"이것도 일본이 아니라 중국에서 시작된 방법이라고 해요. 당나라 시대의 여자 황제가 정원사에게 명령해 겨울에도 모란꽃을 피운 것이 시초라고 합니다. 그 방법이 일본에 전해져서 이렇게 다른 꽃이 시든 계절에도 한모란은 예쁜 꽃을 피울 수 있게 된 거죠."

한 송이 지고 나니 남은 꽃이 없구나 겨울 모란

마사오카 시키였던가. 학창 시절에 아버지의 책을 넘겨보다가 외운 시구였다. 확실히 이 계절에 한모란 외에는 피어 있는 꽃이 거의 없다. 한모란이 지면 남는 건 을씨년스러운 겨울 풍경뿐이다.

"방송 시작할 때 알려드렸듯이, 올해도 미고오리 시의 묘진 폭포가 꽝꽝 얼어붙었습니다. 이번 사흘 연휴에 꼭 미고오리 시에 오셔서 멋진 얼음 폭포와 시민운동 공원에서 개최되는 모란 축제를 즐겨보시는 건 어떨까요?"

"오쓰키 씨, 계세요?"

누군가 현관문을 두드렸다.

모호한 목소리로 답하자 문이 열리고 구마지마가 각진 얼굴을 들이밀었다.

"잠깐 들어가도 될까요? 밝을 때 산에서 내려가려고 했는데, 뭐라도 물어볼 사람을 찾다 보니 어두워졌네요. 이왕 어두워졌는데 서둘러서 뭐하겠어요? 잠깐 이야기라도 나누다가 경찰서로 돌아가려고요."

구마지마는 눈초리에 주름을 잡고서 말하더니, 오쓰키가 대답도 하기 전에 구두를 벗고 들어왔다.

"앉으시죠."

"감사합니다."

구마지마는 장갑을 벗고 털이 북슬북슬한 손으로 다운재킷 지퍼를 내리며 고타쓰 밑에 다리를 넣었다. 지금까지도 비슷한 일이 몇 번 있었다. 날이 저문 후 찾아온 구마지마가 퍼질러 앉아서 별 의미도 없는 이야기를 하곤 했다. 그렇게 한동안 이야기하고 나면 그는 일어나서 경찰서로 돌아갔다.

"모란 축제, 모레네요."

구마지마는 몸을 웅크리고 양손까지 고타쓰 밑으로 넣으며 텔레비전에 눈길을 주었다. 이제 리포터는 화면 속에 없었다. 오른쪽에서 왼쪽으로 천천히 지나가는 시민운동 공원의 풍경 위에 흰 글씨로 모란 축제 문의처가 표시되어 있을 뿐이었다. 희미하게 들리는 아이들의 노랫소리는 시민운동 공원의 스피커에서 흘러나오는 것이리라. 구마지마가 뜻밖에도 정확한 음정으로 그 노래를 따라 불렀다.

"오올해의 모오라안은 좋은 모란……."

「올해의 모란은 좋은 모란」이라는 구슬픈 곡조의 구전 동요였다. 「즈이즈이즛코로바시」와 멜로디가 비슷한데, 원래 어느 지방에서 만들어졌는지는 몰라도 모란을 많이 재배하는 미고오리 시에서는 옛날부터 자주 부르던 노래라 오쓰키도 어릴 적부터 귀에 익었다.

"꽃줄기를 귀에 꽂고 쿵쿵쿵. 한 송이는 덤으로 쿵쿵쿵."

"구마지마 씨 세대도 이 노래를 아십니까?"

"그야 어린이집 때도 초등학교 때도 부르라고 시켰으니까요. 다함께 손을 잡고 둘러서서요. '쿵쿵쿵'(원래 가사인 '슷퐁퐁'에는 알몸이라는 뜻이 있는데, 노래 속에서 어떻게 사용되었느냐에 관해서는 여러 가지 해석이 있다/옮긴이)이라는 대목에서 늘 바지를 벗는 시늉을 하다가 선생님께 많이 혼났죠. 형도 그러다가 야단맞았는데."

구마지마의 형은 다른 지방에서 형사로 일하다 몇 년 전에 순직했다고 들었다. 구마지마가 경찰관이 된 건 그 전인가 후인가. 형의 순직과 관계가 있는가 없는가. 물어보지 않아서 알지 못했다.

"그 대목은 알몸이라는 뜻이 아니라, 북소리에서 유래한 거 같다고 합니다."

"아, 그런가요? 몰랐네."

텔레비전에서 단조로운 멜로디가 반복되었다.

올해의 모란은 좋은 모란
꽃줄기를 귀에 꽂고 쿵쿵쿵
한 송이는 덤으로 쿵쿵쿵

"이 노래를 하고 나서 토막극 비슷한 걸 하잖아요. 아, 이거이거."

구마지마는 텔레비전 소리에 귀를 기울였다. 노래가 끝나자 아이들이 대사를 주고받기 시작했다. 도깨비 역할을 맡은 아이가 한 명.

다른 아이들은 입을 맞춰 함께 대사를 말한다.

도깨비　들여보내줘.

아이들　싫어.

도깨비　왜?

아이들　꼬리가 있으니까.

도깨비　꼬리 자르고 올 테니까 들여보내줘.

아이들　피가 나니까 싫어.

도깨비　강에서 씻고 올 테니까 들여보내줘.

아이들　물귀신이 나오니까 싫어.

도깨비　그러면 다음에 우리 집 앞을 지나갈 때 멜대로 때릴 거야.

아이들　그럼 들여보내줄게.

여기서 다시 아까 전 노래로 돌아간다.

모두 함께 몇 번 노래한 후 도깨비 역할을 맡은 아이가 이만 가겠다고 말한다.

다 함께　그럼 잘 있어.

그렇게 말하고 서로 머리를 숙이는 걸 신호로, 이 놀이는 묘하게 전개된다. 둘러선 아이들 사이에서 빠져나간 도깨비를 보고 나머지가 입을 맞춰 이렇게 소리친다.

아이들　누구누구 뒤에는 뱀이 있대요.

도깨비　나?

아이들　아니야.

도깨비 역할을 맡은 아이가 다시 걸어간다.

아이들이 다시 입을 맞춰 소리친다.

아이들　누구누구 뒤에는 뱀이 있대요.

도깨비　나?

아이들　아니야.

그걸 몇 번 반복한 후, 아이들의 대사가 갑자기 바뀐다.

아이들　누구누구 뒤에는 뱀이 있대요.

도깨비　나?

아이들　맞아!

"그리고 술래잡기가 시작되죠."

구마지마가 그리운 듯한 표정으로 턱을 쓰다듬었다. "맞아!"라는 아이들의 목소리를 신호로 모두가 도깨비에게서 도망치고, 도깨비는 아이들을 쫓아간다. 붙잡힌 아이가 다음 도깨비가 되어 놀이는 처음부터 다시 시작된다. 즉, 이것은 구전 동요라기보다 술래잡기의 일종이리라. 텔레비전에서는 술래잡기 부분을 생략했는지, 잠시 아무 소리도 나오지 않다가 노래가 처음부터 다시 흘러나왔다.

"아이스크림이라도 드시겠어요?"

"아, 그럼 감사히 먹겠습니다. 늘 죄송하네요."

오쓰키는 고타쓰에서 빠져나와 주방으로 가서 냉동고를 열었다. 돌아보자 구마지마는 턱을 괸 채 모란 축제 문의처만 표시된 텔레비전 화면을 바라보고 있었다.

"어제 그 사람들한테는 뭐 좀 들으셨습니까?"

"누구요?"

"낮에 폭포 관람대에서 이야기를 나눌 때 온 여자들이요. 행방불명 사건에 대해 물어보셨잖아요."

"그게, 아무 소득도 없었어요. 다들 미고오리 시에는 이번에 처음 왔대요. 여고생이 행방불명된 사건은 알고 있지만, 여기에서 일어난 일인지는 모르더군요. 하긴, 매년 전국에서 8만 명 가까이가 행방불명되니까 자세한 내용까지 기억하지 못하는 건……우와, 이거 맛있겠다."

다른 방송이 시작되었는지 화면에 김이 피어오르는 전골 요리가 나오고 있었다. 멧돼지 고기를 사용한 모란 전골(얇게 저민 멧돼지 고기를 모란꽃 비슷한 모양으로 접시에 담아낸 것에서 유래한 이름/옮긴이)이었다.

"사실 저는 모란 전골을 아직 못 먹어봤어요. 오쓰키 씨는 드셔보셨어요?"

"겨울철에 어머니가 가끔 만들어주셨습니다."

어머니는 늘 이 냉동고에서 멧돼지 고깃덩이를 꺼내 조리대에 얹어놓고, 점점 해동되어 피가 배어나는 고기 옆에서 버섯과 채소를 손질했다. 오쓰키는 지금 구마지마가 앉아 있는 자리에서 그 모습을 바라봤고, 아버지는 텔레비전 정면에 앉아 술을 마시며 어머니가 전골을 가져오기를 기다렸다. 조금 도와주면 될 텐데 싶었지만, 그러는 오쓰키도 그저 멍하니 어머니를 바라보고 있었으니 피차일반이었다.

"어머님은 결국 한 번도 연락이 없으셨죠?"

"네, 이제 와서 기대도 안 합니다."

벌써 29년이나 지난 일이었다.

연말이었다. 인쇄 회사 사원용 기숙사에서 지내던 오쓰키가 산장으로 돌아온 날, 아버지는 혼자서 술을 마시고 있었다.

―어머니는?

―없어.

―어디 갔는데요?

아버지는 대답 없이 그저 고개만 내저었다.

대체 무슨 일이냐고 캐물었지만, 아버지의 대답은 두서가 없었다. 술을 목구멍에 들이붓는 사이사이에 내가 어쨌다는 둥 나의 뭐가 어쨌다는 둥, 불분명한 소리만 중얼거리다가 상체를 휘청하는가 싶더니 고타쓰에 푹 엎드려서 잠들었다. 무슨 일이 있었는지 모른 채, 오쓰키는 어머니를 찾아보려고 하얀 입김을 내뿜으며 주변

산길을 돌아다녔다. 하지만 어디에도 없었다. 고개를 갸웃하며 산장으로 돌아오자 아버지가 고타쓰에서 상반신을 일으켰다.

—너희 엄마는, 없어졌어.

아무것도 없는 곳으로 향한 눈이 비둘기 같았다. 눈꺼풀이 크게 벌어졌다기보다 눈동자가 갑자기 작아진 것처럼 보였다.

—왜요?

—여기가……싫어졌는지도 모르지.

오쓰키에게는 어머니의 행방불명 사건을 상의할 사람이 없었다. 몇 년이나 사원용 기숙사에 살면서도 친구라 할 만한 사람을 전혀 사귀지 못했고, 친척은 얼굴조차 몰랐다. 아버지는 사이가 좋지 않은 친척들과 의절한 후 대피소 관리인이 되었고, 어머니의 가족에 대해서는 아예 들은 바가 없었다. 대피소 관리인으로 일하던 아버지가 가쿠레이 산에서 어머니와 만나 결혼했다고 들었지만, 도대체 어떤 식의 만남이었는지도 몰랐다. 어릴 적에 몇 번 물어봤지만, 그때마다 둘 다 입을 꾹 다무는 통에 분위기가 냉랭하게 굳어버렸다. 학급 문고에서 처음으로 설녀 이야기를 읽었을 때, 설녀의 이미지가 어쩐지 어머니 모습과 겹쳤던 게 기억난다. 어쩌면 나는 요괴의 아들이 아닐까 하는 상상에 무심코 양손을 들여다보기도 했다. 물론 머리가 굵어지고 나서는 산에서 죽으려 했던 어머니를 아버지가 구해줬다든가 하는 식으로 좀더 현실적인 상상을 하게 되었지만, 실제로 어땠는지는 여전히 몰랐다.

어머니가 사라지고 1주일이 지나자 오쓰키는 아버지를 설득해

함께 미고오리 경찰서에 실종신고를 하러 갔다. 하지만 어른의 행방불명에 대해서는 그렇게 진지하게 임하지 않는 것이리라. 경찰에서는 결국 한 번도 연락이 없었고, 지금도 없다.

"저기, 오쓰키 씨……가쿠레이 산의 어원에 관한 이야기, 정말일지도 모르겠네요."

텔레비전에 시선을 고정한 채, 구마지마가 심드렁한 목소리로 말했다.

"왜, 전에 들려주셨던 이야기 있잖습니까."

"'가쿠레 산'이요?"

이것도 아버지에게 들은 이야기다. '묘진明神 폭포'가 '묘진冥神 폭포'였던 것처럼 가쿠레이 산의 '가쿠레이'도 원래는 '가쿠레'('숨음', '모습을 감춤'이라는 뜻의 일본어/옮긴이)였다고 한다. 모습을 감춘다—즉, 죽는다. 폭포에 사는 저승의 신이 인간의 소원을 들어주는 대신 목숨을 뺏어가서 언젠가부터 '가쿠레 산'이라고 불리게 되었다나.

"네, 그거요. 그렇게 큰 산도 아닌데 사람이 두 명이나 사라졌으니까요."

구마지마가 헛웃음을 짓는 건 아주 드문 일이었다.

"이름의 유래일 뿐인걸요. 실제로 어떤지는 모르죠."

바닐라 아이스크림을 하나 꺼내고 냉동고 문을 닫았다.

"뭐, 그렇죠……. 애당초 만약 정말로 신이 데려갔다면, 저희 경찰이 수사해본들 아무 의미 없으니까요."

"전설이고 소문이고, 전부 사람이 멋대로 만든 이야기입니다."

다만 아버지가 들려준 이야기 중에 지금도 압도적인 진실 같은 맛을 띠고 다가오는 이야기가 딱 하나 있었다. 바로 '미고오리'라는 이 지역 이름의 유래였다. 추운 아침에 키에 새하얀 서리가 쌓여서 마치 키가 얼어붙은 것처럼 보이니까 '미고오리'라는 이름이 붙었다고 아는 사람이 대부분이다. 하지만 아버지 말로는 그것도 사실이 아니라고 했다. 실은 너무 추워서 몸이 얼어붙으니까 '미고오리身凍り'라는 것이었다.

폭포가 꽁꽁 얼 만큼 추운 이 지역에서는 동물도 얼어붙는다. 물론 살아 있는 동안에는 얼지 않지만, 겨울에 죽은 동물은 그 모습 그대로 얼음으로 변한다. 이 산에 살면서 오쓰키는 그런 장면을 여러 번 보았다. 산길을 정비하러 온 업자가 동면 중인 뱀을 중장비로 파낸 듯, 두 동강 난 몸뚱어리가 각각 얼어붙어 있는 광경도 본 적 있다. 폭포 관람대에 가까운 관목 아래에 서리에 뒤덮인 수꿩이 얼음 조각상처럼 쓰러져 있던 적도 있었다. 죽은 동물들은 온도가 영하로 떨어진 곳에서 뼈까지 얼어붙어 하얗게 굳어버린다. 동면 중에 파내어진 뱀도, 괴로운 듯 부리를 벌린 꿩도, 폭포 관람대 위에서 애벌레처럼 몸을 이리저리 꿈틀거렸던 소녀도.

이런—.

오쓰키는 고타쓰로 돌아가려다가 멈춰 섰다.

오른손에 든 바닐라 아이스크림 종이컵은 손가락에 눌린 부분이 살짝 우그러진 채였다.

5

1년 전에 이 산길을 올랐을 때는 아빠, 엄마와 함께였다.

그날 밤, 모모카는 경찰과 소방대원들 사이에 섞여 부모님과 함께 컴컴한 등산로를 걸었다. 히리카의 이름을 크게 부르고, 덤불 속을 손전등으로 확인하면서.

나무들이 머리 위로 가지를 내밀어서 그렇지 않아도 약간 흐린 하늘이 더 좁아 보인다. 양가죽 부츠로 단단한 땅을 밟는 소리와 흐트러진 자신의 숨소리. 그것밖에 들리지 않았다. 배낭 속에서는 테리베아 선생님이 아까부터 소리도 없이 흔들리고 있었다. 묘진 폭포까지 얼마나 남았을까. 등산로 입구부터 쉬지 않고 꽤 오래 걸었다. 얼굴은 얼어붙을 것처럼 차가운데, 더플코트를 입은 몸에는 살짝 땀이 배었다.

―너무 가벼운 마음으로 그 폭포에 소원을 빌지 않는 편이 좋을 겁니다.

어제저녁, 오쓰키가 마운틴 로드까지 바래다주는 동안 모모카는 고타쓰 앞에 앉아서 들었던 이야기만 떠올렸다.

―폭포의 신은 소원을 들어주는 대신, 그 사람의 목숨을 **빼앗습**니다.

그런 일이 생겼을 리 없다. 언니는 분명 어딘가에 살아 있다. 그렇게 마음을 굳게 먹으면 먹을수록, 그럼 어디에 있느냐는 물음이 머릿속을 가득 채웠다. 히리카는 1년 전 대체 어디로 갔을까. 무슨 생각이었을까. 언니의 심정과 행동을 조금이라도 파악하기 위해 내가 할 수 있는 일은 뭘까.

하룻밤이 지나고 오늘, 모모카는 꾀병을 부려 오전에 학교를 조퇴했다. 부모님은 모란 축제를 준비하러 시민운동 공원에 갔으므로 집에는 아무도 없었다. 조용한 집에서 시간을 잠깐 보내다가 오후 1시가 지났을 무렵 모모카는 테리베아 선생님을 넣은 배낭을 메고 자전거에 올라탔다. 1년 전 히리카가 집을 나섰다고 추정되는 시간이었다.

자전거를 타고 가쿠레이 산의 등산로 입구에 있는 귀신 은행나무 옆에 도착해 시간을 확인하자 오후 2시가 되기 조금 전이었다. 언니가 여기서 믿든지 말든지는 너한테 달렸지. ㅎㅎ 하고 SNS에 글을 올린 것이 오후 1시 58분. 시간은 딱 일치했다. 모모카는 거기에 자전거를 세워둔 채 산길을 올랐고, 지금도 계속 오르고 있었다.

무의미한 짓인지도 모른다.

하지만 해보지 않으면 모른다.

앞쪽에서 길이 갈라졌다. 오른쪽 샛길로 나아가면 묘진 폭포가 나온다. 스마트폰 시계는 3시 27분을 가리켰다. 1년 전 히리카도 이 정도 시간에 저 샛길로 들어섰을까.

해가 지기까지 한 시간 남짓 남았을 것이다. 히리카의 행동을 재연하는 데 정신이 팔려 겨울철에 해가 얼마나 빨리 지는지 깜박했다. 이대로라면 돌아가는 길은 컴컴할 것이다. 가슴속에서 불안감이 부풀어 올랐지만, 그래도 모모카는 해보길 잘했다고 생각했다.

오후 1시가 지났을 무렵에 집을 나서서 등산로로 묘진 폭포에 가면, 가쿠레이 산 속에서 일몰을 맞는다. 그런 당연한 사실을 지금까지 알아차리지 못했다.

어쩌면 히리카는 이 시간대에 지금 모모카가 있는 곳보다 훨씬 뒤쪽을 걷고 있었을지도 모른다. 언니가 키는 조금 더 크지만, 운동 신경은 모모카가 더 좋았다. 유치원과 초등학교에서「올해의 모란은 좋은 모란」을 불렀을 때도, 술래잡기 장면에서 언니는 두 번에 한 번쯤 술래가 되었지만 모모카는 친구에게 붙잡힌 적이 거의 없었다. 둘이서 시내에 나갔을 때도 어느덧 모모카가 훨씬 앞서서 걷곤 했다. 언니는 산길을 오르는 속도도 좀더 느리지 않았을까.

그런 생각이 들어서 모모카는 의도적으로 걸음을 늦추었다.

귀 뒷면에서 맥박이 쿵쿵 뛰는 소리를 들으며 묘진 폭포로 이어지는 샛길로 들어섰다. 흙과 나무에 둘러싸인 곳인데도 그런 냄새는 나지 않고, 그저 냉기만이 콧속을 찔렀다. 추위는 냄새까지 얼리는 걸까. 저 너머가 보이지 않는 굽이진 곳을 몇 번 지나치자 나무들 저편에서 희미한 목소리가 들렸다. 산길이 곧아지더니 앞쪽에 폭포 관람대와 하얗게 얼어붙은 묘진 폭포가 나타났다. 폭포 관람대에 있는 사람들은 가족인 모양이었다. 모모카의 부모님보다 조금 젊어 보이는 부모님과 초등학교 고학년 정도 된 남자아이. 마침 돌아가려는지 세 사람은 어깨 너머로 얼음 폭포를 돌아보며 계단 쪽으로 걸어갔다. 이쪽에 설치된 계단이 아니라 오른쪽 계단이니까 마운틴 로드로 향하는 모양이었다. 매점 앞 주차장에 차를 세우고 온 걸까, 아니면 어제 모모카가 그랬듯이 버스로 온 걸까.

모모카가 폭포 관람대에 올랐을 때 그 가족의 목소리는 이미 멀어졌다.

아무도 없는 관람대의 난간 옆까지 나아갔다. 낙엽에 둘러싸인 시커먼 용소를 사이에 두고 10미터쯤 저편에 하얗게 멈춰버린 묘진 폭포가 있었다.

쪼그려 앉아 배낭에서 테리베아 선생님을 꺼냈다. 하지만 어쩌면 좋을지는 몰랐다. 히리카는 작년에 여기서 뭘 할 작정이었을까. 실제로 뭘 했을까. 엄마의 수술이 성공하길 빌면서 테리베아 선생님을 용소에 떨어뜨렸을까. 용소에 빠진 테리베아 선생님이 고코 강을 따라 흘러가다가 물가에서 발견된 걸까.

테리베아 선생님과 함께 돌아오고 싶은 것 같기도 하고, 함께 돌아오기 싫은 것 같기도 하고.ㅎㅎ

아니, 역시 좀더 초자연적인 현상을 상상했던 게 아닐까 싶다.

배낭을 폭포 관람대에 내려놓고 그 위에 테리베아 선생님을 앉혔다. 테리베아 선생님은 짧은 두 다리를 쭉 뻗은 자세로 알 없는 동그란 안경 안쪽의 두 눈을 묘진 폭포로 향했다.

쪼그려 앉은 채 장갑을 벗어서 무릎에 올려놓았다.

맨손으로 깍지를 낀 후, 눈을 감고서 기도하는 자세를 취해보았다.

"엄마 수술이 잘되게 해주세요."

작년에 언니가 여기서 빌었을지도 모르는 소원을 소리 내어 중얼거렸다. 차갑고 팽팽한 공기를 타고 말소리가 멀리까지 퍼져나갔다. 눈앞에 있는 얼음 폭포에도 분명 닿았으리라. 하지만 작년에는 폭포가 얼지 않았으니까 소원을 비는 히리카의 목소리는 물소리에 지워지지 않았을까.

"언니를 찾을 수 있게 해주세요."

이번에는 자기 자신의 소원을 중얼거렸다. 오늘이나 내일이 아니라도 좋았다. 히리카가 돌아오기만 한다면 1년 후든, 2년 후든 상관없었다. 만약 정말로 폭포의 신이 있다면 부디 소원을 들어주었으면 했다.

하지만 그 대신에 뭘 바치면 될까. 지금 여기 있는 테리베아 선생님은 언니가 소중히 아꼈던 봉제 인형이다. 나 자신에게 가장 소중한 건 대체 뭘까.

가만히 눈을 떴다. 감기 전보다 풍경이 조금 어두웠다. 하늘에 엷은 구름이 끼어서 해가 어디 있는지는 잘 모르겠지만, 분명 일몰이 가까워진 것이다. 이제 등산로를 내려가서 산기슭까지 돌아가기는 힘들지도 몰랐다.

하지만 그 외에도 방법은 있었다. 여기서 좁은 길을 따라 가쿠레이 마운틴 로드 종점까지 가서 버스를 타면 된다. 귀신 은행나무 옆에 자전거를 방치하는 셈이지만, 내일이라도 가지러 오면 문제없을 것이다.

모모카는 테리베아 선생님을 배낭에 넣고 일어섰다.

그 순간, 시야 아래쪽에서 뭔가가 스르르 움직였다.

무릎에 올려둔 장갑이 난간 사이로 떨어졌다. 장갑은 한 짝씩 관목 가지에 부딪혀 회전하면서 시커먼 용소로 멀어졌다. 양손 모양의 납작한 물건은 소리도 없이 수면에 닿자마자 딱 정지했다. 하지만 바라보는 동안 서서히 가라앉더니, 반쯤 물에 잠긴 후 마치 밑에서 쑥 잡아당긴 것처럼 두 짝 모두 갑자기 사라졌다.

모모카는 잠시 옴짝달싹도 하지 못했다.

장갑을 용소에 빠뜨려서 충격을 받은 것도 아니었고, 사라지는 광경이 기묘했던 것도 아니었다. 용소의 물은 움직이지 않는 듯 보이지만, 실제로는 크게 너울거린다. 수면에 떨어진 물건이 저렇게 사라질 때도 있을 것이다. 모모카가 옴짝달싹도 하지 못한 건 **히리카에게도 똑같은 일이 일어나지 않았을까** 싶었기 때문이다.

여기서 언니는 테리베아 선생님을 무릎에 얹은 채 묘진 폭포에 소원을 빌었다. 엄마의 수술이 잘되게 해달라고. 그후 눈을 뜨고 일어섰을 때 무릎에서 테리베아 선생님이 미끄러져 떨어지고 말았다. 테리베아 선생님은 난간 사이를 빠져나가 용소로 사라졌다.

만약 그렇다면 언니는 신이 소원을 들어주었다고 생각하지 않았을까.

소원을 들어주는 대가로, 신이 테리베아 선생님을 용소로 끌고 들어갔다고.

폭포 관람대를 떠날 때 언니는 어떤 표정이었을까. 상상하면서 얼음 폭포 곁에서 물러났다. 발길이 향한 곳은 마운틴 로드로 이어지는 좁은 길이었다. 그렇다, 언니는 분명 조금이라도 빨리 엄마의 얼굴을 보고 싶었을 것이다. 빨리 돌아가려면 마운틴 로드 종점에서 버스를 타야 한다. 애당초 지금부터 등산로를 내려가면 도중에 어두워진다. 자기에게 무슨 일이 생겼다가는 수술을 앞둔 엄마에게 걱정을 더 안겨주는 셈이다.

하늘을 뒤덮은 어둠이 순식간에 짙어져서 좁은 길을 둘러싼 나무의 모양새조차 분간이 잘 되지 않았다. 땅도 잘 보이지 않아서 모모카는 더플코트 주머니에 넣어둔 스마트폰을 꺼내 손전등을 켰다. 하얀 불빛이 발 주변을 밝게 비춰서 안심했는데, 그 직후에 느닷없이 불빛이 꺼졌다.

배터리가 거의 남아 있지 않았다.

집을 나설 때에도 100퍼센트는 아니었지만 80퍼센트 정도는 남아 있었다. 여기 오는 동안 시간만 몇 번 확인했을 뿐인데, 대체 왜 이렇게 배터리가 빨리 닳았을까.

분명 추운 산속에서 시간을 보낸 탓이다.

원래 전파 상태가 좋지 않은 곳에서는 스마트폰이 늘 전파를 찾으므로 배터리 소모가 심해진다. 덧붙여 추위도 배터리를 더 빨리 소모시킨다. 친구들 사이에서도 올해 겨울은 너무 추워서 배터리가 빨리 떨어진다는 이야기가 자주 나왔지만, 이렇게 빨리 0퍼센트에 가까워진 적은 처음이었다.

어쩌면 좋을까. 버스 정류장까지 이 좁은 길을 2킬로미터쯤 걸어야 한다. 그사이에 하늘은 분명 컴컴해진다. 스마트폰 손전등을 켜본들 이 정도 배터리 잔량으로는 1분도 못 버티지 않을까.

망설인 끝에 모모카는 왔던 길로 되돌아갔다. 폭포 관람대를 통과해 반대편 계단으로 내려갔다. 대피소에 오쓰키가 있으면 손전등을 빌릴 수 있을지도 몰랐다. 잠깐 걸으니 어두운 길 앞쪽에 창문으로 새어나오는 희미한 불빛이 보였다. 그러는 동안에도 하늘은 더 어두워졌고, 산장의 불빛은 다가가면 갈수록 멀어지는 것처럼 느껴졌다.

간신히 산장 앞에 도착하자 작은 눈사람과 눈으로 만든 커다란 쥐가 문 양옆에서 모모카를 맞이했다. "금방 돌아오겠습니다"라는 안내문이 문에 붙어 있지 않은 걸 보니, 아무래도 오쓰키는 안에 있는 듯했다.

문을 두드리자 짤막한 목소리가 들렸다. 하지만 뭐라고 말했는지는 모르겠다. 추위에 곱은 손으로 다시 문을 두드리고 10초쯤 기다리자 안에서 문고리가 돌아갔다. 문 가장자리에 생겨난 세로로 길쭉한 빛에 오쓰키의 그림자가 겹쳤다. 불빛을 등진 탓에 얼굴이 검게 칠한 듯이 어두워서 표정이 보이지 않았다.

"아아……어제의."

안쪽에서 텔레비전 소리가 났다.

"어제는 감사했어요. 늦은 시간에 죄송합니다."

"들어오실래요?"

오쓰키가 묻자 갑자기 막연한 공포가 모모카를 덮쳐왔다. 이유는 모르겠다. 마치 무서운 꿈을 꾸다가 깨어났을 때, 꿈 내용은 전혀 기억이 나지 않는데 공포만 남아 있는 것과 비슷한 감각이었다.

"아뇨, 이제 돌아가려는 참이에요. 마운틴 로드 쪽으로 가려고요."

오쓰키는 가만히 다음 말을 기다렸다. 모모카는 사정을 제대로 설명해야 한다고 생각했지만, 전부 솔직하게 털어놓을 수도 없었다. 언니의 1년 전 행동을 재연하다 보니 주변이 컴컴해졌고 스마트폰 배터리도 거의 다 떨어져서—.

"손전등 같은 게 있으면 좀 빌려주실 수 없을까 해서요."

그렇게만 말했을 때 자신의 목소리가 다른 사람의 목소리처럼 들렸다.

아니, 언니 목소리처럼 들렸다.

"가져오겠습니다."

등을 돌린 오쓰키가 역재생한 것처럼 다시 이쪽으로 돌아섰다.

"괜찮으시면 또 바래다드릴게요."

"아니요, 괜찮아요."

지금 이 산장을 찾아온 이유를 생각했다. 등산로 입구에 자전거를 세우고 묘진 폭포를 향해 산길을 올랐다. 폭포 앞에서 소원을 빌다가 짧은 겨울 해가 저물고 말았다. 추위와 좋지 못한 전파 상태 때문에 스마트폰 배터리가 거의 다 떨어졌고, 컴컴한 산길을 걷기가 무서워서 산장에 손전등을 빌리러 왔다.

이것이 1년 전, 히리카에게 일어난 일 아니었을까.

—폭포에 있는 건 저승의 신이에요.

언니도 같은 시간대에 이 산장을 찾아온 게 아닐까.

─그걸 모르고 찾아오는 사람 쪽에 문제가 있는 거예요.

"바래다드리죠. 손전등이 있어도 밤길은 위험하니까요."

"정말 괜찮아요."

모모카가 더는 아무 말도 하지 않자, 오쓰키는 몸을 돌려 곁에 있는 선반에서 손전등을 집었다. 오쓰키의 몸에 시야가 막혀서 산장 내부는 보이지 않았다. 오쓰키는 스위치를 켜서 불이 들어오는지 확인한 후 모모카에게 손전등을 건넸다. 안쪽의 텔레비전에서 「올해의 모란은 좋은 모란」을 부르는 아이들의 목소리가 흘러나왔다.

"감사합니다."

모모카는 손전등을 들고 뒤로 물러났다. 문이 오쓰키의 몸을 천천히 감추었다. 안쪽에서 들려오는 노랫소리가 멀어지고, 문틈에 생긴 세로로 길쭉한 빛이 선처럼 가늘어지다가 마침내 사라졌다. 아이들의 노랫소리도 끊기자 남은 것은 밤과 추위뿐이었다.

6

오쓰키는 창문으로 다가가서 커튼을 젖히고 밖을 내다보았다.

산에 밤이 찾아오려 하고 있었다.

석양은 사라지고, 나무들이 장례식 행렬 같은 실루엣으로 변해 산장을 에워쌌다.

커튼을 내리고 실내를 둘러보았다. 켜놓은 텔레비전. 책장 앞에

어지러이 흩어진 크고 작은 서류 봉투. 활짝 열어둔 주방 싱크대 문, 바닥에 나뒹구는 프라이팬과 냄비. 옆에 있는 찬장도 아래쪽 문이 열린 상태고, 어머니가 사용했던 오래된 요리책이며 전자제품 설명서와 보증서가 바닥 여기저기 널브러져 있다.

전부 방금까지 오쓰키가 냉동고 설명서를 찾던 흔적이다.

결국 찾지 못했지만, 혹시 찾아냈더라도 뭘 어쩌자는 말인가. 오쓰키는 어제부터 몇 번이고 했던 생각을 또 머릿속에 떠올렸다. 오랜 세월을, 분명 본래 수명보다 오래 사용했을 저 업소용 냉동고를 아마추어는 무슨 수를 써도 고치지 못한다. 업자를 불러서 뭔가 중요한 부품을 교체하든지, 새로 사는 수밖에 없다. 하지만 안에 든 내용물을 보여주지 않고 그럴 수 있을까. 일단 수리를 하거나 부품을 교체할 때에는 불가능하다. 새것을 산다면, 예를 들어 새 냉동고를 설치한 업자들이 떠난 후 내용물을 옮기고 나서 낡은 걸 회수하게끔 신청할 수 있을지도 모른다.

주방으로 가서 냉동고 앞에 섰다. 좌우 손잡이를 잡고 양문을 열었다. 아버지가 산장 관리인이 되었을 때 시청 예산으로 구입했다는 냉동고. 모란 전골을 만들 때 어머니가 멧돼지 고기를 꺼냈던 냉동고. 냉동고를 자꾸 여닫으면 음식이 상한다는 말을 어릴 적에 들었던 오쓰키는 산장을 이어받을 때까지 제 손으로 냉동고를 열어본 적이 거의 없었다.

위 칸에 보관된 건 냉동된 고기와 생선. 우동과 스파게티 등의 냉동식품. 바닐라 아이스크림 몇 개. 그 아래, 선반을 떼어내 뻥 뚫린 네모난 공간에는 소녀가 앉아 있다. 1년 전, 날이 어두워져서 어찌할 바를 모르고 산장으로 손전등을 빌리러 온 소녀. 그후 캄캄한 폭포 관람대에서 오쓰키의 양손에 목이 졸리며 몸을 오른쪽으로 비틀고 왼쪽으로 튕기다가 결국 조용히 움직임을 멈춘 소녀.

얼마 전까지는 온몸이 두꺼운 성에에 뒤덮여 있었으므로, 소녀는 마치 어마어마하게 큰 흰색 애벌레나 붕대에 칭칭 감긴 미라 같아 보였다. 하지만 지금은 성에가 약간 녹아서 원래 모습이 조금 보인다. 뺨과 손등은 가죽 세공한 것처럼 갈색으로 변색되었고, 피부에 자잘한 주름이 잡혔다. 여전히 만세 자세를 취하고 있는 코트 가슴께의 백곰은 인사를 하는 듯 보이기도 하고, 덤벼들려고 하는 듯 보이기도 했다. 이건 제조사의 마크일까. 아니면 자기가 꿰맨 걸까.

쪼그려 앉아 소녀의 뺨을 검지로 눌렀다. 손끝에 딱딱한 감촉이 느껴져 오쓰키는 안도했다. 그러나 세게 힘을 주자 손톱의 3분의 1 정도가 피부를 파고들었다.

역시 녹고 있었다.

냉동고 문을 닫고 찬장 앞에 엉덩이를 대고 앉았다. 가슴속에 먹물 같은 것이 퍼져나갔다. 오쓰키는 바닥에 어질러진 전자제품 설명서를 하나씩 집어 들었다. 몇 번을 확인해도 냉동고 설명서는 없었다. 일어서서 거실로 돌아가 책장 앞에 무릎을 꿇었다. 텔레비전에서 흘러나오는 아이들의 노랫소리. 귓구멍을 파고든 그 노랫소리가 어디로도 나가지 않고 근육과 피부 사이를 무수히 많은 벌레들처럼 기어다녔다. 오쓰키는 바닥에 흩어진 서류 봉투를 집어서 내용물을 끄집어냈다. 하지만 오래된 지역신문이나 사용하지 않은 선거 투표소 입장권 같은 것들만 나왔다. 이것도 아니다. 이것도 아니다. 이것도. 닥치는 대로 내용물을 꺼냈지만, 지금 직면한 문제와 무관한 것들밖에 나오지 않았다. 콧속이 뜨끈해지면서 끓어오른 액체가 눈알을 밀고 나오려 했고, 먹이를 갈구하는 동물처럼 양손의 움직임이 난폭해졌다. 그러다 오쓰키는 양손으로 카펫을 내리쳤다. 몇 번이고 몇 번이고, 손을 들었다가 내리치고 손을 들었다가 내리칠 때마다 폐에서 으, 으, 으, 하고 탁한 목소리가 새어나왔다. 잠시 후 양손으로 카펫을 움켜쥔 채 움직임을 멈췄지만, 목소리는 계속 새어나왔다. 짤막한 목소리가 서로 달라붙어 하나의 긴 신음 소리로 변했다. 마침내 폐 속의 공기가 전부 신음으로 변했을 때, 오쓰키는 헐떡이는 소리를 토해내며 리모컨을 잡았다.

텔레비전을 향해 전원 버튼을 누른 순간, 산장이 고요해졌다.

시커메진 화면을 네발로 엎드린 채 바라보았다.

실은 자신의 인생도 내내 이런 식으로 끝내고 싶었던 것 아닐까. 산장을 비울 때 문을 잠그지 않는 것도, 형사인 구마지마를 아무 망설임 없이 산장에 들였던 것도, 때로는 냉동고를 열어 아이스크림을 꺼낸 것도, 이런 인생을 끝내고 싶어서가 아니었을까.

일어서서 천천히 얼굴을 문질렀다.

바지와 셔츠의 주름을 펴고 뒤로 돌아 현관으로 향했다.

벽에 걸린 디지털카메라를 목에 걸자, 양손이 거의 저절로 움직여 벽에 붙여둔 "금방 돌아오겠습니다"라는 종이를 압정과 함께 떼어냈다. 하지만 오쓰키는 그 종이를 잠시 바라보다가 양손으로 구겨서 바닥에 버렸다.

산장의 불을 끈 후 밖으로 나가서 문을 닫았다.

어둠 속을 몇 발짝 걸어가다가 돌아보았다.

오래 전에 존재의 이유를 잃은 대피소. 오쓰키가 어린 시절 아버지, 어머니와 함께 살았고, 지난 30년 가까이 홀로 기거한 산장.

오쓰키는 카메라의 뷰파인더를 들여다보며 셔터를 눌렀다. 문 양쪽에 장식한 눈사람과 십이간지 오뚝이가 번쩍이는 플래시 속에 새하얗게 떠올랐다.

7

오쓰키가 산장을 나선다.

모모카는 웅크린 자세로 외벽에 몸을 붙인 채 그 모습을 지켜보고 있었다.

구름이 달을 가려서 주변은 캄캄했다. 오쓰키는 녹아내리듯이 금방 어둠 속으로 사라졌다. 손전등이 없는데도 그는 아무 망설임 없이 규칙적인 발소리를 내며 등산로 쪽으로 멀어졌다.

창문에서는 아까까지 새어나오던 오렌지색 불빛이 보이지 않았다.

잔뜩 굳어버린 두 다리를 펴고 일어섰다. 호주머니에서 스마트폰을 꺼냈다. 배터리는 3퍼센트밖에 남아 있지 않았다.

지금 친구 집. 정신없이 놀다 보니 벌써 시간이 이렇게 됐네. 좀 늦을지도 몰라.

엄마에게 메시지를 보낸 후 스마트폰을 호주머니에 넣었다. 물론 아직 많이 늦은 시간도 아니고, 그렇게 늦게 돌아갈 생각도 없다. 잠깐 확인할 뿐이다. 산장을 나선 오쓰키가 히리카의 행방불명과 관계가 없다는 걸. 그것만 확인하면 오쓰키가 빌려준 손전등으로 땅을 비추며 마운틴 로드로 향할 것이다. 매점 앞에서 버스를 타고 아빠와 엄마가 기다리는 집으로 돌아갈 것이다. 내일부터 겨울철 모란 축제가 시작되니까 모모카가 집에 도착할 무렵에도 두 사람은 분명 일하고 있으리라. 어쩌면 시민운동 공원에서 준비하느라 바빠서 아직 집에 돌아오지조차 않았을지도 모른다.

벽을 따라 깔린 자갈을 밟는 소리가 나지 않도록 주의하며 현관으로 향했다.

문고리를 돌리고 잡아당기자 문이 스르르 열렸다. 몸을 비스듬히 틀어서 어두운 틈새를 통과한 후 문을 닫았다. 실내는 검은색을 마구 칠한 듯 캄캄했지만, 모습이 보이지 않는 가구와 전자제품들이 자신을 향해 일제히 귀를 쫑긋 세운 것처럼 느껴졌다. 빨갛게 빛나는 텔레비전 전원 램프. 방금 난로를 껐는지 공기에서 등유 냄새가 났다.

지금 하는 일은 그렇게 몰상식한 짓이 아니다. 오쓰키에게 손전등을 빌렸지만 혼자 마운틴 로드까지 걸어가기가 무서워서 돌아왔다. 산장에 도착하자 오쓰키가 외출했길래 추위를 피하려고 안에 들어와 있었다. 만약 오쓰키가 돌아오면, 그렇게 설명하면 되었다. 여기는 대피소니까 딱히 부자연스럽지 않다.

하지만 그렇게 생각하면서도 어느덧 모모카는 그 설명이 통하지 않을 만한 행동을 하고 있었다. 문을 안에서 잠그고 벗은 양가죽 부츠를 왼손에 들었다. 손전등으로 안쪽을 비추며 거실을 가로질러 주방으로 향했다. 분명 걸어가고 있는데도 두 발이 바닥에 닿지 않는 기분이었다. 주방 벽을 비추자 어제 고타쓰 앞에 앉아 오쓰키와 대화를 나눌 때 보았던 누전차단기가 보였다. 거기에 손을 뻗어 검은색 스위치를 아래로 내렸다. 그러고는 거실 텔레비전 전원 램프가 꺼진 것을 확인했다.

커다란 냉동고 앞에 섰다. 손전등 불빛이 은색 문 표면에 어지러이 반사되었다. 손잡이를 잡자 건물의 튼튼한 출입문 같은 묵직한 감촉이 느껴졌다. 불길한 기분이 배 속 깊은 곳에서 몸 구석구석으로 퍼져나갔다. 윗니와 아랫니가 서로 달라붙은 듯 뺨이 굳어서 움직이지 않았다. 철컥, 하고 둔탁한 소리가 나면서 문이 열렸다. 냉기와 함께 냉동고 특유의 냄새가 얼굴을 감쌌다. 손전등 불빛으로 냉동고 안을 비추었다. 가슴께 높이에 선반이 하나. 그 위쪽 칸에만 식재료가 채워져 있었다. 선반 아래 뻥 뚫린 네모난 공간에는 'h'와 비슷한 형태의 아주 커다란 흰색 물체가 있었다. 얼어붙은 묘진 폭포의 일부를 넣어둔 것처럼 보이기도 했지만, 그건 아니었다.

모모카는 무릎을 꿇고 몸을 반쯤 냉동고에 넣었다. 문이 천천히 움직이면서 허리에 부딪혔다. 커다란 흰색 물체에 얼굴을 가까이 댔지만, 불빛이 너무 강해서 확실히 보이지 않았다. 모모카는 왼손에 든 부츠를 내려놓고 'h'의 세로획 위쪽 부분을 손가락으로 만져보았다.

손가락을 떼자 그 자리만 체온으로 성에가 녹아서 검은 뭔가가 보였다. 매끈매끈한 날실이 무수히 모여 있는 것 같아 보이는데, 대체 뭘까. 모모카는 한 번 더, 이번에는 손바닥 전체를 댔다. 몇 초 기다렸다가 손을 떼자 역시 검은 날실이 드러났다. 그러나 아까보다 듬성듬성해서, 그 너머에 있는 것이 무엇인지 알아차릴 수 있었다. 살짝 벌려진 한쪽 눈이었다.

위아래 눈꺼풀이 일그러지고 얼어붙은 눈알은 흰자위와 검은자위의 경계가 모호했지만, 그래도 모모카를 똑바로 보고 있었다. 모모카는 자기 목을 움켜쥐다시피 해서 목소리를 억눌렀지만, 손을 뗀 순간 목구멍에서 부풀어오른 절규가 입을 가르고 튀어나올 것만 같았다. 소리가 난다. 아까 잠근 현관문이 덜컥거리고 있었다. 손전등을 끄고 돌아보자 문이 덜컥거리는 소리가 갑자기 멎었다. 하지만 바로 더욱 무서운 소리가 들려왔다. 열쇠를 꽂고 돌리는 소리. 문이 서서히 열리고 희미한 달빛이 길쭉한 사각형을 만들었다. 모모카는 냉동고로 들어가서 얼른 문을 당겼다. 하지만 완전히 닫히지는 않도록 양문 틈새에 재빨리 오른손 중지를 끼웠다. 아까 손잡이를 당겼을 때 느껴진 감촉으로 판단하건대, 이 냉동고는 안에 든 것이 무너져도 문이 열리지 않도록 닫으면 잠기게 되어 있다.

어쩌면 좋을까. 어떻게 해야 할까. 실내에 불이 켜지기 전에 현관으로 달아나는 수밖에 없었다. 오쓰키가 주방에 있는 누전차단기를 올리기 전에. 현관 쪽에서 벽의 스위치가 몇 번 딸깍거렸다. 천장의 전등은 켜지지 않았다. 신발을 벗는 소리. 바닥이 삐걱거렸다. 누전차단기는 싱크대 위쪽 벽에 있었다. 오쓰키가 거기로 다가가면 여기서 뛰쳐나가서 현관으로 달려갈 수 있을지도 몰랐다.

모모카는 오른손 중지를 문 사이에 끼운 채 숨을 멈추고 발소리가 다가오기를 기다렸다.

그때 더플코트 호주머니에서 스마트폰이 진동했다. 그 소리가 주변의 정적을 산산이 부수고 어둠 속에 숨은 모모카의 존재를 단번에 노출시켰다. 바닥이 울리고 발소리가 순식간에 가까워졌다. 모모카는 냉동고 문을 열고 뛰쳐나가려고 했다. 지금밖에 기회가 없다 싶었다. 하지만 문을 열려고 한 순간, 몇 배는 더 센 힘에 떠밀려 오른손 중지가 냉동고 문틈에 꽉 끼었다. 잠긴 목소리로 비명을 지르며 손가락을 빼내려고 했지만 빠지지 않았다. 왼손으로 오른쪽 손목을 잡고 온 힘을 다해 잡아당기자 손톱이 통째로 뜯겨 나가는 감촉이 느껴졌다. 빼낸 손가락을 입에 넣고 코로 거칠게 숨을 들이마시고 내쉬었다. 목구멍으로 피가 넘어갔다. 얼어붙은 듯 무감각한 중지에는 손톱이 아예 없었다. 나갈 수 없다. 도망도 칠 수 없다. 떨리는 왼손을 더듬거려 찾아낸 손전등을 켰다. 시야를 새하얗게 물들인 불빛에 익숙해지자 완전히 닫힌 문이 보였다. 오쓰키는 지금 분명 밖에서 몸으로 문을 누르고 있다. 좁은 냉동고 내부에 전해지는 미약한 소리로 알 수 있었다. 모모카는 문 안쪽을 응시했다. 코로 숨을 내쉴 때마다 하얗게 흐려지는 공기 너머로 작고 녹슨 손잡이가 보였다. 빨간 글씨로 "OPEN"이라고 적혀 있었다. 부츠를 찾아서 한 짝씩 발을 쑤셔넣은 후, 손전등을 끄고 코트 호주머니에 넣었다. 아무것도 보이지 않는 어둠 속에서 왼손을 문짝에 대고 더듬거리며 손끝으로 아까 그 손잡이를 찾았다.

손잡이를 당긴 순간 문에서 작은 소리가 났다. 모모카는 마치 심장처럼 맥박이 뛰는 오른손 중지에서 흐르는 피를 삼키며 두 발을 냉동고 안쪽으로 뻗었다. 얼어붙은 시체에 밑창이 닿자 시체가 균형을 잃었고, 냉동고 어딘가에서 달그락 소리가 났다. 두 발이 냉동고 안쪽 벽면에 닿았다. 모모카는 지체 없이 혼신의 힘을 다해 두 무릎을 쭉 펴며 상체로 문을 밀었다. 튕겨 나가듯 문이 열리고, 오쓰키가 외마디 비명을 지르며 바닥에 나뒹굴었다. 모모카는 냉동고를 뛰쳐나가서 달렸다. 컴컴한 공간 저편에 보이는 희미한 직사각형을 향해. 현관 바닥에 내려서다가 한쪽 발이 허공을 갈랐지만 아슬아슬하게 자세를 바로잡았다. 밤이 깃든 산은 어둠으로 가득해서 거의 아무것도 보이지 않았지만, 폭포 관람대가 있는 쪽으로 달음박질쳤다. 그곳을 지나면 마운틴 로드로 이어지는 좁은 길이 나온다. 관람대 계단을 뛰어오르는 발소리가 요란하게 울려퍼졌다. 하지만 모모카는 계단을 다 오르기 전에 정강이를 계단 발판에 부딪히면서 폭포 관람대에 푹 넘어졌다. 일어나서 다시 뛰어오르려 했지만 오른쪽 다리에 힘이 들어가지 않았다. 몇 번을 시도해도 다리는 말을 듣지 않았고, 대신에 신경이 찢어지는 듯한 심한 통증이 온몸을 내달렸다. 엎드린 채 코트 호주머니에서 스마트폰을 꺼냈다. 눈물로 일그러진 화면에는 엄마가 보낸 메시지가 떠 있었다.

밥은 집에서 먹을 거니?

엄마에게 전화를—아니, 경찰에—그런데 그때 화면이 새까매졌다. 배터리가 다된 것이다. 둔탁한 발소리가 산길을 지나서 이쪽으로 다가왔다. 모모카는 지금 뭘 할 수 있을지 생각했다. 달릴 수도, 일어설 수도 없는 자신이 할 수 있는 일을……이것밖에 없다. 분명이것밖에 없다. 모모카는 손전등을 꺼내서 스위치를 켜고 힘껏 내던졌다. 불빛은 빠르게 빙빙 돌면서 날아가다가 저 멀리 관목이 우거진 곳에 떨어졌다. 발소리가 더 가까워지고 폭포 관람대의 계단이 캉캉 울렸다. 모모카는 꿇어앉은 자세로 묘진 폭포를 향해서 깍지를 꼈다. 산장에서 도망쳤을 때, 오쓰키는 모모카의 모습을 보지 못했다. 숨어 있던 건 내가 아니다. 냉동고에 숨어 있던 건 내가 아니다—.

누구누구 뒤에는 뱀이 있대요.

"여기……누구 안 왔어?"
폭포 관람대에 나타난 오쓰키는 숨을 헐떡이면서도 신중한 목소리로 모모카에게 물었다.

"뛰어가던데요."

이런 상황에서도 아주 자연스러운 목소리가 나오다니, 모모카는 신기하기 그지없었다.

"저쪽으로요."

뒤쪽으로 눈을 돌렸다. 캄캄한 풍경 아래쪽에 희미한 불빛이 가라앉아 있었다. 아까 내던진 손전등이었다. 오쓰키가 이 거짓말을 믿고서 저 불빛 쪽으로 간다면, 기어서라도 산장으로 돌아간다. 마운틴 로드 쪽으로 달아나도 지금 다리 상태로는 금방 따라잡힌다. 하지만 산장까지라면 갈 수 있다. 산장까지만 가면 전화가 있다. 전화가 있으면 경찰에 신고할 수 있다.

"넌……."

잠깐 머뭇거리던 오쓰키가 모모카에게 한 발짝 다가섰다.

"여기서 뭐 하는 거니?"

"소원을 빌고 있어요."

"뭐라고 빌었는데?"

"언니를 찾을 수 있게……해달라고요."

오쓰키가 모모카 앞쪽으로 자리를 옮겼다. 정면에 서서 모모카를 향해 상체를 구부렸다. 모모카의 손을 들여다보았다. 하지만 이렇게 어두운데 똑똑히 보일 리 없었다. 잠시 가만히 있던 오쓰키가 갑자기 뭔가를 얼굴 앞으로 쳐들었다. 기계가 작동하는 듯한 소리가 작게 들리고, 오쓰키의 손 언저리에서 눈부신 빛이 뿜어져 나왔다. 기능을 상실한 두 눈이 시력을 되찾기까지 몇 초 걸렸다.

오쓰키는 여전히 모모카의 정면에 서 있었다. 디지털카메라 화면에서 새어나오는 푸르스름한 불빛이 오쓰키의 얼굴에 비쳤다. 모모카는 그제야 사진을 찍혔다는 걸 알아차렸다. 오쓰키는 화면을 주시하며 고개를 살짝 갸우뚱했다. 분명히 찍혔을 줄 알았던 것이 어디에도 보이지 않기 때문이리라.

"돌아가는 길은……조심하렴."

오쓰키가 얼굴을 들었다.

"감사합니다."

오쓰키가 물러났다. 모모카 옆을 돌아서 등 뒤의 계단으로 향했다. 나무들 안쪽에 보이는 작은 불빛이 있는 곳으로 가기 위해……일이 잘 풀렸다. 오쓰키를 속이는 데 성공했다. 이제 오쓰키의 발소리가 멀어지기를 기다렸다가 산장으로 가면 된다. 관목을 헤치고 들어간 오쓰키가 주인 없는 손전등을 발견하고 서둘러 돌아오기 전에 산장에 도착하면 된다.

누구누구 뒤에는 뱀이 있대요.

뒤쪽에서 들리던 발소리가 멎었다.

뒤를 돌아보자, 오쓰키가 계단 중간에 멈춰 서서 디지털카메라 화면을 가만히 들여다보고 있었다.

8

소리가 사라진 폭포 관람대에서 오쓰키는 묘진 폭포를 바라보고 있었다.

이렇게 밤에 얼음 폭포를 마주하고 있으면, 이 세상에 살아 있는 생명체가 자기 혼자뿐인 것 아닌가 싶은 기분이 들었다. 자신이 이 세상에서 사라지면 생명체는 어디서도 찾아볼 수 없는 것 아닐까.

하지만 물론 그럴 리 없다. 이 얼음 폭포도 시간이 지나면 다시 흐른다. 얼어붙었다는 사실을 까맣게 잊어버린 듯 어느덧 요란한 물소리를 낸다. 지금까지 계속 그랬다. 어릴 적에도. 작년 봄에도.

자신이 사라진 후 냉동고에 처박아둔 시체를 발견하는 건 구마지마일까. 그때도 시체가 조금쯤은 얼어 있을까. 언 상태로도 그 시체가 자신이 1년 내내 찾으려 애썼던 여고생이라는 걸 금방 알아볼까. 여고생 옆에 언 상태로 보관된 시체가 29년 전에 사라진 오쓰키의 어머니라는 걸 경찰은 언제 알아차릴까.

누구누구 뒤에는 뱀이 있대요.

들릴 리 없는 아이들의 노랫소리가 어둠 속에 울려퍼졌다. 등을 차갑게 지지는 감각에서 도망치듯 몇 발짝 앞으로 나아가자, 디지털카메라가 폭포 관람대 난간에 부딪히며 둔탁한 소리를 냈다.

—너무 가벼운 마음으로 그 폭포에 소원을 빌지 않는 편이 좋을

겁니다.

　그 소녀가 처음으로 산장을 찾아왔을 때 그런 이야기를 했던 게 기억났다.

　─폭포의 신은 소원을 들어주는 대신, 그 사람의 목숨을 빼앗습니다.

　소녀의 언니는 실제로 여기서 폭포에 소원을 빌었을까. 그 소원은 이루어졌을까. 소녀의 언니는 대체 어디로 갔을까. 폭포의 신이 저승으로 데려간 걸까. 그렇다면 자신이 여기서 몸을 던지면 소원이 이루어질까.

　이루고 싶은 소원이 가슴속 어딘가에 있기는 할까.

　누구누구 뒤에는 뱀이 있대요.

　어둠 속에서도 보얗게 보이는 묘진 폭포가 오쓰키의 몸을 빨아들일 것만 같았다. 점점 멀어지는 아이들의 목소리 넘어 다른 목소리가 조용히 들렸다. 목소리가 들리는 쪽으로 몸을 내밀자 폭포 관람대의 난간이 배를 파고들었고, 그 부분을 축으로 온몸이 빙글 돌아갔다. 시야가 세로로 회전하는 가운데 오쓰키가 마지막으로 본 것은 한모란의 환영이었다. 실은 이미 시들었을 꽃─필 리 없는 꽃─.

제2장

머리 없는 남자를 구해서는 안 된다

1

"당녀 시형, 해봉 적 이써?"

체육관 구석에 모여 있던 세 명이 일제히 어리둥절한 표정을 지으며 고개를 내밀었다. 신은 코를 훌쩍이고 나서 다시 말했다.

"담력 시험, 해본 적 있어?"

1주일쯤 전에 걸린 여름 감기는 비교적 금방 나았지만, 콧물은 아직도 끈질기게 나왔다. 그나마 열이나 기침이 나지 않아서 다행이었다. 내일부터 시작될 여름방학은 고작 42일밖에 되지 않으니까.

"난 없는데."

"나도."

욧치와 하타케와 달리 다니유는 "있어" 하고 대답했다.

"친구랑 몇 번."

나왔구나 싶었다. 분명 거짓말이다. 다니유가 대화 도중에 무의미한 거짓말을 섞을 때에는 표정에 다 드러난다. 애당초 신, 욧치, 하타케 말고는 친구가 있을 리도 없다.

오늘 밤에 담력 시험을 하자고 제안한 사람은 다니유였다. 장소는 통칭 '시골 지대'라고 부르는 가쿠레이 산 건너편. 등산로 입구에 있는 귀신 은행나무까지 가자는 이야기였다.

귀신 은행나무는 원래 멀찍이 떨어지지 않으면 꼭대기가 보이지 않을 만큼 큰 나무였다고 한다. 하지만 나이를 먹으면서 줄기 안쪽이 썩어서 언제 쓰러질지 모르는 상태였으므로, 신이 태어나기 훨씬 전에 베였다. 지금은 높이 약 3미터의 딱딱한 죽은 나무였다.

"근데 그냥 귀신 은행나무를 보러 가는 게 무슨 담력 시험이야?"

욧치가 두툼한 입술을 오므리고 물었다. 그러자 다니유의 눈초리가 잡아당긴 것처럼 올라갔다. 누군가 자기 이야기에 흥미를 보였을 때 드러나는 특유의 표정이었다.

"그 은행나무가 인간을 원망해서 귀신이 된 이야기, 알지?"

물론 다들 알고 있었다. 줄기가 잘려 죽은 은행나무가 귀신이 되어 등산로 입구 부근을 돌아다닌다는 이야기였다. 귀신 은행나무라는 별명도 거기서 유래했다. 어째선지 신은 그 귀신을 커다란 브로콜리에 얼굴이 달린 모양새로 상상했으므로, 무섭다고 느낀 적은 한 번도 없었지만.

"그거 거짓말이래."

"뭐, 그야 그렇겠지."

"그런 게 아니라, 바보야, 좀 들어봐."

다니유가 눈에 쌍심지를 켜고 욧치를 노려보았다. 전교생이 체육관에 모여 곧 종업식을 시작할 예정이었다.

"귀신이 된 건 거짓말이고, 실은 괴물로 변했대."

다니유는 벽 앞에 있는 세 사람에게 다가와 신, 욧치, 하타케의 얼굴을 차례대로 바라보며 말을 이었다.

"머리 없는 남자로 말이야."

처음 듣는 이야기였다.

"목이 베여 죽었으니 머리 없는 남자로 되살아난 거지. 뭐 때문에 되살아났느냐 하면, 인간의 머리를 빼앗아 복수하기 위해서라고 친구가 그랬어."

다니유의 '친구' 말로는 머리를 빼앗는 방법이 아주 끔찍했다. 지나가는 사람의 목에 로프를 휘감아서 뜯어낸다는 것이었다. 그 이야기를 듣자 어쩐지 신은 작년에 붙잡았던 풍뎅이가 떠올랐다. 맨션 방충망에 붙어 있던 풍뎅이를 붙잡아 별생각 없이 다리를 잡아당기자 그럴 마음은 없었는데 몸에서 다리가 떨어졌다. 툭 떨어지는 게 아니라 주욱 빠지는 느낌이었고, 허옇고 탁한 뭔가가 몸속에서 끌려 나와서 기분이 별로였다.

"실제로 그 괴물한테 당한 사람도 있는데, 뜯긴 머리가 땅에 덜렁 놓여 있었다나 봐."

그런 사건이 실제로 있었다면 지금까지 이곳에 살면서 모르는 게 더 놀라운 일이다. 하지만 신은 몰랐다.

"미용실 같네."

하타케가 샐러리같이 가느다란 목을 긁적이며 불쑥 말했다.

"뭐가?"

"미용실에도 머리가 있잖아."

그렇게 대구하며 하타케는 다니유에게 들키지 않도록 한쪽 눈썹을 한순간 치켜세웠다. 이것은 신, 옷치, 하타케가 만든 비밀 신호로, 다니유가 거짓말하는 걸 알고서 상대해주고 있다는 뜻이었다.

하필 그때 다니유의 대답이 약간 늦어서 혹시 신호가 들통난 것 아닐까 걱정되었지만, 아무래도 그건 아닌 듯했다.

"그래……뭐, 그런 거지. 피 같은 것도 났을 테니, 미용실에 있는 머리의 실사판이야."

"그나저나 밤에 어떻게 모일 건데?"

옷치가 당연한 의문을 꺼냈다. 초등학교 5학년이 어떻게 밤에 모인단 말인가. 다니유의 집은 사정이 좀 있어서 밤에도 자주 혼자 놀러 나가는 모양이지만, 다른 세 사람의 집은 엄격했다.

"너희는 여름 축제에 간다고 하면 되잖아."

다니유의 말이 무슨 뜻인지 조금 늦게서야 이해했다.

맞다, 오늘은 여름 축제 날이었다. 시민운동 공원에서 1년에 한 번 열리는 여름 축제. 어른들은 같은 곳에서 개최되는 모란 축제에 더 힘을 기울였지만, 아이들에게는 여름 축제가 더 중요한 이벤트였다. 방금까지 신은 여름 축제 날을 기억하고 있었던 건 물론이고 옷치와 하타케를 불러내 함께 갈 생각이었건만, 담력 시험 이야기 때문에 깜박하고 말았다.

"축제에 간다고 하고 나와서 가쿠레이 산으로 가면 돼."

요컨대 부모님한테 거짓말을 하라는 건가.

"하지망 나씨가……."

체육관 창문을 올려다본 순간, 다니유가 주먹으로 신의 어깨를 툭 쳤다.

"날씨 걱정은 안 해도 돼, 바보야. 어제 그렇게 내렸으니 이제 안 내릴 거야."

확실히 어젯밤은 엄청났다. 하늘의 물이 몽땅 땅으로 떨어지는 게 아닐까 싶을 만큼 비가 좍좍 쏟아졌다. 오늘 아침에 베란다를 보니까 엄마가 물냉이를 키우는 화분에서 넘쳐난 흙탕물로 콘크리트가 시커멓게 변해 있었다.

"아까 인터넷으로 날씨 확인했는데 비는 안 올 것 같았어."

하타케가 호주머니에서 스마트폰을 꺼내자 욧치가 얼른 온몸으로 가렸다.

"야, 들킬라."

교칙상 학교에는 스마트폰을 가져오면 안 된다. 하기야 스마트폰이 있는 사람은 하타케 정도지만.

"자랑 좀 그만해, 바보야."

다니유가 눈코입을 얼굴 한가운데로 모으며 혀를 찼다.

"아무튼 어떻게 할 거야? 갈 거지?"

몇 초 뜸을 들이다 욧치와 하타케가 고개를 끄덕였다. 정말로 담

력 시험을 하고 싶은 걸까, 거절하면 귀찮아질까 봐 그런 걸까 궁금
해하고 있자니 다니유가 이쪽을 보았다.

"신은?"

다니유는 다니모리 유키라서 다니유, 하타케는 성씨가 하타케야
마, 욧치는 이름이 요시키. 오노 신이라는 성씨와 이름은 줄이거나
바꿔 불러야겠다는 생각이 별로 들지 않는지, 살면서 단 한 번도 별
명이 붙은 적이 없다.

"……갈 수 이쓸 꺼야."

"그럼 모두 가는 거다?"

다니유가 윗입술을 젖히며 웃자 가지런하지 못한 앞니와 입술 사
이에 침이 실처럼 늘어졌다.

"6시 반에 올빼미 다리에서 만나서 어두워지면 담력 시험을 시작
하자. 손전등 필요하니까 누가 좀 가져와. 6시 반이야. 그보다 빨리
오는 건 안 돼."

말이 끝나자마자 스피커를 통해서 빨리 줄을 서라고 야단치는 교
감 선생님의 목소리가 울려퍼졌다. 네 사람은 얼른 벽 앞쪽에서 걸
어나왔다. 앞장선 다니유의, 너무 많이 입어서 빛바랜 검은색 티셔
츠가 다른 옷들 사이에 섞여 사라졌다. 신은 뒤이어 걸어가면서 아
까 다니유가 때린 어깨를 문질렀다. 딱히 진심으로 때린 건 아니겠
지만 아직 좀 아팠고, 문지를수록 더 아파지는 듯했다. 잠시 후 아
픔이 가시더라도 찝찝한 냄새처럼 언제까지고 여운이 남아 있을 것
만 같았다.

"머리 없는 남자 이야기를 친구한테 들었다는데, 또 지어낸 이야기겠지?"

욧치가 작게 말하자 하타케가 놀란 표정을 지었다.

"아까 이야기하는 도중에 신호했잖아."

"어, 진짜? 몰랐어."

"그나저나 저 자식 왜 자꾸 바보, 바보 하는 거람."

"그거, 짜증 나."

"……응?"

"어, 왜?"

어느덧 신은 욧치와 하타케의 티셔츠를 붙잡고 있었다. 두 눈 사이가 잠깐 간질간질하더니 아까까지 막혔던 코가 단숨에 뚫렸다.

"우리 셋이서 다니유를 골탕 먹일까?"

2

현관문을 열기도 전에 맨션 바깥 복도에서 생선구이 냄새가 났다. 오늘처럼 급식이 없는 날, 엄마는 보통 신이 집에 오고 나서야 점심을 준비했다. 이번에는 웬일일까 생각하며 문을 열자, 아빠의 구두가 있었다.

"왜 집에 있어?"

구슬발을 얼굴로 밀고 들어가자 와이셔츠 차림의 아빠가 식탁에 앉아 점심을 먹고 있었다.

"일은?"

"어, 왔니? 아까 젊은 부부 손님한테 미고오리 몰 근처에 있는 집을 보여주고 왔는데—"

부동산 회사 영업사원인 신의 아빠는 임대 맨션이나 연립주택의 계약을 성사시키는 일을 했다.

"그 집은 그다지 마음에 안 들어하는 눈치라, 조금이라도 점수를 따려고 영업차로 집까지 바래다주겠다고 했지. 그랬더니 집이 아니라 시댁에 볼일이 있다면서 그쪽으로 데려다달라고 하더라고. 그런데 거기가 우리 맨션 바로 옆이지 뭐야. 마침 점심때겠다, 밥 먹으러 왔지."

신의 아빠는 말이 많았다. 주말에 욧치나 하타케네 집에 놀러 갔다가 친구들의 아빠를 볼 때도 있는데, 대개는 웃음을 짓거나 고개를 끄덕이거나 가끔 학교생활은 어떠냐고 물어보는 정도고, 이렇게 말을 많이 하지는 않았다. 처음에는 친구들의 아빠가 무뚝뚝한 편이겠거니 했지만, 이제는 그게 아니라는 걸 안다.

"너도 바로 밥 먹을래?"

엄마가 가스레인지의 불을 끄고 아빠의 국그릇에 된장국을 퍼 담았다.

"응."

꾸물댔다가는 성격이 급한 아빠가 먼저 밥을 다 먹을지도 몰랐다. 신은 서둘러 세면실로 가서 손을 씻었다. 책가방을 바닥에 내려놓고 식탁에 앉자 아빠가 옆에서 오른손을 척 내밀었다.

"왜?"

"성적표."

방금 받아온 1학기 성적표를 책가방에서 꺼내서 건넸다. 아빠는 일단 위에서 아래로 대강 훑어본 후, 다시 위에서부터 찬찬히 들여다보고 입을 떡 벌렸다.

"잘했잖아."

"보통이지 뭘."

"국어랑 미술이 굉장한걸. 내 아들이 아닌 것 같아."

웃음 짓는 얼굴 저편에서 레이스 커튼이 하얗게 빛났다. 어쩐지 아빠가 꿈속에 나오는 죽은 사람 같아 보였다.

"그러고 보니 다 나았구나."

"뭐가?"

"코. 오늘 아침까지 훌쩍훌쩍하더니만."

"아아, 어쩐지 갑자기."

"무슨 자극이라도 받았니?"

"아니."

실은 자극을 받았다. 나중에 옷치, 하타케와 몰래 만나기로 한 것에도, 셋이서 그것을 만들기로 한 것에도, 그 작업을 위해 삼촌에게 도움을 받으려고 하는 것에도.

"교감신경이라는 게 있는데, 사람은 자극을 받으면 그게 활성화돼서—"

심장 박동이 빨라지거나, 혈압이 높아지거나, 막힌 코가 뚫리는 등 여러 가지 현상이 일어난다고 한다. 과연, 코가 뚫린 건 자극을 받아서였나.

"많이, 중간, 적게?"

엄마가 밥솥을 열고 물었다.

"중간."

엄마는 밥공기에 딱 맞게 담은 밥을 전갱이구이, 된장국, 보리차와 함께 식탁에 늘어놓았다. 어깨 너머로 보이는 냉장고에는 자석으로 천 엔짜리 지폐를 붙여놓았다.

"저거, 내 거야?"

"응? 아, 축제에서 쓸 용돈. 어차피 달라고 조를 테니 미리 꺼내놨어. 갈 거지?"

"응."

"누구랑 갈 건데?"

아빠가 물었다.

"욧치, 하타케, 다니유."

"누군지 하나도 모르겠네."

"그치?"

신은 보리차를 꿀꺽 마신 후, 시험 삼아 물어보았다.

"아빠, 머리 없는 남자라고 모르지?"

"걔도 친구야?"

"아니. 괴물 같은 건데, 귀신 은행나무가 변한 거야."

"가쿠레이 산의 은행나무?"

자기 몫의 밥공기와 된장국을 들고 엄마가 식탁에 앉았다.

"응, 등산로 입구에 있는 거. 그 은행나무가 인간에게 베여서 죽은 원한을 갚으려고 머리 없는 남자로 되살아났대. 그리고 인간의 머리를 빼앗아서 복수할 기회를 노리는데—"

엄마가 입을 오므리고 눈초리를 치켜세웠다. 그 얼굴이 점점 메뚜기처럼 변하길래 신은 말을 멈췄다.

"너, 가쿠레이 산에 간 거 아니지?"

어린아이들은 그 산에 가면 안 된다고 주의를 받았다.

아니, 어른도 되도록 그 산에 가까이 가지 않았다. 올해 1월, 산 중턱의 대피소에서 여자 시체가 발견되었기 때문이다. 그것도 두 구나. 한 명은 지난 1년 내내 행방불명 상태였던 여고생이고, 한 명은 대피소 관리인의 어머니였다는 모양이다. 이 사건이 매일 뉴스에 보도되어 미고오리 시는 일약 유명해졌다. 야단법석이 난 후 가쿠레이 산은 한동안 입산이 금지되었고, 입산 금지 조치가 풀린 후에도 으스스하다며 아무도 가지 않았다. 대피소 관리인이 범인이라는 소문이 돌았지만 그 사람은 폭포에 뛰어들어 자살했고, 살해당한 여고생의 언니는 아직도 행방불명 상태여서 사건의 진상은 여전히 오리무중이었다. 사실 그런 곳에 가는 것만으로도 담력 시험이라 하기에는 충분했다.

"거길 왜 가? 시골 지대는 멀기만 하잖아."

엄마는 아무 말 없이 고개만 끄덕였다. 아빠는 신을 평소보다는 좀더 오래 보고 나서 다시 밥을 먹었다. 신도 젓가락을 들었고, 그 후로 한동안은 그릇 소리와 된장국을 먹는 소리만 이어졌다. 이윽고 베란다 너머에서 빗소리가 들렸다. 셋이 그쪽을 보자, 레이스 커튼이 우중충한 빛깔을 띠고 있었다. 아빠와 엄마가 여름 축제 이야기를 꺼냈고, 신은 담력 시험을 할 수 있을까 걱정이 되었다. 하지만 세 사람이 점심을 다 먹을 무렵 비가 그쳤다.

3

"생각해봤는데, 로프를 휘감아서 머리를 뜯어낸다는 설정은 그 사진에서 생긴 것 아닐까?"

뒤에서 옷치가 큰 소리로 말했다. 신이 "사진?" 하고 되묻자 앞에서 달려가던 하타케도 "무슨 사진?" 하고 돌아보았다. 셋이서 일렬로 자전거를 타고 가는 중이므로 크게 말하지 않으면 들리지가 않았다.

"왜, 작년인가 학교에서 보여준 사진 있잖아. 귀신 은행나무를 벨 때 찍은 사진. '모두의 동네'라는 수업이었을 텐데."

생각났다. 정확하게는 '우리 동네'였고, 4학년 사회 시간에 했던 수업이었다. 미고오리라는 지명의 유래, 1월과 5월에 개최되는 모란 축제, 가쿠레이 산에 있는 묘진 폭포, 묘진 폭포가 옛날에는 매년 얼어붙었다는 것, 산 너머에 펼쳐진 요메가 숲의 광활함을 다루었다. '요메夜目'는 쥐를 뜻하며, '가을 가지는 며느리에게 먹이지 말라'라는 속담 속 '며느리'가 실은 며느리가 아니라 '쥐'라는 설도 그때 배웠다(일본어로 며느리를 요메[嫁]라고 한다/옮긴이). 애당초 신은 가을 가지 어쩌고저쩌고하는 속담을 몰랐으므로 아무런 감응도 없었지만, 어쨌든 선생님이 슬라이드를 비추며 설명할 때 귀신 은행나무가 베어진 날의 사진도 보았다.

"아 참, 은행나무를 벨 때 위에다 로프를 묶었지."

일단 생각나자 그 사진이 똑똑히 떠올랐다. 단번에 쓰러지면 위험해서인지 크레인에 연결한 로프를 은행나무 줄기에 동여매서 고정했는데, 인간으로 따지면 딱 목이 있는 위치에 로프를 휘감은 인상이었다.

"그럼 다니유는 그 사진이 떠올라서 머리 없는 남자 이야기를 지어낸 건가."

신의 말에 욧치의 목소리가 자신만만해졌다.

"분명 그럴 거야. 그 녀석, 단순하잖아. 뭐, 어쨌거나 우리가 한 수 위지만. 허무맹랑한 이야기를 **지어내는** 게 아니라, 허무맹랑한 이야기를 **이용하는** 거니까."

그렇다, 지금부터 셋이서 다니유가 지어냈다고 추정되는 머리 없는 남자 이야기를 이용해 다니유를 골탕 먹일 작정이었다. 이런 상황에 딱 맞는 속담이 있었던 것 같은데 과연 뭘까 생각하고 있는데, 하타케가 물었다.

"신, 너희 삼촌이 정말로 도와주실까?"

손잡이가 T 자 모양인 하타케의 고급 자전거는 몸을 많이 구부린 자세로 타야 해서 그런지 실제보다 빨라 보였다.

"기꺼이 도와줄 거야."

세 사람의 목적지는 신의 삼촌 집, 정확하게는 신의 할머니 집이었다. 할머니는 아빠의 엄마고, 삼촌은 아빠의 형이다. 두 사람은 신이 사는 시가지와 시골 지대 사이에 해당하는 동네에서 함께 살고 있었다. 할아버지는 오래 전에 돌아가셨으므로 단독주택에는 그 둘뿐이었다.

"그런데 너네 삼촌……괜찮을까?"

하타케는 삼촌과 딱 한 번 만났다. 작년 연말, 다니유와 욧치도 함께 자전거를 타고 다니며 놀던 날이었다. 할머니 집에서 동짓날 쓸 호박을 얻어오라는 심부름이 생각나서 돌아가는 길에 들르려고 하는데 하타케가 따라왔다. 욧치는 늦으면 혼난다며 돌아갔고, 다니유는 귀찮아하며 어디론가 가버린 뒤였다.

"걱정하지 마. 착한 사람이니까."

그날 저녁, 현관 앞에서 할머니에게 받은 커다란 호박을 자전거 바구니에 쑤셔넣고 있는데 2층 창문이 조용히 열렸다. 창문으로 고개를 내민 삼촌은 평소처럼 파란색 점프슈트 차림이었고, 삐죽삐죽 자란 수염이 멀리서도 잘 보였다. 신이 손을 흔들자 삼촌도 손을 흔들었다. 벽에 묻은 얼룩이라도 닦듯 아주 살며시. 신이 손을 흔드는 모습을 보고 2층을 올려다본 하타케가 주변에 들릴 만큼 크게 숨을 헉 삼켰다. 삼촌 뒤쪽에 사람 모양의 물체가 매달려 있었기 때문이다. 천장 들보에 묶은 로프가 목에 휘감긴 상태로.

　—저건 진짜가 아니야.

　신이 알려주자 하타케는 설명을 요구하는 듯한 시선을 던졌다. 하지만 그런 표정을 지은들, 저 인형이 뭔지는 신도 몰랐다. 아는 거라곤 신이 기억하기로 삼촌 방에는 늘 목매달린 남자 인형이 있었다는 것, 인형이 낡으면 새것으로 바꾼다는 것, 삼촌이 목매달린 남자를 만드는 이유를 아무도 모른다는 것, 할머니가 목매달린 남자 때문에 고민이 많다는 것 정도였다. 어느 날 할머니가 아무 말도 없이 인형을 들보에서 내려서 버리자 삼촌이 고래고래 소리를 지르며 날뛰었다고 했다. 삼촌이 어떤 식으로 날뛰었는지는 모르지만, 당시 할머니는 목 언저리를 주무르며 약간 눈물 섞인 목소리로 하소연했다.

　"오늘 너희 할머니도 집에 계셔?"

　하타케가 걱정스러운 말투인 건 할머니가 현관에서 지은 표정을 기억하고 있기 때문이리라. 호박을 들고나온 할머니는 신이 친구를 데리고 온 것을—친구에게 삼촌의 모습을 보여준 것을—표정으로 대놓고 나무랐다. 그때까지 한 번도 본 적 없는, 마치 원한 있는 적을 대하는 듯한 얼굴이었다. 신이 호박을 자전거 바구니에 담고 돌아갈 때까지 할머니는 내내 그 표정이었다.

　"없어. 할머니는 여름 축제 날이면 낮부터 축제장에서 일을 돕거든. 뭔가 그런 담당인가 봐."

　실은 할머니에게 용건을 알리고 떳떳하게 삼촌의 방을 찾아가고 싶었다. 하지만 용건을 알리면 신이 여름 축제에 가지 않는다는 사실이 들통난다. 그러면 결국은 부모님도 알게 된다.

"잠깐, 너희 할머니가 축제장에 계시면, 네가 축제에 안 갔다는 걸 들키지 않을까? 축제장에 갔는데 안 만나고 오면 이상하잖아."

뒤에서 욧치가 걱정했지만 그런 건 문제없었다.

"갔는데 못 만났다고 하면 돼. 할머니는 나이를 많이 먹었으니까, 적당히 둘러대면 모를 거야."

대화하는 사이에 시가지를 벗어나 중간 시골 지대에 들어섰다. 하늘에는 적란운. 길 좌우에는 옥수수밭. 울려퍼지는 유지매미 소리. 이것이야말로 여름방학……아.

"큰일 났다, 숨어."

재빨리 말하며 신은 무인 판매소 뒤편에 자전거를 밀어넣었다. 뒤에 있던 욧치는 바로 따라왔지만, 앞서가던 하타케는 좀더 가고 나서야 자전거를 돌려서 신과 욧치에게 합류했다.

"미안, 저기 할머니가 계셔서. 버스를 기다리시나 봐."

두 발로 자전거를 후진시키고 등을 활처럼 젖혀서 길 앞쪽을 살폈다. 버스 정류장 옆에 할머니가 혼자 서 있었다. 모조품이 아닐까 싶을 만큼 아무 움직임도 없이.

"여느 때 같으면 축제장에 가셨을 시간인데. 올해는 좀 늦네. 여기서 조금만 기다리자. 할머니가 버스를 타실 때까지."

버스는 곧 왔다. 다가오는 엔진 소리. 푸쉭, 하는 정체불명의 소리. 잠꼬대 같은 운전기사의 안내 방송……다시 엔진 소리가 나고

타이어가 자잘한 돌멩이를 밟았다. 이윽고 버스가 신과 친구들이 숨어 있는 옥수수 무인 판매소 앞을 지나갔다. 운전기사를 제외하면 창문 너머에는 얼굴이 세 개밖에 없었다. 전부 노인이고 그중 하나가 할머니 얼굴이었다. 이제 여름 축제를 도우러 출발하건만, 마치 벌써 피로가 한계에 달한 듯 피부가 힘없이 늘어져 있었다. 아무 표정 변화도 없이 코끝에 시선을 향한 그 모습이 어쩐지 평소보다 세 배는 더 늙어 보였다.

"가자."

자전거를 돌려서 도로로 나갔다. 이번에는 신이 앞장서서 모퉁이를 두 번 돌았다. 이윽고 할머니 집이 보였다. 뒤편에 진녹색 가쿠레이 산이 있어서인지 집의 윤곽이 합성사진처럼 또렷하게 도드라졌다. 집 앞에 할머니의 소형 트럭이 있었다. 외출할 때 늘 타고 다니지만, 축제장에는 주차장이 부족해서 버스로 간 것이리라.

신과 친구들은 현관 앞에 자전거를 나란히 세웠다.

"더워 죽겠네……."

욧치가 얼굴에 맺힌 땀을 손으로 닦았다. 그 손을 휙휙 흔들자 땅에 깔린 자갈 여기저기에 회색 점이 생겼다. 만났을 때부터 땀을 흘리던 욧치, 이제 흠뻑 젖은 티셔츠가 몸에 착 달라붙어 옷을 입었는지 입지 않았는지 모를 정도였다. 한편 배낭까지 메고서 자전거를 타고 온 하타케는 땀 한 방울 흘리지 않아 하얀 피부가 평소처럼 보송보송했다. 두 사람의 중간쯤 땀을 흘린 신은 티셔츠 배 부분을 펄럭여서 바람을 넣으며 알로에를 심어둔 플라스틱 양동이로 다가

갔다. 할머니는 열쇠를 잃어버렸을 때를 대비해 그 밑에 비상용 열쇠를 숨겨놓곤 했다.

4

할아버지는 지금으로부터 30년 가까이 전에 돌아가셨으므로 신은 할아버지를 사진으로만 보았다. 그나마도 40대 시절의 사진이라 할아버지라는 느낌은 전혀 들지 않았다.

할아버지는 아빠와 삼촌이 중학생 때 고코 강에서 돌아가셨다. 셋이서 물놀이를 하다가 갑자기 불어난 물에 쓸려갔다고 한다. 아빠는 강가의 자갈밭에 있어서 무사했다. 삼촌은 함께 쓸려갔지만 자기 힘으로 강가까지 헤엄쳐 와서 살았다.

그후로는 할머니가 혼자 가족의 생계를 책임졌다. 농협에서 일했지만 정직원이 아닌 탓에 월급이 적어서 세 사람이 먹고살 생활비를 버느라 고생했다고 한다. 아빠가 고등학교를 졸업하고 지금 회사에 취직한 뒤로는 매달 월급의 일부를 할머니에게 보내니까 아마 예전만큼 힘들지는 않을 것이다. 그래도 할머니 집은 벽의 페인트가 쩍쩍 갈라졌고, 1층 바닥에는 푹 꺼진 곳도 있었다. 현관문도 굳이 양동이 밑에서 여벌 열쇠를 꺼낼 것 없이, 어른이 살짝 들어올리면 빠질 듯한 미닫이문이었다.

"너희 삼촌은 뭐 하는 사람이야?"

삐걱거리는 계단을 오르며 욧치가 작은 목소리로 물었다. 2층에
는 아빠가 옛날에 썼던 방과 골판지 상자며 청소 도구를 보관하는
광, 그리고 삼촌이 생활하는 방이 있었다.

"아무것도 안 해. 소위 은둔형 외톨이니까."

더구나 은둔형 외톨이 경력이 30년에 가까운 베테랑 중의 베테랑
이었다. 삼촌은 할아버지가 돌아가신 직후부터 등교를 거부하고,
화장실에 갈 때 말고는 거의 자기 방에만 틀어박혀 지냈다. 아니,
아빠 말로는 어른이 되고 나서 딱 한 번 일한 적이 있다고 했다. 할
머니의 설득으로 운전면허를 따서 농작물과 비료를 운반하는 간단
한 일을 도왔지만, 금방 해고당했다고 한다.

"삼촌, 있어?"

두꺼운 종이를 바른 미닫이문 앞에 서서 불렀다. 신의 오른쪽과
왼쪽에 선 욧치와 하타케가 하고 싶은 말이 있는 듯 시선을 교환했
지만, 결국 아무 말도 꺼내지 않았다. 하지만 분명 2층 전체에 가득
한 삼촌의 냄새에 대해 말하고 싶었던 것이리라. 삼촌은 목욕을 하
지 않는다. 고코 강에 빠져 죽을 뻔한 뒤로 물이 무서워서 욕조에
들어가지 못한다고 아빠에게서 들었다. 그렇다고 코를 찌를 만큼
악취를 뿜어내는 건 아니었다. 보통 사람의 체취가 아주 강해진 듯
한, 인간이 응축된 듯한 냄새라 신은 싫지 않았다. 언젠가 신년 연
휴에 부모님과 함께 놀러 왔을 때, 저녁이 되자 할머니가 뜨거운 물
을 담은 대야와 수건을 들고 2층으로 올라가는 모습을 봤다. 분명
그걸로 목욕을 대신하는 것이리라.

"나, 신이야. 들어가도 돼?"

방 안에서 '아'와 '으'의 중간쯤으로 느껴지는 짤막한 목소리만 들려와서 들어가도 되는지 판단이 서지 않았다. 잠시 기다렸다가 문을 살짝 열고 얼굴을 들이밀었다. 삼촌은 평소처럼 파란색 점프슈트 차림으로 방 안쪽에 책상다리를 하고 앉아 있었다. 천장에는 변함없이 남자 인형이 목매달려 있었다. 인형은 삼촌과 똑같은 파란색 점프슈트 차림이었고, 검은 털실 머리카락에, 얼굴은 눈코입 없이 밋밋했다. 손발도 손가락과 발가락 없이 그냥 끝부분을 둥그렇게 꿰매어놓았을 뿐이었다. 그래도 역시 사람 옷을 입혀놓으니 실감 나 보였다.

"오늘은 할머니 말고 삼촌한테 볼일이 있어서."

그렇게 말하자 삼촌이 빙긋 웃었다. 두 눈이 새까만 건 눈동자가 커서라기보다, 눈알이 들어 있는 구멍이 작기 때문인 것 같았다. 이렇게 뺨을 끌어올려 웃으면 삼촌의 얼굴은 꼭 이모티콘처럼 보였다.

"친구도 같이 왔어."

신이 문을 열어서 옷치와 하타케의 모습이 드러난 순간, 삼촌의 얼굴은 진짜 이모티콘처럼 움직임을 멈췄다.

"얘는 옷치고, 얘는 하타케. 같은 반 친구야. 삼촌한테 부탁하고 싶은 일이 있어서 셋이 같이 왔어."

"처음 뵙겠습니다."

"안녕하세요."

두 사람은 각각 인사한 후 목매달린 남자를 보고, 삼촌을 봤다가, 방구석으로 시선을 옮겼다. 거기에 인형이 하나 더 있다는 건 신도 눈치챘다. 하얀 천에 왕겨를 채운 알몸 인형이었는데, 목 언저리의 천이 늘어나서 약간 찢어져 있었다. 목매달린 남자는 제법 무거워서 매달려 있는 동안 천이 찢어지므로 1년에 한두 번 새것으로 교체했다.

아무래도 타이밍을 딱 맞춰서 온 듯했다.

"마침 새것으로 바꾼 모양이네. 어쩌면 헌 걸 쓸 수 있을지도 모르겠어. 저기, 삼촌, 저 인형 버릴 거야?"

물어보자 삼촌은 알몸 인형을 돌아보고 잠시 가만히 있다가, 이쪽을 보고 고개를 끄덕했다.

"오오오."

"잘됐다."

욧치와 하타케가 평소 분위기로 돌아와서 기뻤다.

"그럼 삼촌, 저거 우리한테 줘. 하타케, 옷 가져왔어?"

"응, 가져왔지."

하타케가 배낭 지퍼를 열었다. 속에는 하타케의 아빠가 더는 입지 않고 옷장 속에 처박아뒀다는 옷이 들어 있었다.

"어떤 게 어울릴지 몰라서 여러 벌 가져왔어."

"전부 입혀보자."

신과 친구들은 방으로 우르르 들어갔다. 창문이 방충망이라 방으로 들어가자 오히려 삼촌 냄새가 덜 났지만, 그래도 욧치와 하타케는 신선한 공기가 들어오는 창가에 자리를 잡았다. 어색한 몸놀림으로 일어난 삼촌은 다다미를 사박사박 걸어가서 방구석에 있는 알몸 인형을 집었다. 삼촌은 인형을 욧치와 하타케 쪽으로 아무렇게나 끌고 간 후, 묻듯이 신을 보았다.

"장난으로 친구를 좀 놀래주려고."

늦게나마 설명했다.

"우리랑 같이 노는 다니유라는 애가 있는데, 늘 시건방지게 굴어서 골탕을 먹이기로 했거든—."

가쿠레이 산의 귀신 은행나무. 다니유에게 들은 머리 없는 남자 이야기. 그건 사실 다니유가 지어낸 이야기라는 것. 밤에 하기로 한 담력 시험.

"담력 시험을 할 때 다니유한테 장난을 치는 거야. 자기가 지어낸 머리 없는 남자가 진짜로 등장하면 눈물 쏙 빼겠지."

"그때 이 인형을 사용하는 거예요."

욧치가 인형의 머리를 탁 두드렸다.

"이 인형의 머리를 떼어내고 옷을 입혀서 덤불 속에 세워두면, 장난 아니게 무섭겠죠?"

"맞아. 그러니까 삼촌, 실은 이 인형의 머리를 떼어내야 해."

삼촌은 좁은 이마를 더 좁게 오므린 채 잠시 허공을 바라보다가 신에게 얼굴을 돌리고 벙긋 웃었다. 그 상태로 두 어깨를 으쓱으쓱하는 것이 삼촌이 기쁨을 표현하는 방법이었다. 마지막으로 이 몸짓을 본 건 황금연휴에 부모님과 함께 저녁을 먹으러 왔을 때였다. 할머니가 삼촌의 식사를 쟁반에 담아서 가져가려고 하길래 신이 대신 가져갔다. 좌식 탁자에 쟁반을 내려놓자 삼촌은 배가 별로 고프지 않은지 당장 젓가락을 들지 않았다. 날이 저물기 시작해 창밖의 가쿠레이 산이 검은색 삼각형처럼 보였다. 마침 산꼭대기 뒤편으로 숨으려는 해가 새빨간 해파리 같은 모양이길래, 신은 더 자세히 보려고 창문을 열었다. 별생각 없이 손으로 덧문을 짚자, 중지 끝부분이 뜨끔했다. 길쭉한 가시가 손가락에 박혀 있었다. 얼른 뽑아냈지만, 살 속을 파고든 가시 끄트머리는 아무리 애를 써도 빠지지 않았다. 그러자 삼촌이 벽장에서 인형을 만들 때 사용하는 바늘을 꺼내서 가시를 제거해주었다. 삼촌의 따뜻한 손바닥에 얹힌 중지에서 가시는 좀처럼 빠지지 않았고, 바늘 끝으로 헤집은 손끝이 욱신욱신 아팠다. 하지만 마침내 바늘 끝에 걸린 가시가 살 속에서 쏙 빠져나왔다. 신이 삼촌을 보며 웃자, 삼촌도 웃으며 두 어깨를 으쓱으쓱했다. 그때 해는 이미 가쿠레이 산 너머로 넘어갔고 천장의 형광등이 방을 희끄무레하게 비추고 있었기 때문인지, 삼촌의 얼굴은 모조품처럼 보였다.

"삼촌은 왜 이런 인형을 만들어요?"

옷치가 서먹함이 완전히 사라진 투로 묻자, 기다렸다는 듯이 하타케가 말을 이었다.

"왜 천장에 매달아두는 거예요?"

하지만 삼촌은 공기를 먹듯 입만 뻐끔거렸다.

"아, 우리 삼촌은 말을 못 해."

아빠 이야기로는 원래부터 말을 못 했던 건 아니다. 고코 강에 빠져 죽을 뻔한 후로 말을 못 하게 되었다고 한다. 어쩌면 어딘가에 물이 들어가서 뇌가 망가졌는지도 모른다. 어쨌거나 할머니가 병원을 여러 군데 돌아다녔는데도 낫지 않아서, 지금도 여전히 말을 못한다. 삼촌이 학교에 가지 않게 된 건 그 때문일까. 어른이 되어서 기껏 취직했을 때도 말을 못 해서 해고된 걸까.

"그럼 머리 없는 남자를 만들어볼까. 삼촌, 뭔가 목을 자를 도구 있어?"

삼촌은 고개를 끄덕끄덕하며 벽장의 문을 열었다. 안에서 오래된 신문을 몇 장 꺼내 다다미에 깔더니, 인형의 상반신을 그 위로 끌어다놓았다. 그리고 좌식 탁자 위에 있던 가위를 들고 놀랄 만큼 아무 망설임도 없이 인형의 목을 싹둑싹둑 잘라내기 시작했다. 인형 속에 채워진 왕겨가 신문지 위로 줄줄 흘러내리자, 인형의 몸이 홀쭉해지면서 머리 쪽이 쭈그러졌다. 머리를 잘라낸 삼촌은 인형의 상체를 끌어당겨서 신문지에 앉혔다. 흘러나온 왕겨를 손으로 집어서 목 부분에 생긴 구멍에 도로 넣길래, 신과 친구들도 힘을 합쳐 넷이 함께 인형에 왕겨를 채웠다. 이윽고 인형의 몸통이 원래 크기로 돌아갔다. 삼촌은 티슈 상자만 한 밀폐 용기에서 바늘과 실을 꺼내 목에 생긴 구멍을 꿰맸다.

"굉장하다."

"순식간에 머리 없는 남자 완성."

옷치와 하타케가 반짝이는 눈으로 막 완성된 머리 없는 남자를 바라보았다. 삼촌은 꿰맨 부분에서 왕겨가 새어나오지 않는지 확인한 후, 괜찮다는 걸 알고 입술 양쪽이 귀에 닿을 듯 활짝 웃었다.

"일단 옷을 전부 입혀볼까."

하타케가 배낭에 손을 넣어 옷을 바닥에 늘어놓았다. 윗옷은 녹색 긴소매 티셔츠, 노란 반소매 티셔츠, 회색 와이셔츠. 바지는 치노 팬츠, 슬랙스, 청바지. 하타케 아빠의 헌 옷을 모두 함께 알몸뚱이 인형에 번갈아 입혀봤다. 옷을 고르기는 아주 어려웠다. 상반신에 티셔츠를 입히면 부자연스러운 체형이 두드러졌고, 하반신에 치노 팬츠를 입히자 묘하게 휴일을 즐기는 아저씨 느낌이 나서 덜 무서웠다.

"응……이거네."

신의 말에 욧치와 하타케도 고개를 끄덕였다.

인형의 차림새는 회색 와이셔츠와 청바지. 이것저것 입혀보다가 남은 옷이었지만, 바닥에 드러누운 머리 없는 남자는 아주 그럴싸해 보였다. 와이셔츠 옷깃 덕분에 머리가 없다는 게 강조되었고, 청바지도 적당히 헐렁해서 자연스러워 보였다. 머리 없는 남자에게 옷을 갈아입히는 모습을 옆에서 바라보던 삼촌이, 자기 인형이 도움이 되는지 확인하듯 신을 힐끗 보았다.

"삼촌, 고마워."

삼촌에게 웃음을 지은 순간, 콧속에 벌꿀이라도 흘려넣은 것처럼 얼굴 안쪽이 녹진녹진하게 녹아내리는 감촉이 느껴졌다.

"그런데 이거 어떻게 세우지?"

욧치가 인형의 양쪽 겨드랑이를 붙잡고 들어올렸다.

머리 없는 남자를 구해서는 안 된다

"다 생각해뒀으니까 걱정하지 마. 로프로 나뭇가지에 매달면 되지 않을까. 올빼미 다리랑 귀신 은행나무 사이에 나무가 많이 자란 곳이 있잖아, 강을 따라서. 거기에 있는 나무에 로프로 매달면 어떨까 싶은데."

다리에서 은행나무까지 캄캄한 밤길을 손전등으로 비추며 걸어간다. 그동안 머리 없는 남자 이야기를 해서 최대한 분위기를 조성해둔다. 도중에 한 명이 손전등을 목 없는 남자 쪽으로 비춘다. 신이나 옷치나 하타케가. 로프에 불빛이 닿지 않도록 하면 분명 머리 없는 남자가 서 있는 것처럼 보일 것이다. 그걸 보고 셋이서 놀란 척 소리를 지른다. 그러면 다니유도 놀란다. 비명을 지를지도 모르고, 달아날지도 모른다. 오줌을 지리면 최고겠지만, 역시 그건 너무 불쌍한가.

"인형에 입힌 옷이 많이 더러워지겠지만, 깨끗하게 빨아서 돌려줄게."

괜찮아, 하고 하타케가 쓴웃음을 지으며 손을 내저었지만 그럴 수는 없었다. 빌린 물건은 제대로 된 상태로 돌려줘라. 신은 어릴 적부터 부모님에게 그렇게 배웠다. 옷이나 손수건은 세탁하고, 연필은 깔끔하게 깎고, 전자제품은 새 건전지를 넣고, 만약 충전식이면 100퍼센트까지 충전하라고. 하기야 지금까지 남에게 빌린 적 있는 물건은 연필 정도라, 설마 자기 인생에 어른 옷을 빌릴 기회가 찾아올 줄은 몰랐지만.

5

"으아!"

"으헉!"

"위험해!"

이런 식으로 차를 타는 건 아마 법률상으로는 불법일 것이다. 하지만 길가를 걸어가는 사람과 밭에서 일하는 사람들은 대개 웃음을 지었다. 손을 흔드는 노인도 있었다. 신, 욧치, 하타케는 소형 트럭 짐칸 바닥에 엉덩이를 통통 부딪치며 웃음으로 답하거나 손을 흔들어주었다. 짐칸 한가운데 드러누운 머리 없는 남자도 펄떡펄떡 몸을 튕겼다.

뒤쪽으로 흘러가서 사라지는 사람들은 다들 삼촌을 알고 있을까. 알더라도 운전자가 삼촌이라는 걸 눈치챘을까. 은둔형 외톨이였던 사람이 이렇게 트럭 운전대를 잡고, 조카와 그 친구들을 데리고 외출했다는 사실을 알아줄까. 신은 가능하면 한 명도 빠짐없이 그러기를 바랐다.

―인형 옮기는 걸 도와줘.

몇 번이나 연습했던 그 말을 방에서 꺼냈을 때, 삼촌의 얼굴은 아주 실감 나는 고무 마스크처럼 보였다. 여전히 웃는 표정이었지만 피부, 털, 눈알이 순식간에 가짜로 바뀐 듯했다.

―밖에 있는 트럭, 삼촌도 운전할 줄 알지?

대답을 듣지 못한 채로 시간이 흘러서 안 될지도 모르겠다는 생각이 고개를 쳐들었을 때, 고무 마스크가 꾸물럭 움직였다. 어느 덧 삼촌은 인간의 얼굴로 돌아와서 웃고 있었다. 평소처럼 그저 뺨을 끌어올린 게 아니라, 눈초리에는 주름이 잔뜩 잡혔고 입은 캐슈너트 같은 모양으로 벌어져 있었다. 삼촌이 그 표정을 짓게 만든 건 신 자신이었다. 지금 이렇게 삼촌을 집 밖으로 데리고 나왔을 뿐만 아니라 차를 운전하게 만든 것도.

"너희 삼촌, 운전이 너무 거칠어!"

옷치가 짐칸 끄트머리에 들러붙어 고함을 질렀고, 신도 같은 자세로 소리쳤다.

"오랜만이니까 어쩔 수 없지!"

어떻게든 하고 싶다고 마음먹은 건 언제부터였을까. 할머니가 삼촌을 목욕시키는 대신 뜨거운 물과 수건을 2층으로 가져가는 모습을 보았을 때일까. 중지에 박힌 가시를 삼촌이 뽑아주었을 때일까. 동지에 쓸 호박을 받으러 갔을 때일까. 그때 할머니는 신이 친구를 데려온 걸 표정으로 나무랐다. 마치 원한 있는 적을 바라보는 듯한 눈빛이었다. 그 얼굴이 며칠이나, 아니, 언제까지고 머릿속을 떠나지 않았다.

하지만 계기는 상관없다. 어쨌거나 자신은 삼촌에게 도움을 주었다. 아무도 하지 못한 일을 해냈다. 마치 몇 년이나 참았던 오줌을 마침내 눈 것처럼, 태어나서 처음이라 할 만큼 상쾌한 기분을 맛보았다.

"앗, 물웅덩이!"

"온다!"

짐칸 양옆에서 길 앞을 살피던 욧치와 하타케가 잇달아 외친 다음 순간, 차체 오른쪽에 심한 충격이 전해졌다. 움푹 팬 지면이 타이어를 튕겨냈고, 튀어오른 흙탕물이 길가까지 날아갔으며, 신과 친구들의 엉덩이가 0.5초쯤 허공에 떴다. 머리 없는 남자도 붕 떠오른 후, 유도 낙법을 하듯 손발로 짐칸을 탁 치면서 떨어졌다.

삼촌의 마음속에서 뭔가가 변했음을 할머니, 아빠, 엄마는 언제 알아차릴까. 알아차리면 대체 삼촌에게 무슨 일이 있었느냐는 이야기가 나와서, 신이 뭘 어떻게 했는지 들통날지도 모른다. 하지만 그래도 상관없다. 실은 여름 축제에 가지 않았다는 것도, 친구들과 함께 담력 시험을 했다는 것도, 머리 없는 남자 인형을 만든 것도, 인형을 만들고 옮길 때 삼촌이 도움을 주었다는 것도, 오히려 전부 들통났으면 했다.

웃어주는 사람과 손을 흔드는 사람이 드물어지고, 소형 트럭이 드디어 시골 지대에 들어섰다. 시야 오른쪽에서 진녹색의 가쿠레이 산이 점점 커졌다. 이윽고 트럭은 고코 강에 걸린 올빼미 다리를 건넜다.

"이 다리는 사실 올빼미 다리가 아니라 봉지 다리야(일본어로 올빼미는 '후쿠로우', 봉지는 '후쿠로'라고 한다/옮긴이). 구토 봉지라고 할 때 그 봉지."

하타케의 말에 욧치가 토하는 시늉을 했다.

"무쿠로 다리겠지."

할머니가 그렇게 불렀던 게 생각나서 신은 정정했다. 하지만 하타케는 "봉지야" 하고 고개를 저었다.

"애초에 무쿠로라는 단어는 없잖아."

"그럼 봉지인가."

도중에 오른쪽으로 꺾인 길이 그대로 강 옆 등산로 쪽까지 이어졌다.

"삼촌, 스톱!"

무릎으로 서서 운전석과 짐칸 사이에 있는 유리창을 두드렸다. 그러자 트럭이 깜짝 놀란 것처럼 급정지해서 하마터면 유리창에 머리를 찧을 뻔했다. 욧치와 하타케가 좌우에서 넘어졌고 짐칸을 주르르 미끄러진 머리 없는 남자는 신의 다리에 부딪혔다.

소형 트럭의 시동이 꺼지자 주변은 완벽한 정적에 잠겼다.

하지만 그것은 착각이었다. 몇 초 지나자 물이 끓는 것처럼 유지매미 소리가 들려왔다.

신과 친구들은 짐칸에서 뛰어내렸다. 길 왼편에는 이삭이 아직 녹색인 참억새가 가득했고, 그 밑동에서 메뚜기 몇 마리가 풀쩍풀쩍 뛰어다녔다. 오른편에는 무슨 종류인지 모르지만 가을에 도토리가 떨어질 것 같은 나무가 늘어서 있었다. 그 너머에 고코 강이 흐를 테지만, 지형이 약간 낮아진 곳이라 이곳에서는 보이지 않았다.

"완전 끝내주네."

하타케가 스마트폰을 꺼내 동영상을 찍었다. 짐칸에 널브러진 인형, 그 인형을 매달기 위해 가져온 로프, 욧치, 신, 그다음으로 나무들, 강, 가쿠레이 산을 찍고 운전석 쪽으로 향했다. 동영상을 찍는 걸 아는지 모르는지, 삼촌은 스마트폰 앞에서 쑥스러운 표정으로 브이 자를 만들었다.

"와, 이거, 어두워지면……장난 아니겠는데."

욧치가 입술을 오므리고 복어 같은 얼굴로 주변을 둘러보았다. 길은 포장도로지만 흙과 자갈 천지고, 가로등은 하나도 없었다. 바로 옆에서 가쿠레이 산이 덮쳐누를 듯한 모양새로 하늘을 가리고 있었다.

"무거우니까 삼촌한테 부탁하자."

욧치와 하타케가 짐칸에서 인형을 내리려고 하길래 신이 서둘러 말했다. 운전석에서 내린 삼촌이 걷는 게 아직 익숙하지 않은 것처럼 신과 친구들에게 겅둥겅둥 다가왔다. 삼촌은 짐칸의 인형을 어깨에 들쳐메고 거친 콧숨을 내쉬며 이쪽을 보았다. 눈 속에서 이리저리 움직이는 눈동자가 좁은 곳에 갇힌 올챙이 두 마리 같았다. 신과 친구들은 어디에 인형을 둘지 상의한 끝에, 트럭 조금 앞쪽에다 시험해보기로 했다. 나무들 사이에 빈틈이 있는 데다, 딱 좋은 높이에 나뭇가지가 옆으로 뻗어 있었다.

짐칸에 헝클어져 있던 로프를 셋이서 풀면서 그쪽으로 향했다. 무릎까지 올라오는 잡초를 헤치고 나무들 사이로 들어가자 흙냄새가 물씬 풍겼다. 나뭇가지 사이의 거미줄에 맺힌 수많은 물방울이 유리구슬처럼 빛났다. 나무들 앞쪽에 보이는 고코 강은 비가 내려서 물이 많이 불었고 빛깔이 탁했다.

"그쯤에서 한번 세워볼래?"

삼촌은 옆으로 뻗은 나무 아래로 이동해 양손으로 인형의 겨드랑이를 받치고, 자기는 인형 뒤편에 숨듯이 몸을 웅크렸다. 신과 친구들은 조금 물러나서 그 광경을 바라보았다.

"응, 끝내준다."

신의 말에 욧치와 하타케도 좌우에서 고개를 끄덕였다.

장소를 그 자리로 정하고 즉시 인형을 설치하는 작업에 돌입했다. 서 있는 것처럼 꾸미기 위해 인형을 로프로 나뭇가지에 매달아야 했다. 신과 친구들은 일단 로프를 인형의 가슴에 감았다. 하지만 너무 눈에 띄어서 옷 안쪽에 감추기로 했다.

"일단 옷을 벗겨야겠네."

인형에 입힌 와이셔츠를 벗기는 동안 삼촌이 로프 끝부분에 고리를 만들어주었다. 놀랍게도 그 고리는 크기를 자유자재로 조절할 수 있었다. 신과 친구들은 머리 없는 남자에게 만세를 시키고 위에서부터 가슴에 고리를 건 후, 그 상태로 다시 인형에 와이셔츠를 입혔다. 목 부분으로 나온 로프를 삼촌이 쳐들자 인형은 몸을 꼿꼿이 폈다. 상상했던 대로 그 자리에 서 있는 것처럼 보였다. 신은 속으로 주먹을 불끈 쥐었고, 하타케와 욧치는 실제로 주먹을 꽉 쥐었다. 욧치는 양손이 화장실에서 힘쓸 때와 비슷한 모양인 걸 알고 장난스럽게 엉덩이를 쑥 내밀기도 했다.

"누가 목말 좀 태워줘."

삼촌이 바로 나무줄기 옆에 쪼그려 앉았다. 신은 로프 끄트머리를 잡고 삼촌의 어깨에 올라탔다. 부스스한 곱슬머리는 길이가 들쭉날쭉했고 발효된 겨된장 같은 냄새가 났다.

"근처에 다니유 없겠지?"

욧치가 길 앞뒤를 걱정스레 둘러보았다.

"지금 들켰다간 엄청 뻘쭘할 거야."

풍경이 아래로 쑥 내려가고 나뭇가지에 가까워졌다. 매미가 울음을 뚝 그치고 눈앞을 날아갔다. 옆으로 뻗은 가지는 생각보다 높아서 손끝이 겨우 닿을 정도였다. 하타케가 밑에서 스마트폰으로 사진을 찍는 소리가 몇 번 들렸다. 신은 그 소리에 살짝 긴장하며 양손을 한껏 뻗어 간신히 나뭇가지 위로 로프를 넘겼다. 흔들리는 나뭇잎들 틈새로 햇빛이 레이저 빔처럼 두 눈을 때려서 앞이 잘 보이지 않았다. 그래도 어떻게든 늘어진 로프 끝부분을 잡아당겨 인형을 세웠다. "좀더 높이." "너무 높아." "너무 내렸어." 밑에서 들리는 욧치와 하타케의 말에 따라 로프를 잡아당기거나 풀었다.

"거기!"

욧치와 하타케가 동시에 소리친 지점에서 로프를 묶었다. 매듭이 너무 아래에 있으면 눈에 띄니까 최대한 높은 곳에다가. 팔이 아파서 힘이 들어가지 않아 단단히 묶기 어려웠지만, 손을 떼보자 의외로 꽉 묶여 있었다. 신은 삼촌에게 신호를 보내 땅으로 내려왔다.

"멀리서 한번 보자."

다 함께 길로 나가서 돌아보자—.

"우와."

"이거지."

옷치와 하타케가 입을 모아 감탄했고, 삼촌도 목구멍에서 만족
스러운 목소리를 흘렸다. 물론 신도 대만족이었다. 회색 와이셔츠
와 청바지를 입은 머리 없는 남자가 거기 서 있었다. 잡초 사이를 두
발로 디디고 서서, 상체를 희미하게 흔들며, 얼굴도 없는데 이쪽을
바라보았다. 목 뒤쪽에서 뻗어나온 로프가 훤히 다 보였지만, 낮이
라서 그럴 뿐 밤에는 손전등을 잘 사용하면 문제없었다. 설치한 장
소도 만점이었다. 안쪽에는 나무가 한 그루도 없고 조금만 나아가
면 땅이 끊겼다. 머리 없는 남자는 분명 어둠 속에서 홀연히 모습을
드러낼 것이었다.

"그 자식, 완전히 쫄겠네."

"다니유를 골탕 먹이유."

옷치와 하타케가 한마디씩 하면서 들고 온 손전등으로 머리 없는
남자를 비추는 연습을 했다. 옷치가 어째선지 허리에 찬 권총을 재
빨리 뽑아서 상대를 겨누는 듯한 동작을 취했으므로, 그래서는 너
무 어색하다고 하타케에게 주의를 받았다. 두 사람이 그러는 동안
삼촌이 점프슈트 옷깃을 양손으로 세우더니, 머리를 옷 속에 감추
고 머리 없는 남자 흉내를 냈다. 두 팔을 몸 옆에 축 늘어뜨린 채 그
자리에 우뚝 선 삼촌의 모습에 세 사람은 깔깔 웃음을 터트렸고, 옷
치와 하타케가 손전등으로 번갈아 삼촌을 비추었다.

"그나저나 앞으로, 어휴……두 시간이나 남았네."

하타케가 겨우 웃음을 그치고 스마트폰으로 시간을 확인했다.

"할머니 집에 자전거를 놔뒀으니 일단 돌아갈까. 삼촌 방에서 시간을 보내다가 6시쯤에 출발해서 부엉이 다리에서 다니유와 합류하는 거야."

세 사람은 신발 밑창에 묻은 진흙을 도로에 문질러 닦아낸 후, 다시 트럭 짐칸에 올라탔다. 총총히 운전석으로 향하는 삼촌은 그야말로 서두르고 있다는 듯, 두 주먹을 번갈아 위아래로 흔들며 걸음을 옮겼다.

"우리가 다시 돌아올 때까지 누가 머리 없는 남자를 발견하지는 않겠지?"

욧치의 걱정을 하타케가 웃어넘겼다.

"요새 가쿠레이 산 근처를 어슬렁거리는 사람이 어디 있겠냐."

"하지만 차는 돌아다니잖아."

"차에서는 안 보여."

머리 없는 남자는 나무들 사이의 살짝 트인 공간에 서 있으므로 그냥 차를 타고 지나가는 정도로는 눈치채지 못할 것이었다. 실제로 여기서도 인형은 보이지 않았다. 참억새로 가득한 길 반대편 들판에서 사람이 올 것 같지도 않았다.

"아, 미안, 삼촌. 가자."

운전석 창문으로 고개를 내밀고 지시를 기다리고 있던 삼촌이 재빨리 고개를 집어넣고 소형 트럭에 시동을 걸었다. 후진하려는지 조수석 등받이에 왼팔을 얹고 상체를 폼나게 뒤쪽으로 틀었다. 뒷유리로 눈이 마주쳐서 웃음을 짓자, 삼촌도 웃어주었다. 시야를 가리지 않도록 신이 옆으로 자리를 옮긴 것과 동시에 부릉, 하고 엔진 소리가 나며 트럭이 움직였다. 하지만 방향이 반대였다. 후진하는 줄 알았던 트럭이 갑자기 앞으로 달려나가는 바람에 신은 균형을 잃고 뒤쪽으로 넘어졌다. 두 귀에 청소기를 가져다 댄 것처럼 엔진 소리가 커졌고, 욧치와 하타케도 소리를 지르며 우당탕 넘어져서 셋이 함께 짐칸 끄트머리에 부딪혔다. 그런가 싶더니 이번에는 앞쪽으로 동시에 튕겨 나가서 그쪽 끄트머리에 몸을 호되게 찧었다.

무슨 일이 일어났는지 금방은 이해가 되지 않았다.

후진해야 할 트럭이 엄청난 기세로 전진했다가 지금은 멈췄다. 더구나 브레이크만 밟아서는 절대로 불가능할 만큼 느닷없이 정지했다. 그리고 멈추는 순간 뭔가 둔중한 소리가 났다.

"……충돌했나?"

욧치가 몸을 일으켰다. 그렇다, 트럭은 뭔가에 충돌해서 멈춘 것이었다. 그 사실을 이해함과 동시에 신은 손을 짚고 엎드린 자세로 고개를 짐칸 옆으로 내밀었다. 잡초를 밟아 넘어뜨리며 길옆으로 진입한 트럭의 앞부분이 나무줄기와 맞닿아 있었다.

운전석 문이 열렸다. 온몸 관절에 본드를 칠한 것처럼 뻣뻣한 몸놀림으로 삼촌이 트럭에서 내렸다. 이쪽을 보지 않고 트럭 앞쪽으로 가길래 신과 친구들도 짐칸에서 뛰어내려 그쪽으로 향했다. 그제야 트럭과 충돌한 나무가 자신들이 머리 없는 남자를 매달아둔 그 나무임을 깨달았다.

"삼촌……괜찮아?"

삼촌은 어째선지 차에는 눈길도 주지 않고 앞으로 성큼성큼 걸어갔다.

땅이 끊긴 쪽으로.

강 쪽으로.

"삼촌, 미안해……내가 괜히 그런 부탁을 해서."

목소리도 손발도 떨렸다. 차가 박살 나거나 사람이 크게 다친 사고는 아니었지만, 난생처음 겪는 일에 몸이 말을 듣지 않았다. 삼촌은 신의 말에 아무 반응도 없이, 땅이 끊긴 곳 언저리에서 비로 탁해진 강을 향해 딱 멈춰 섰다. 신과 친구들은 어떻게 해야 좋을지 몰라서 그 옆에 나란히 섰다. 주변의 매미들이 어느 틈엔가 일제히 울음을 그쳤다.

"……저게 뭐야."

왜 그러는 걸까. 시선을 좇자 하타케는 삼촌이 바라보는 곳을 보고 있었다. 뭔가가 강을 떠내려가고 있었다. 천일까. 아니, 엎드려 있는 인간의 등처럼 보였다.

욧치가 휙 돌아보더니 맙소사, 하고 목소리를 흘렸다.

하타케도 뒤를 보고 양손으로 머리를 감쌌다.

"우리가 만든 머리 없는 남자……."

신도 그쪽을 보았다. 머리 없는 남자도, 그걸 매달아둔 로프도 없었다.

얼른 강으로 눈을 되돌렸다. 인간의 등처럼 보이는 것이 강물을 타고 천천히 멀어지고 있었다. 등 부분은 공기가 들어가서 부풀어

올랐지만 팔다리는 가라앉았고, 회색이었던 와이셔츠는 물에 젖어 색깔이 진해져서 거의 검은색으로 보였다. 삼촌은 한밤중에 누가 깨워서 일어난 것 같은 표정으로 그 광경을 가만히 바라보았다. 아래 눈꺼풀이 축 처진 탓에 드러난 안쪽의 촉촉한 부분이 빨간 거머리 두 마리처럼 느껴졌다.

그때 거칠거칠하게 마른 삼촌의 입술 사이에서 짤막한 말소리가 들렸다.

미안해, 하고 중얼거린 것처럼 들렸다.

6

"······오딜 앙네."

신은 코가 다시 막혔다.

"······오질 않네."

하타케가 스마트폰 화면을 들여다보았다. 오후 6시 41분. 약속 시간이 11분 지났지만 다니유는 아직 오지 않았다.

셋은 올빼미 다리 난간에 등을 기대고 서 있었다. 저녁이 되자 기온이 떨어져서 콘크리트 난간만 미지근했다. 멀리서 쓰름매미가 우는 것 말고는 아무 소리도 들리지 않았고, 지나다니는 차도 사람도 없었다.

사고가 난 후 신과 친구들은 앞부분이 우그러진 소형 트럭의 짐칸에 타고 할머니 집으로 돌아갔다. 강을 바라보던 때와 똑같은 표정으로 운전석에 올라탄 삼촌은 무슨 말을 해도 전혀 반응을 보이지 않았다. 신은 짐칸에서 백미러에 비치는 삼촌의 얼굴을 가끔 살폈지만, 역시 사진으로 찍어놓은 것처럼 아무 움직임도 없었다. 눈조차 깜박이지 않았다.

집 앞에 도착해 짐칸에서 내리자 신과 친구들은 잠깐 상의한 후, 각자 자전거에 올라탔다.

—삼촌, 정말 미안해.

운전석 창문에 대고 진심으로 사과했다.

—할머니한테는 내가 설명할게.

마지막으로 그렇게 말했을 때만 삼촌은 희미하게 고개를 저었다.

다니유와 만나기로 한 시간까지는 자전거를 타고 이리저리 돌아다니며 시간을 보냈다. 욧치와 하타케는 삼촌이 사고를 냈다는 사실을 잊어버린 것처럼, 또는 별일 아니라고 여기는 것처럼 머리 없는 남자는 정말 실감 났다는 둥, 다니유가 봤으면 이런 반응을 하지 않았겠느냐는 둥 웃으며 이야기를 나누었다. 신은 그런 두 사람의 태도가 못마땅해서 증오 같은 감정마저 느꼈지만, 생각해보면 실제로 두 사람에게는 별일 아니었을지도 몰랐다. 다니유를 골탕 먹이자고 제안한 사람도 신이고, 삼촌에게 도움을 부탁한 사람도 신이었다.

"전화해보면 어때?"

욧치가 말했지만 하타케는 스마트폰을 호주머니에 넣었다.

"그 자식 집 전화번호 몰라."

모기가 붙은 목을 찰싹 때리며 그렇게 대꾸했다.

결국 더는 할 이야기가 없었다. 난간에 등을 기댄 채 욧치와 하타케가 손전등을 켰다 껐다 했다. 아직 석양이 주변을 비추고 있어서 불빛은 거의 보이지 않았고, 손전등 앞부분이 밝아졌다 어두워졌다 하는 걸 알아볼 수 있을 정도였다. 그 무의미한 광경을 바라보고 있자니 눈물이 솟구치고 콧속이 찡하니 아팠다. 플러그라도 뺐다가 다시 꽂아서 전부 없었던 일로 하고 싶었다. 사고가 난 건 어떤 식으로 들통날까. 자신뿐만 아니라 분명 삼촌도 혼난다. 역시 할머니가 트럭을 보기 전에 먼저 설명하는 편이 나을까. 삼촌은 고개를 저었지만 분명 그러는 게 나을 듯했다. 신은 이제부터 해야 할 일을, 그럼으로써 벌어질 일을 이것저것 상상했다. 등판이 전부 축축한 물웅덩이가 된 것 같은 기분이었다.

"……보고 오께."

더는 견딜 수가 없어서 난간에서 몸을 뗐다. 욧치와 하타케는 모호한 대답만 주고 따라오지는 않았다. 가쿠레이 산 쪽으로 다리를 건너 오른편에 늘어선 나무를 따라 나아가는데 길가에서 메뚜기가 풀쩍 뛰어올랐다가 잡초 사이로 사라졌다. 바람이 살짝 불자 길 왼편에 가득한 참억새의 녹색 이삭이 흔들렸고, 밀잠자리가 어디에도 앉지 않고 공중에 떠 있었다. 아까 트럭과 충돌한 나무가 곧 보인다. 저거일까. 아니, 좀더 앞쪽이다. 부딪힌 자국이 뚜렷이 남아 있었다. 저 나무는 죽을지도 모른다. 쓰러지지는 않았지만 귀신 은행나무처럼 선 채로 썩지 않을까. 저런 나무는 아마도 시에서 관리할 테니, 양복을 입은 사람이 변상하라며 집에 찾아올지도 몰랐다.

신은 나무 옆에서 걸음을 멈췄다.

자신의 두 눈을 믿을 수 없었다.

머리 없는 남자가 거기 있었다.

설치한 곳과 같은 장소에 같은 모습으로 서 있었다. 대체 어떻게 된 걸까. 물음표로 머리를 가득 채우며 달려갔다. 신이 동여맨 로프는 옆으로 뻗은 나뭇가지에 묶여 있었다. 이 로프가 풀리지 않았다는 건―.

그렇구나, 그렇게 된 거구나.

모두가 어처구니없는 착각을 했음을 신은 드디어 알아차렸다. 가슴에 가득 차올랐던 물이 마개를 뺀 바닥의 구멍으로 단숨에 빠져나갔다. 지금까지 자신은―아니, 욧치와 하타케도 이렇게 생각했다. 소형 트럭이 나무와 충돌하면서 인형이 나가떨어졌고, 그 힘으로 로프가 풀리면서 머리 없는 남자가 강으로 떨어져 둥실둥실 떠내려갔다고. 하지만 아니었다. 전혀 아니었다. 트럭은 분명 나무를 쳤지만 나뭇가지에 묶은 로프는 풀리지 않았다. 따라서 인형은 나뭇가지를 중심으로 빙글 회전해 위쪽의 우거진 잎사귀와 나뭇가지에 걸렸다. 그 결과 인형도 로프도 보이지 않게 되어 모두 완전히 착각한 것이다. 잠시 후, 무게가 제법 나가는 인형이 나뭇가지 사이로 미끄러져 떨어져서 다시 원래대로 매달린 것이다.

물론 삼촌이 사고를 냈다는 사실에는 변함이 없다. 신에게 책임이 있다는 것도. 그래도 너무나 어처구니없는 진실을 앞에 두자 가슴속에서 웃음이 솟았다. 애써 참는데도 온몸이 움찔움찔 떨렸다. 주변이 조용하니까 지금 소리 내어 웃으면 욧치와 하타케에게 들릴까. 아니, 오히려 들리는 편이 나을지도 모른다. 대체 무슨 일인가 싶어 급히 달려온 두 사람과 함께 웃는 편이 낫다.

그런데 그때 비상벨 같은 것이 멀리서 갑자기 접근하듯 머릿속에 울려퍼졌다.

그럴 리 없다.

그때 우리는 사람 형체가 강을 떠내려가는 광경을 똑똑히 보았다. 회색 와이셔츠는 물을 먹어 거무튀튀해졌고, 사람 형체는 엎드린 자세로 둥둥 떠서 물살에 흔들리며 천천히 멀어졌다.

멈추기는커녕 머릿속에서 더욱 크게 울려퍼지는 비상벨 소리에, 신은 명령을 받듯 나무줄기와 마주 섰다.

그후로는 손발이 거의 저절로 움직였다.

가장 가까이에 있는 튼튼해 보이는 나뭇가지를 한 손으로 잡고 땅을 박찼다. 두 무릎에 힘을 주어 나무에 달라붙은 채 다른 나뭇가지를 잡고 몸을 위로 끌어올리며 또다른 나뭇가지를 붙잡았다. 미끄러져 떨어지고 다시 올라가기를 몇 번 반복한 끝에 로프가 묶여 있는 나뭇가지에 손이 닿았다. 혼신의 힘을 다해 몸을 끌어올려 그 나뭇가지에 가슴을 얹었다. 그 상태로 손을 뻗어 부랴부랴 로프를 풀었다. 매듭이 풀리자 받침대가 따로 없는 머리 없는 남자가 땅에 툭 떨어져 팔다리를 아무렇게나 내뻗은 자세로 널브러졌다. 얼른 나무에서 뛰어내린 신은 찌릿찌릿 아픈 발로 머리 없는 남자를 연달아 걷어차서 잡초 속에 숨겼다. 그러는 내내 체육관에서 본 다니유가 생각났다. 원래 검은색이던 티셔츠가 오래 입은 탓에 거의 회색으로 빛이 바래 있었다.

—실제로 그 괴물에게 당한 사람도 있는데, 뜯긴 머리가 땅에 덜렁 놓여 있었다나 봐.

—미용실 같네.

다니유와 하타케가 나눈 이야기.

—뭐가?

—미용실에도 머리가 있잖아.

그때 다니유의 대답이 약간 늦었다. 마치 무슨 생각이라도 한 것처럼.

—그래……뭐, 그런 거지.

만약 다니유가 자신과 같은 아이디어를 떠올렸다면. 약속 시간보다 일찍 담력 시험 장소에 가서 아이들을 놀래주기 위해 뭔가 수를 쓸 작정이었다면.

—6시 반이야. 그보다 빨리 오는 건 안 돼.

약속 시간을 정할 때, 다니유는 가면 안 된다고 하지 않고 오면 안 된다고 했다.

"다니유 왔어?"

욧치가 걸어왔다. 신은 아무렇지도 않은 얼굴로 나무 사이에서 나왔다.

"아니."

왔었을지도 모른다.

"다니유도 안 오는데 무슨 담력 시험이냐고 하타케가 그러는데,
어쩔래?"

그만두자고 신은 목소리를 밀어내 겨우 대답했다.

7

시가지까지 돌아와서 웃치, 하타케와 헤어졌다.

그후 신은 자전거를 돌려 할머니 집으로 향했다. 삼촌과 이야기
해야 했다. 삼촌은 말을 못 하지만 확인해야 했다. 아니, 정말로 말
을 못 하는 걸까. 트럭이 나무에 충돌한 후, 삼촌은 강변에 서서 말
을 꺼냈다. 미안하다고 중얼거린 것처럼 들렸다. 그런데 정말로 그
런 말을 듣긴 했을까. 들었다면 그건 무슨 뜻이었을까. 삼촌은 뭘
사과한 걸까.

"신이니?"

집 앞에 자전거를 세우자 어둠 속에서 느닷없이 아빠 목소리가
들렸다.

"뭐야, 굳이 올 것 없이 집에서 기다리면 될걸."

"……여기서 뭐 해?"

자세히 보자 현관 앞에 차가 두 대였다. 소형 트럭 옆에 아빠의 차

가 있었다.

"그게, 어, 메모지에 써놨잖아. 할머니가 전화로 부르길래 이야기 좀 하러 왔어. 잠깐 담배를 가지러 나왔는데."

아빠는 운전석 문을 열고 컵홀더에 놓아둔 전자담배를 꺼내더니 "응?" 하고 신의 얼굴을 다시 보았다.

"혹시, 집에 안 들어가고 이리로 온 거야?"

고개를 끄덕였다.

"열쇠라도 잊어버렸니?"

이번에는 고개를 저었다. 듣자 하니 아빠는 할머니 집에 간다는 메모를 집에 남기고 여기로 온 모양이었다.

"그럼 여기는 뭐 하러 왔는데?"

"그냥……할머니를 본 지 꽤 된 것 같아서."

아빠 뒤쪽에서 미닫이문의 간유리가 오렌지빛으로 빛났다. 밤의 냄새에 둘러싸인 주변에서는 벌레 소리밖에 들리지 않았다.

"그야 할머니도 좋아하겠지만, 지금은 좀……뭐, 상관없나."

아빠는 쓴웃음을 짓더니 신의 어깨에 팔을 두르고 현관으로 향했다. 미닫이문을 열고 들어가자 엄마의 신발도 보였다.

"할머니가……왜 불렀어?"

"그게 말이야, 밖에 트럭 있지? 네 삼촌이 그걸 운전한 모양이야. 앞이 푹 우그러진 걸 보고 할머니가 놀라서—"

거기까지 말하고서 아빠는 반쯤 열린 문을 활짝 열었다. 거실 좌식 탁자에 마주 앉은 할머니와 엄마가 이쪽을 보았다. 묻기도 전에

신은 여름 축제에 다녀오는 길에 할머니를 보러 왔다고 다시 거짓
말을 했다. 할머니는 기쁜 표정으로 고개를 끄덕였지만 말은 꺼내
지 않았다. 거실에는 아까까지 나누었을 대화의 분위기가 남아 있
었다.

"삼촌이 트럭을 운전했는데⋯⋯그래서?"

거실 어귀에 선 채로 묻자 아빠는 대답 없이 할머니를 보았다. 잠
시 침묵을 지키던 할머니는 숨길 일도 아니라는 듯한 표정으로 입
을 열었다.

"앞부분이 찌그러졌어. 뭘 어떻게 물어봐도 고개를 끄덕이지도
젓지도 않으니 왜 운전을 했는지 몰라서 걱정이야. 앞으로 또 이런
일이 생기면 큰일이잖니. 삼촌은 면허도 없는데."

"⋯⋯없어?"

"전에는 있었는데, 갱신을 안 했거든."

그런 게 필요한 줄은 몰랐다.

"신, 너는 뭐 아는 거 없어?"

아빠가 딱히 기대하는 낌새 없이 물었다. 딱딱한 것을 억지로 비
트는 기분으로 고개를 저었을 때, 전화벨 소리가 들렸다. 엄마가
"죄송해요" 하고 사과하며 핸드백에서 스마트폰을 꺼냈다.

"⋯⋯아, 여보세요?"

자리에서 일어난 엄마는 신을 지나쳐 복도 안쪽에 쳐진 구슬발을
걷고 부엌으로 들어갔다. 그래서 엄마가 뭐라고 말하는지는 거의
알아듣지 못했지만, 좋은 소식이 아님은 목소리 톤으로 알 수 있었

다. 동전이라도 채워넣은 듯 입안에 퍼져나가는 쓴맛을 느끼며 그 자리에 우두커니 서 있자니, 엄마가 상대와 통화하면서 이쪽으로 돌아왔다.

"여기 있으니 물어볼게요……신, 유키 엄마신데, 유키가 축제 구경하러 나가서는 아직 집에 안 들어왔대. 8시까지는 들어오겠다고 했다는데 말이야. 같이 있었니?"

"아니."

이건 사실이다.

"아, 그래……들어오겠다던 시간에 집에 안 들어온 적이 처음이라 걱정이신가 봐."

다니유와는 2학년 때부터 같은 반이었다. 친구가 되자마자 다니유네 집에 아빠가 없다는 사실을 본인에게 직접 들었다. 엄마는 투잡을 하느라 아침 일찍 집을 나가거나 아주 잠깐 들어오는 등, 아주 바쁘다고 했다. 게다가 두 살배기 남동생이 있어서 자기가 매일 동생을 돌보고 집안일도 돕는다고 다니유는 자랑했다. 하지만 그런 이야기를 꺼낸 건 4학년 정도까지고, 5학년이 되었을 무렵부터는 어째선지 더 이상 그런 이야기를 하지 않았다. 대신에 밤에 놀러 나간다는 이야기를 자주 꺼냈다.

사실 다니유는 늘 집에 있으면서 동생을 돌보고 집안일을 도왔던 걸까. 밤에 놀러 나간다는 이야기도 전부 거짓말이었을까. 작년에 할머니 집에 호박을 받으러 왔을 때도 귀찮다며 어딘가로 가버렸는데, 실은 집에 간 걸까.

"누구랑 어디 간다거나, 유키한테 그런 이야기는 못 들었니?"

"못 들었어."

"그렇구나……아, 여보세요? 네, 그런가 봐요. 도움을 못 드려서 죄송해요……."

부엌으로 돌아가는 엄마의 목소리를 들으며 거실로 시선을 되돌렸다. 좌식 탁자에 마주 앉은 아빠와 할머니는 아무 말도 없이 어중간한 곳을 바라보고 있었다.

신은 거실에서 멀어져 발소리가 나지 않도록 조심조심 계단을 올랐다.

2층에 도착해 삼촌 방 앞에 섰다.

"삼촌."

불렀지만 대답은 없었다.

"삼촌, 들어갈게."

문을 열었다. 천장 들보에 목매달린 남자. 좌식 탁자 위에 꺼내놓은 가위와 봉제 도구. 삼촌은 방 안쪽에 있었다. 빛바랜 운동복을 입고 낮에 여기 왔을 때와 똑같은 자세로 열린 창문 앞에 앉아 있었다. 하지만 얼굴은 낮에 봤을 때와 완전히 달랐다. 신이 처음 보는 표정이었다. 뺨은 올라갔다기보다 잡아당긴 것처럼 경련이 일었고, 두 눈을 부릅뜬 탓에 평소에는 거의 가려져 있던 흰자위가 똑똑히 드러났다. 문을 살며시 닫고 곁으로 가자 삼촌의 흰자위에 뻗은 실지렁이같이 가느다란 혈관이 보였다. 삼촌의 정면에 앉은 신은 다다미 속으로 가라앉는 듯한 기분을 느꼈다.

"강에서 있었던 일 말인데."

말을 꺼내자 삼촌은 재빨리 양손을 들어 검지를 입술 앞에다 교차시켰다. 표정은 얼어붙은 듯 전혀 변화가 없었다. 형광등 불빛을 받은 검지가 등에 검은 털이 난 애벌레 두 마리 같아 보였다.

"할머니한테는 별말 안 했지? 방금 밑에서 듣고 왔어. 그럼 나도 아무한테도 말 안 할게."

하지만—.

"궁금한 게 하나 있는데."

입 앞에다 X 표시를 만들어둔 삼촌의 두 눈이 지금까지보다 더 커졌다.

"강에 떠내려간 거……사람이었어?"

삼촌의 얼굴은 머리카락을 붙잡고 위로 끌어당긴 것처럼 보였다. 신은 바싹 마른 목구멍을 움직여 억지로 침을 삼킨 후 입 밖으로 말을 밀어냈다.

"혹시……죽인 거야?"

'삼촌이'라고도 '우리가'라고도 말할 수 없었다.

그후 신은 가장 보고 싶지 않았던 광경을 보았다. 입 앞에다 교차시킨 검지가 떨리고, 그 너머에 있는 얼굴도 떨리고, 살짝 벌어진 입술도 벌벌 떨리는 가운데 삼촌이 고개를 끄덕했다. 그러고 나서 소리 없는 딸꾹질을 되풀이하듯 삼촌의 상체에 경련이 일었다. 검지로 만든 가위표 너머에서 턱이 내려갔다 올라갔다 하는 것과 동시에 삼촌의 목에서 미이, 미이, 하고 목소리가 새어나왔다. 미이, 미

이, 미이, 미이, 하고 같은 소리만 반복되던 끝에, 기나긴 오르막을 몇 번이고 힘없이 굴러가던 공이 마침내 오르막 꼭대기를 넘은 것처럼 삼촌의 입에서 말이 튀어나왔다.

"미이안해."

말과 함께 삼촌의 두 눈에 눈물이 솟았다. 크게 벌어진 눈꺼풀 사이에서 공기에 노출된 두 눈알이 눈물 속으로 가라앉았고, 가라앉은 만큼 눈물이 넘쳐흘렀다. 삼촌은 신에게 시선을 고정한 채 두 손을 머리 옆으로 들어올려 손끝으로 양쪽 관자놀이를 툭툭 두드리며 뭔가 말하려 애썼지만, 더는 말이 나오지 않았다.

"아무한테도 말 안 할 테니까 걱정하지 마."

의외로 신의 목소리는 몹시 차분했다. 삼촌 방에 들어오기 전부터 이런 식으로 말할 작정이었을까. 자신의 상상이 만약 사실이라면 삼촌에게 이렇게 말하려고 결심했던 걸까. 자기 자신의 마음인데도 잘 모르겠다.

"평생 입 다물게."

다들 아래층에 있다. 이 방에 너무 오래 있으면 안 된다. 신은 일어나서 삼촌에게서 등을 돌렸다. 문을 향해 걷는 동안 뒤쪽에서 삼촌의 숨소리가 들렸다. 거칠어지는 숨소리를 손으로 어떻게든 막으려는 건지, 좁은 틈새에서 잇달아 새어나오는 듯한 소리였다. 하타케가 자전거에 달고 다니는 작은 휴대용 공기 펌프로 공기를 넣을 때 나는 소리와 비슷했다. 문을 열고 나가서 돌아보지 않고 문을 닫았다. 주변 풍경이 앞, 뒤, 좌, 우로 흔들렸다. 어스름한 복도를 비틀비틀 걸어서 간신히 계단 앞까지 도착한 신은 바닥에 엉덩이를 대고 주저앉았다. 문 너머에서 공기 펌프 같은 숨소리가 또 들렸지만, 점점 리듬이 느려지다가 결국 조용해졌다.

일어서서 손으로 벽을 짚으며 계단을 내려갔다. 누군가가 목구멍에 손을 집어넣은 것처럼 몹시 구역질이 났다. 그 손이 위장을 힘껏 잡아당겼지만, 목구멍이 멋대로 꽉 오므라들어 입에서는 아무것도 나오지 않았다. 구역질과 배 속의 이물감이 온몸을 쥐어짜듯이 점점 심해지자, 오므라진 목구멍 틈새로 미지근한 것이 솟아올랐다. 그게 입 밖으로 나오지 않도록 신은 턱에 힘을 꽉 주고 손으로 입을 막은 채 두 발을 움직였다. 낯선 사람들이 우글우글 모여들어 주변을 에워싼 기분이었다. 점선같이 늘어선 수많은 눈이 전부 신을 보고 있었다.

1층에 다다르자 부엌에서 물이 부글부글 끓는 소리가 들렸다. 엄마가 차를 우리려는 모양이었다. 문을 활짝 열어둔 거실에서 아빠와 할머니의 목소리가 들렸다. 신에게 가보라고 할까? 그건 또 왜? 그 녀석 옛날부터 묘하게 형이랑 잘 지내잖아……. 신이 방금 2층에 다녀왔다는 걸 두 사람은 모른다. 엄마와 함께 부엌에 있는 줄 아는 걸까. 한편 엄마는 신이 아빠, 할머니와 함께 거실에 있다고 생각하는지도 모른다. 엄마는 아까 그 전화를 어떻게 끊었을까. 뭔가 알게 되면 바로 연락할게요. 나중에 신한테 한 번 더 물어볼게요. 그런 말을 했을까. 하지만 엄마가 다니유의 집에 전화를 걸 일은 절대로 없었다. 아무 말도 하지 않을 테니까. 아무것도 모른다……하지만 신뿐만이 아니다. 신은 양손을 오므려 코와 눈을 누른 채 상상했다. 다니유의 엄마가 전화를 걸 상대는 더 있었다. 예를 들면 욧치의 부모님이나 하타케의 부모님. 다니유에 대해 물어보면 두 사람은 뭐라고 대답할까. 둘 다 여름 축제에 간다고 부모님에게 거짓말을 하고 거기에 갔으니, 분명 솔직하게는 말하지 않을 것이다. 여름 축제에 갔지만 다니유는 만나지 못했다고 신과 똑같이 대답할 가능성이 컸다. 하지만 100퍼센트는 아니었다. 둘 중 한 명이 솔직하게 말할지도 모른다. 올빼미 다리에서 만나 담력 시험을 하기로 했는데 다니유가 오지 않았다고 사실대로 말할지도 모른다. 그게 **사실이 아니라는** 것도 모르고서.

"새삼스럽지만—"

거실에서 들리는 아빠 목소리.

"어쩌면 그거, 자기 자신 아닐까."

신은 귀를 기울였다.

"그렇게 몇 번이고 계속해서 자기 자신을 죽이는 거 아닐까."

아빠의 말이 이어지기를 기다렸다. 복도로 새어나오는 네모난 불빛이 눈물로 일그러졌다. 두 사람은 대체 무슨 이야기를 하고 있는 걸까.

"그 인형, 옛날에는 훨씬 작았는데 점점 커진 거잖아. 그걸 보고 어머니는 기분 나쁜 취미라고 단정했지만, 난 다른 의미가 있는 게 아닐까 싶었어."

"왜 너희 형이 스스로를 죽이고 싶어한다는 거니? 나랑 둘이서 아무 일 없이 잘 사는데. 필요한 건 전부 내가 다 해주는데.”

“옛날에 말이야.”

아빠는 잠시 입을 다물었다가 신이 들은 적 있는 이야기를 꺼냈다.

“아버지가 돌아가신 날, 고코 강에서 나랑 형이랑 셋이서 물놀이를 했잖아. 내가 강가의 자갈밭에 있었을 때 갑자기 불어난 물에 아버지랑 형이 떠내려갔는데, 형만 자기 힘으로 강가까지 헤엄쳐 나왔지.”

하지만 그다음부터는 처음 듣는 이야기였다.

“그거, 거짓말이야.”

할머니가 대꾸했지만 뭐라고 했는지는 알아듣지 못했다.

“실은 형만 떠내려갔고 아버지가 형을 구하려고 했어. 허겁지겁 헤엄쳐서 형을 끌어안고 다시 강가 쪽으로 헤엄쳐서……강가 근처까지 간신히 끌고 왔는데, 형은 혼란에 빠져 죽을 둥 살 둥 발버둥 쳤지. 뭐가 어떻게 된 건지 전혀 모르는 것 같더라고. 그래도 아버지는 어떻게든 형의 발이 강바닥에 닿는 곳까지 왔어. 그런데 바로 그때 아버지의 몸이 갑자기 옆으로 빙글 돌았어. 아마 강바닥에 발을 디디다 미끄러졌을 거야. 유속이 엄청 빨라서 아버지는 형의 몸을 붙잡은 채, 나부끼는 깃발처럼 거의 가로로 누웠고……하지만 형이 버티고 서 있었던 덕분에 떠내려가지는 않았어.”

이야기의 결말을 신은 어렴풋이 예상했다.

“그때 형이 아버지의 손을 뿌리쳤어.”

강물에 휩쓸린 할아버지는 팔다리와 머리를 수면으로 내밀며 순식간에 멀어졌다고 한다. 당시 중학생이었던 아빠가 강가에 멍하니 서 있는 사이에 할아버지는 시야에서 사라졌다.

"그후에 근처 어른에게 도움을 요청했을 때도, 소방서에서 구조 대원이 출동했을 때도 사정을 설명한 건 형이었어. 자기랑 아버지가 갑자기 불어난 물에 휩쓸렸는데, 자기는 겨우 강가까지 헤엄쳐 왔지만, 아버지는 그대로 떠내려갔다고 했지. 나중에 달려온 어머니한테도 그렇게 설명했지? 그때 난 형이 정말로 그렇게 믿는 줄 알았어. 물에 빠져 죽을 뻔한 나머지, 정신이 없어서 자기가 뭘 어떻게 했는지 모른다고. 그래서 아무 말도 안 했어. 말을 안 하는 편이 낫겠다는 생각이 들었거든. 그렇게 형한테 말을 맞춰주는 사이에 어쩐지 나도 그게 사실 아닌가 싶은 기분이 들더라고. 그렇다면 그편이 낫지 않나 싶어서……그래서 지금까지 잠자코 살아온 거야."

하지만 아빠는 기억한다고 했다.

강물에 떠내려간 할아버지가 시야에서 사라진 직후, 물속에 서 있던 삼촌과 눈이 마주쳤을 때를.

"무슨 일이 생겼는지 똑똑히 아는 눈이었어."

아빠가 그렇게 말했을 때, 마치 자기 자신의 기억처럼 신의 머릿속에 그 광경이 선명하게 떠올랐다. 만나본 적 없는 중학교 시절의 삼촌이 거센 강물 속에 두 발로 버티고 서서 신을 바라보았다. 웃통을 벗어서 드러난 앙상한 가슴, 부릅뜬 두 눈이 불룩하니 금방이라도 얼굴에서 튀어나올 것 같았다.

할아버지가 돌아가신 날에 실제로 일어난 일. 삼촌이 말을 하지 않게 된 이유. 목매달린 남자를 계속 만드는 이유. 고요한 복도에서 신은 상상했다. 물론 상상해봤자 의미는 없었다. 진실을 아는 사람은 삼촌뿐이고—아니, 삼촌 본인도 모르는지도 몰랐다. 엉킨 실처럼, 어떻게든 풀어내려고 한 군데를 잡아당기면 다른 곳이 심하게 엉키고, 그걸 풀어내려 하면 다른 곳이 또 엉켜서 어느새 엉망진창 뭉쳐진 실뭉치로 변해 어찌할 방도가 없어졌는지도 몰랐다.

"왜……빨리 말 안 했니."

할머니 목소리는 아주 작은 틈새로 무리하게 짜내는 것 같았다.

"네 형을 병원에 데려갔을 때……그 사실을 알았다면……뭔가 다른 결과가 나왔을지도 모르는데."

"미안, 내가 너무 무책임했어."

들려온 말소리는 거기까지였다. 할머니의 목구멍에 생긴 틈새가 점점 넓어지다 어느 순간 급격하게 커진 직후, 아기 같은 울음소리가 복도에 울려퍼졌다. 거기에 섞여 엄마 목소리가 들려왔다. 부엌에서 누군가와 통화 중이었다. 울음소리 때문에 뭐라고 하는지 들리지 않았다. 하지만 뭔가에 아주 놀란 목소리였다.

잠시 후 발을 걷고 밖으로 나온 엄마는 손에 스마트폰을 들고 있지 않았다.

"경찰이 유키네 집에 연락했대."

거실의 울음소리를 신경 쓰며 엄마는 귓속말하듯 신에게 얼굴을 가까이 댔다.

"경찰……왜?"

시체가 발견되었을지도 모른다. 강 하류에서. 또는 바다에서. 그런데 왜 다니유 엄마가 다시 전화를 건 걸까. 아까 모른다고 딱 잡아뗐는데. 아무것도 짚이지 않는 척했는데……하지만 엄마의 입에서는 예상 외의 대답이 나왔다.

다니유가 도둑질을 했다고 엄마는 말했다.

"어느 미용실에 들어가서 그 뭐지, 마네킹? 커트 같은 걸 연습할 때 사용하는 머리 모형 있잖아. 이유는 모르지만 그걸 훔쳐서 도망쳤나 봐. 미용실 사람이 금방 알아차리고 쫓아가서 붙잡았는데, 이름이고, 주소고, 전화번호고 말하질 않아서 경찰을 불렀대."

이야기하는 동안 엄마의 얼굴이 점점 신의 정면으로 이동했다.

"경찰서에서도 질문에 입을 열지 않고, 이제 돌아가도 된다고 해도 미행해서 집을 알아내려는 거 아니냐며 돌아가질 않았대. 결국은 이름과 집 전화번호를 알려줬지만—"

"언제?"

끼어들어서 묻자, 엄마는 몸을 뒤로 빼고 신의 얼굴을 보았다.

"언제 경찰에서 전화가 왔는데?"

"그러니까 방금. 도둑질은 훨씬 일찍, 점심때쯤에 했다는 거 같아. 유키 엄마가 이제 경찰서로 데리러 갈 거래. 저기, 유키 엄마한테는 아무 말도 안 했는데……혹시 너도 뭔가 관련된 거 아니야?"

관련되었다.

"점심 먹을 때 이상한 소리를 했잖아. 가쿠레이 산의 은행나무가 어쨌다느니, 머리 없는 남자가 저쨌다느니. 유키가 도둑질한 거랑 관계있는 거 아니야?"

살아 있었다.

"몰라."

다니유는 죽지 않았다.

"정말?"

모른다고 한 번 더 말한 후, 신은 부리나케 계단을 두 단씩 뛰어 올랐다. 삼촌에게 사과해야 했다. 아까 터무니없는 소리를 마구 떠들어댔다. 삼촌은 다니유를 트럭으로 치지 않았다. 다니유는 담력 시험 때 우리를 놀래주기 위해 미용실에서 마네킹의 머리를 훔치려다 붙잡혀서 내내 경찰서에 있었다.

"삼촌."

방 문을 열었지만 삼촌은 없었다. 사람이 한 명 없어졌을 뿐인데 텅 비어 보이는 그 방은, 그림 실력이 아주 뛰어난 사람이 그린 한 폭의 풍경화 같았다. 삼촌은 광에 뭔가를 가지러 간 걸까. 아니면 아빠가 옛날에 썼던 방에 있는 걸까. 할머니 집 2층에는 그 외에 아무것도 없었다. 신은 삼촌을 찾으러 가려고 몸을 돌리다가 문득 뭔가를 보고 다시 방으로 돌아섰다. 저건 뭘까. 목매달린 남자 건너편—이름은 모르지만 창밖에 설치된 낮은 난간. 거기에 뭔가 걸려 있었다. 삼촌이 창문 앞에 앉아 있었을 때에는 몸에 가려서 보이지 않았던 모양이다. 저건 바지일까. 아니, 삼촌의 점프슈트다. 그러고 보니 아까 삼촌은 운동복 차림이었다. 머릿속이 그 어처구니없는 착각으로 가득해서 이상하다고 느낄 여유가 없었지만, 삼촌이 점

머리 없는 남자를 구해서는 안 된다

프슈트를 입지 않는 건 정말 드문 일이었다.

좌식 탁자를 돌아서 창가로 다가갔다. 난간에 걸린 점프슈트는 윗부분이 바깥쪽으로 늘어져 있어서 납작한 사람이 몸을 내밀고 있는 것처럼 보였다. 손을 뻗어 만져보자 젖어 있었다. 흠뻑 젖었던 옷이 아직 덜 말라서 꿉꿉함이 남아 있는 느낌이었다.

기나긴 하루의 끝에 신은 드디어 이해했다.

이번에야말로 정말로.

오늘 대체 무슨 일이 일어난 건지.

자신들은 애초에 착각하지 않았다. 그때 트럭은 역시 머리 없는 남자가 매달린 나무를 치었고, 머리 없는 남자는 붕 날아가서 강물에 떠내려갔다. 그럼 왜 머리 없는 남자가 저녁에는 다시 나뭇가지에 매달려 있었을까?

해답은 당연하다 싶을 만큼 단순했다.

누군가 머리 없는 남자를 강에서 구출해 원래 있던 곳으로 되돌려놓은 것이다.

그리고 그 누군가는 삼촌이었다.

신과 친구들을 할머니 집으로 데려다준 후, 삼촌은 다시 트럭을 몰고 고코 강 하류로 향했다. 자신이 저지른 실수를 만회하려고. 신과 친구들에게 도움을 주려고. 머리 없는 남자는 저 멀리까지 떠내려갔을지도 모르고, 도중에 강 어딘가의 모래톱에 걸렸을지도 모른다. 아무튼 삼촌은 머리 없는 남자를 발견하고 강에 들어갔다. 물이 무서워서 욕조에도 들어가지 못하는 사람이 몸이 흠뻑 젖는 걸

감수하고 강에 들어가 머리 없는 남자를 구해냈다. 그리고 인형을 매달았던 그 나뭇가지에 다시 매달아둔 것이다. 신과 친구들이 계획을 실행할 수 있도록. 그 시시한 장난이 성공하도록.

신은 상상했다. 머리 없는 남자를 구해냈을 때, 삼촌의 머릿속에는 할아버지가 돌아가셨을 당시가 떠올랐을지도 모른다. 시간을 되돌려 이번에야말로 자기 아버지를 구하겠다는 심정이었는지도 모른다. 애당초 삼촌은 물에 빠져 죽을 뻔한 날을 기억하고 있었을까. 아니면 잊어버렸을까. 자기가 했던 거짓말이 어느 틈엔가 진실이 되어버렸던 걸까. 전부 삼촌에게 물어보고 싶었다. 묻는 건 나쁜 일이 아니었다. 삼촌이 방에 돌아오면 일단 아까 있었던 일을 사과하고, 머리 없는 남자를 구해줘서 고맙다고 인사한 후 이것저것 물어보자. 삼촌은 고개를 끄덕이거나 젓거나 몸동작을 섞어서 대답해줄 테고, 어쩌면 이번 일을 계기로 말문이 열릴지도 모른다. 그렇게 생각한 순간, 두 눈에서 눈물이 왈칵 솟았다. 거대한 젖니가 흔들리듯 가슴 한복판이 요동치고 다양한 감정이 마구 뒤섞여서, 크게 소리를 지르고 싶은 기분이 들었다. 오늘 일을 평생 잊지 않을 것 같다는 확신이 몸속을, 손끝과 머리카락 한 올 한 올까지 가득 채웠다. 눈물로 번진 시야에 별빛이 넘쳐 흘렀다. 아까 자전거를 타고 여기 왔을 때도 하늘은 별들로 가득했을까.

제3장

그 영상을 조사해서는 안 된다

현의 110번에 그 신고 전화가 걸려온 건, 가쿠레이 산이 붉게 물들기 시작한 2021년 10월 20일 오전 8시 9분이었다.

"어젯밤에 이상한 걸 본 것 같아서……물건이 아니라 사람인데요……. 뉴타운 한복판쯤에서요. 아, 미고오리 뉴타운이요. 역에서 버스를 타고 큰 도로로 가다 보면 왼편에 주택 단지가 있잖아요. 거기 딱 한복판쯤에 있는 집에서요. 실은 어젯밤에 (경찰에 전화를) 걸려고 했는데, 자세히 본 건 아니어서 착각이면 어쩌나 싶어서……"

전날 밤 9시 전후, 신고자 여성은 퇴근길에 버스 정류장에서 하차해 집으로 걸어갔다. 그리고 미고오리 뉴타운 안쪽에 있는 집으로 향하던 도중 어느 집 앞을 지나쳤는데, 갑자기 집 현관문에서 '뭔가 딱딱한 것이 부딪힌 듯한 소리'가 났다. 놀라서 그쪽을 보자 안쪽에서 20센티미터쯤 열린 문틈으로 남자의 모습이 보였다. 실내의 불빛이 역광으로 비춰서 인상착의는 확실하지 않았지만, 중년 남자가 현관 바닥에 손을 짚고 엎드린 모습이었다.

"그 사람의 손이 뭔가에 젖은 것 같았고……붉은색처럼 보이기도 해서."

신고자가 놀란 나머지 꼼짝도 하지 못하고 가만히 있자, 남자가 문틈으로 얼굴을 들이밀고 현관문을 바깥쪽으로 밀기 시작했다.

"도망치려는 것 같았어요. 한 손이 밖으로 나왔는데……그때 갑자기 몸이 휙 올라가서 무릎 세우기? 무릎으로 서기랄까요. 그런 자세가 됐어요. 두 무릎을 꿇은 채 상체를 일으킨 거죠. 마치 뒤에서 누가 잡아당긴 것처럼요. 안이 (현관문에) 가려져서 그 남자 외에 또 누가 있었는지는 모르겠지만요."

그후 바로 문이 닫히고 아무 소리도 들리지 않았다.

"술 취한 사람이 혼자 이상한 짓을 하는 것처럼 보이기도 했고, 어째 으스스해서 어젯밤에는 그냥 돌아갔어요. 그런데 아까 그 집 앞을 지나쳤는데……아, 일부러 지나간 건 아니고요. 출근할 때 전철 역으로 가려면 그쪽으로 가야 해서요. 아무튼……이건 뭐 일부러 그런 거지만, 최대한 집에 바싹 붙어서 걸었거든요. 대문에 닿을락 말락 할 정도로요. 그런데 현관문의 (바깥쪽) 콘크리트 부분이 씻어낸 것처럼 조금 젖었더라고요. 그래서 그, 이상한 생각이 들었어요. 어젯밤 그 사람의 손이 빨갛게 젖은 듯이 보인 건, 피가 묻어서가 아닐까 하고요. 콘크리트가 젖은 건 그 피를 씻어냈기 때문이

고요. 그래서 일단 (110번에 전화를) 한 거예요……네, 그 집은 지기 씨라는 분의 집이에요. 아니요, 아는 사이는 아니고, 문패에 그렇게 적혀 있더라고요. 지키 씨인지 센기 씨인지 확실하지는 않지만, 한 자로는 일천 천千 자에 나무 목木 자를 써요."

종합상황실의 담당자가 절차에 따라 신고자의 주소와 성명을 묻자, 신고자는 잠시 입을 다물었다가 대답했다.

"지금 출근길인데 경찰서에 가야 하나요? 그리고 이웃은 아니지만 근처기는 하니까 제가 신고했다는 말이 나돌면 여러모로 난처한데요. 부모님이랑 같이 살아서 저보다는 오히려 부모님이 난처하달까……"

그런 점은 전혀 걱정할 필요 없다고 알리자 신고자는 담당자에게 주소와 성명, 전화번호를 알려주고 전화를 끊었다.

실시간으로 컴퓨터에 저장된 신고 내용이 관할서인 미고오리 경찰서로 전송되었다. 형사과는 즉시 대응에 나섰다. 교통과에서 형사과로 발령된 지 2년 차인 구마지마 형사(30세)와 형사 경력 27년의 베테랑 도코로 형사(56세)가 현장에 출동하기로 했다.

그런데 두 사람이 출동을 준비하는 그 짧은 시간에, 이번에는 미고오리 경찰서의 전화벨이 울렸다. 110번이 아니라 경찰서 대표번호로 전화를 건 사람은 고령으로 추정되는 남자였다. 직원이 전화를 받자 남자는 살인사건 담당자와 통화하고 싶다고 말한 후 그 어떤 질문에 대해서도 대답을 거부했으므로, 전화는 형사과로 돌려졌다.

그 영상을 조사해서는 안 된다

아까 전 110번 신고와 무슨 관계가 있을 가능성을 고려해 구마지마 형사가 전화를 받았다. 그 예상은 적중했다. 전화를 건 남자가 "지기"라고 성씨를 댄 순간, 구마지마 형사는 얼른 도코로 형사에게 신호했다. 도코로 형사는 즉시 다른 수화기를 들고 통화 내용에 귀를 기울였다.

"어젯밤에⋯⋯제 손으로 아들을 죽였는데⋯⋯자수하고 싶습니다. 죽인 이유는 나중에 만나면 말씀드리겠지만, 저와 아내가 아들에게 죽든지 제가 아들을 죽이든지 해야 하는 상황이었어요. 살기 위해 제가 죽였습니다. 흉기는 저희 집 부엌에 있는 식칼입니다. 시신은 여기 없습니다. 차에 싣고 가서 고코 강에 떠내려 보냈어요. 그 죄까지 포함해서 자수하고 싶어서⋯⋯."

1

정오가 지났을 무렵, 구마지마는 취조실에서 지기 다카노리와 마주 앉았다.

자택에서 경찰서에 동행을 요청했을 때에는 흰색 와이셔츠에 연갈색 재킷 차림이었지만, 지금은 위아래로 운동복 차림이었다. 아들을 살해하고 시체를 유기할 때 입은 옷을 그대로 입고 왔다길래, 경찰서에서 준비한 옷으로 갈아입혔다. 속옷을 제외한 나머지 옷은 현재 전부 감식과로 넘어갔다.

지기 다카노리의 자택에서 처음으로 그와 마주하고 네 시간 가까이 지났다.

복장은 달라졌지만 인상은 전혀 달라지지 않았다.

"단적으로 말씀드리면 날마다 아들이 폭력을 행사한 게 원인입니다."

극히 평범했다. 나이에 맞게 하얗게 센 머리, 다부지지도 허약해 보이지도 않는 체격. 목소리와 말투에도 두드러지는 특징은 없었고, 과도하게 말을 늘어놓지도 않거니와 수상쩍게 침묵을 지키지도 않았다. 아까 전부터 묻는 말에 순순히 대답했다.

"날마다라면……매일요?"

"매일 사정없이 주먹질과 발길질을 했습니다. 그 외에도 온갖 짓을 당했죠. 저와 아내 둘 다요. 벌써 5년이나 됐네요."

하지만 '평범한' 겉모습에 감춰진 안쓰러운 속살을 구마지마는 아까 보았다. 별실에서 운동복으로 갈아입을 때였다. 생긴 지 얼마 되지 않아 보이는 멍 여러 개와 오래되어서 거무죽죽해진 멍. 팔꿈치에 커다랗게 앉은 딱지. 팔꿈치와 손목 사이, 손톱으로 할퀸 듯한 깊은 상처에는 고름이 찼지만 반창고를 붙이지도 붕대를 감지도 않았다. 멍이나 상처뿐만이 아니었다. 와이셔츠를 벗기 힘들어해서 잠깐 도와줄 때, 구마지마는 지기가 왼팔을 잘 움직이지 못한다는 사실을 알아차렸다. 물어보자 예전에 아들이 팔꿈치 관절을 역방향으로 비틀어서 병원에 갔지만 완치되지는 않았다는 대답이 돌아왔다.

"하지만 얼굴에 상처가 남을 만한 짓은 안 하더군요. 저나 아내가 밖에 나갔을 때 가정 폭력을 당한다는 걸 남들이 눈치채지 못하도록 제 나름대로 신경 쓴 거겠죠. 어릴 적에 왕따 가해자가 왕따 피해자를 때릴 때 어른에게 들키지 않도록 얼굴은 피해서……그거랑 똑같은 사고방식 아니겠습니까."

구마지마는 독신이고 아이도 없었다. 그래서 잘 상상이 되지 않았다. 자식으로부터 폭력을 당한 부모가 각자를 왕따 가해자와 왕따 피해자라고 표현하는 건 대체 어떤 심리 상태에서 비롯되는 현상일까.

"그 폭력을 견디다 못해……그런 말씀이십니까?"

"조금 다릅니다. 오늘 아침 전화로 말씀드렸다시피 어젯밤은 저희가 죽든지 아들을 죽이든지 해야 하는 상황이었습니다. 결과적으로 저희가 사는 길을 선택한 거고요."

구마지마는 아까부터 말과 함께 움직이는 지기의 입술만 바라보았다. 상대의 눈을 볼 수가 없었기 때문이다. 지금뿐만 아니라 취조실에 마주 앉았을 때부터 쭉.

구마지마가 살인사건 피의자를 취조하는 건 이번이 처음이었다. 올해 1월 가쿠레이 산의 대피소에서 여고생의 시신이 발견되었을 때도, 살인사건으로 수사가 시작된 시점에 범인은 이미 자살한 뒤였다. 범인과는 예전부터 알고 지내는 사이였지만, 설마 살인범일 줄은 몰랐으므로 이렇게 주눅 든 적은 없었다……하기야 그렇듯 상대에게 아무 의심도 품지 않았기에 자기 손으로 범인을 잡지 못한 거지만.

"아드님……즉 다카시 씨와의 관계를 좀더 자세하게 말씀해주시겠습니까? 그, 폭력을 쓰기 시작한 계기라든가 그런 점을요."

아니, 그 부분은 뒤로 미루고 지금은 살해 자체에 대해 자세한 진술을 듣는 편이 나을까. 구마지마는 뒤를 힐끗 돌아보았다. 선배 형사의 판단을 바랐지만, 동그란 의자에 앉은 도코로는 알아서 하라고 눈짓으로 신호할 뿐이었다.

구마지마와 도코로는 이번 사건에 관련된 두 곳의 현장 검증을 마쳤다.

한 곳은 사건 현장인 지기의 자택.

다른 한 곳은 지기가 아들의 시체를 유기했다는 고코 강.

지기의 자택에서는 지기와 그의 아내 지에코에게 이야기를 들었고, 고코 강에서는 지기 다카노리 본인에게 어젯밤 상황을 자세하게 설명하도록 했다. 그후 피의자인 지기 다카노리를 차에 태워 경찰서로 돌아왔는데—.

설마 자신이 취조를 담당할 줄은 예상하지 못했다. 분명 이 바닥에서 잔뼈가 굵은 도코로가 취조를 맡을 줄 알았고, 자신은 지금 도코로가 앉아 있는 곳에서 그 광경을 보며 배우려는 마음이었다. 그런데 지기를 경찰서에 연행한 직후 도코로가 대뜸 말했다.

—네가 해.

1월의 여고생 살인사건 때 아무런 활약도 하지 못한 애송이에게 공을 세우게 해주려는 심산인지도 모른다. 어쨌거나 이번에는 범인이 자백했으니까 사건을 해결하기는 그렇게 어렵지 않을 터였다. 그래서 구마지마도 지시를 받은 직후에는 공명심으로 마음이 들떴다. 살인사건의 피의자와 실제로 마주 앉았을 때, 자신이 이렇게 주눅들 줄은 상상조차 하지 못했다.

"……말씀드려도 될까요."

책상 맞은편에서 지기가 물었다.

"아, 네. 부탁드립니다."

구마지마는 허둥지둥 메모장을 펼치고 볼펜을 들었다. 지기는 이쪽에 들릴 만큼 숨을 깊이 들이마시더니 적힌 글을 읽듯 막힘 없이 술술 이야기했다.

"폭력은 아들이 집에 돌아온 후부터 시작됐습니다. 아들은 대학을 졸업하고 도쿄 도내의 회사에 취직하면서 독립했는데요. 그 회사에서 배필을 만나 결혼하고 잘 풀렸어요. 일도 사생활도요. 서른두 살에 결혼한 후, 오본(매년 양력 8월 15일을 중심으로 지내는 일본의 가장 큰 명절/옮긴이)과 새해에는 꼭 며느리와 같이 귀성해서 모두 함께 신사에 참배하러 가거나 술을 마시며 무난하게 지냈죠. 적어도 저는 그렇게 생각했습니다."

그런데 6년 전, 아들 부부가 일하던 장난감 제조사가 파산했다. 며느리는 바로 새 직장을 찾았지만 아들 다카시는 창업하기로 마음먹었다.

"해외의, 별로 알려지지 않은 전기 장난감……전자 장난감이랄까요. 그걸 만드는 제조사와 일본의 상사 회사를 중개하는 사업을 준비했던 것 같아요. 죄송합니다만 자세한 설명은 못 들어서 아들이 무슨 사업을 하려고 했는지 지금도 잘은 모릅니다."

하지만 창업 준비는 지지부진했고 지출만 늘어났다. 1년쯤 지나자 다카시 부부가 저축해놓은 돈은 바닥을 드러냈고, 결국 며느리가 이혼을 요구했다.

"하기야 그건 아들의 말이니, 정말로 돈만 문제였는지, 아니면 다른 이유가 있었는지는 모릅니다."

이혼당한 다카시는 미고오리 시의 본가로 돌아와 원래 자기 방이었던 2층 방에 눌러앉았다. 5년 전 5월, 봄철 모란 축제로 거리가 시끌벅적했을 무렵이었다고 한다.

"그후로도 창업 준비를 계속했습니다. 이런 곳에도 일손을 찾는 회사는 있을 테니, 저로서는 다시 회사에 다녔으면 했지만……."

"그 말씀을 다카시 씨에게는?"

물어보자 지기는 잠시 입을 다물었다. 피부 아래에서 목울대가 위아래로 천천히 움직였다.

"괜히 압박감을 줘서는 안 될 것 같아서 잠자코 있었습니다. 저도 아내도, 아들이 스스로 뭔가 느끼고 행동하기를 기다렸어요. 돈이 한 푼도 없는 아들을 금전적으로 도와주면서……물론 생활비는 요구하지 않았고, 회사를 차리는 데 필요하다는 건 전부 제 카드로 사줬습니다."

부모로서 그다지 훌륭하게 대처한 것 같지는 않았지만, 입 밖으로 꺼내지는 않았다. 그나저나 다카시는 왜 그런 부모에게 폭력을

행사하게 되었을까. 구마지마가 물어보려 하자 지기가 먼저 말을
이었다.

"하지만 돈이 다 떨어져서요."

바싹 마른 입술이 어중간하게 다물린 채 그대로 잠시 움직임을
멈췄다.

"그게⋯⋯폭력의 계기였다고요?"

잘 구부려지지 않는 걸 억지로 구부리는 듯한 느낌으로 지기는
고개를 끄덕였다.

"돈은 그럭저럭 모아놨습니다. 정년까지 자동차 딜러로 꾸준히
일했고, 퇴직금도 제법 받았거든요. 영업 실적이 중하위권이라 돈
을 많이 벌지는 못했지만, 저희 부부가 연금을 받으며 죽을 때까지
먹고살 정도는 모아놨어요. 하지만 아들이 돌아온 해⋯⋯연말 무
렵에 제 병이 발견됐는데, 병원비가 저렴하지는 않아서."

대대로 심각한 병에 걸린 사람이 없었으므로, 완전히 방심해서
보험은 들지 않았다고 한다.

"어떤 병인지 여쭤봐도 될까요?"

"암입니다. 폐암."

지기는 운동복 오른쪽 가슴께를 손끝으로 툭툭 두드렸다.

"다행히 수술로 잘 떼어내서 큰 탈은 없었지만요."

아아, 하고 무의미한 맞장구를 치고 나서야 구마지마는 놀랐다.

"그러니까 다카시 씨는 병석에서 일어난 지기 씨에게 폭력을?"

지기는 모호하게 고개를 흔들고 눈을 내리깔았다.

"아무리 그래도……직후는 아니었습니다. 퇴원하고 예전처럼 생활할 수 있기까지는 오히려 제 몸을 걱정해줬죠. 아내가 감기에 걸려 저를 돌보지 못할 때는 인터넷으로 수프 조리법을 찾아서 맛있는 수프를 만들어주기도 했고요. 평소는 국물이라고 해봤자 된장국이었는데, 영콘이랬나, 작은 옥수수를 넣은 수프가 의외로 맛있고 식감도 마음에 들었던 게 기억나는군요."

"하지만 몸이 회복되자 폭력을 행사했다?"

"뭐……그런 셈입니다."

사건 현장에 시신이 없었으므로 구마지마는 죽은 지기 다카시를 보지 못했다. 하지만 지기의 아내 지에코에게 빌린 사진으로 용모는 확인했다. 디지털카메라에 저장된 데이터를 인쇄한 사진으로, 뒷면에는 사진관 로고가 박혀 있었다. 지에코 말로는 7년 전 설 연휴에 다카시의 아내가 찍은 사진이라고 했다. 지기 다카노리, 지에코, 다카시는 오세치 요리(설에 먹는 일본의 명절 요리/옮긴이)와 수선화 꽃병이 놓인 좌식 탁자에 둘러앉아 있었다. 다카노리와 지에코의 얼굴은 고작 7년 전이라고는 믿기지 않을 만큼 젊어 보였고, 둘 다 뺨을 끌어올려 웃고 있었다.

사진 속 다카시는 아버지와 달리 말랐고 몸집도 작았다. 요즘에는 유행이 지나간 은테 안경을 썼고, 앞머리를 길게 길러서 나이에 비해 머리숱이 적은 머리 앞쪽을 가리고 있었다. 새해를 맞아 마신 술에 취했는지 칠칠치 못하게 입을 헤 벌리고 웃는 다카시의 얼굴에서 구마지마는 몹시 굴절된 뭔가를 느꼈다. 평소 아주 내성적이라 별로 웃지 않는 사람이 분위기를 타고 표정을 풀었지만, 웃는 데 익숙하지 않은 탓에 표정을 너무 풀어버린 듯한 인상이었다.

"처음에는 힘을 조절했죠. 머리를 쥐어박는다거나 다리를 살짝 걷어찬다거나, 그 정도였는데……."

사진 속에서 웃고 있던 다카시는 남에게 폭력을 행사할 만한 사람으로 보이지 않았다. 하지만 늙고 약해진 부모에게 폭력을 행사할 사람으로 보이지는 않았느냐고 묻는다면, 과연 어떨까.

"그런 행동이 점점 심해졌다는 거군요."

지기는 고개를 숙인 채 튀어나온 광대뼈 언저리를 문질렀다.

"마음먹었던 창업도 잘 안 되고, 부모가 돈도 대주지 않으니 궁지에 몰렸던 거겠죠. 그래서 저희한테 폭력을 행사함으로써 스트레스를 풀려고 했고, 궁지에 몰릴수록 폭력이 심해지고……분명 그런 거였겠죠. 저와 아내가 다달이 들어오는 연금으로 아들에게 필요한 물건을 다소나마 사줬습니다만……연금이라고 해봤자 얼마 안 되니까 늘 금방 돈이 떨어져서……본인 입장에서는 사업을 준비하려고 해도, 우선적으로 필요한 자본이 없는 상태라……."

"맞대응은 하지 않으셨습니까? 다카시 씨가 젊다고는 하지만, 체격은 오히려 지기 씨가 좋은 것 같은데요."

"예전에는 아내랑 아들이랑 산에도 다니고 했으니, 뭐……체력은 있는 편입니다. 하지만 그런 건 상관없어요. 상관없었습니다. 처음에 폭력을 썼을 때 제가 받아쳤다면 혹시 뭔가 달라졌을지도 모르죠. 하지만 일단 그 기회를 놓친 순간 끝이에요. 안 됩니다. 다시는 반격할 수 없게 돼버려요.”

구마지마는 그 말을 잠시 곱씹었다. 아까 지기가 자신들을 왕따 가해자와 왕따 피해자로 비유한 심리가 조금 이해되는 것 같았다.

“다카시 씨의 폭력은 구체적으로 어느 정도까지 심해졌습니까? 예를 들어 최근에는 당신과 부인께 어떤 짓을?”

탁, 하고 뒤쪽에서 가벼운 소리가 났다. 도코로가 펜 끝으로 메모 장을 두드린 것 같았지만, 무슨 의미로 그랬는지는 알 수 없었다. 다만 못마땅해서 주의를 준 것 같은 소리이기는 했으므로 구마지마는 화제를 바꾸기로 했다.

“아니, 그건 나중에 다시 질문하겠습니다. 어쨌든 다카시 씨의 폭력이 점점 심해졌다는 거군요. 그러다 어젯밤 마침내 죽느냐 죽이느냐는 상황이 됐다는 거죠?”

“집에서 말씀드린 그대로입니다.”

오늘 아침, 구마지마와 도코로는 지기 다카노리의 전화를 받고 약 15분 후에 지기의 집에 도착했다.

미고오리 뉴타운 입구에서 경광등을 끄고, 주택지를 정연하게 구분하는 길을 따라 지기의 집으로 향하는 도중에 마주친 사람은 노인들뿐이었다. 개를 산책시키는 남자. 가로수의 낙엽을 쓰는 여자. 걷기 운동을 하는지 팔을 앞뒤로 흔들며 걷는 노부부. ‘뉴타운’이라지만, 구마지마가 태어나기 10년쯤 전에 조성된 곳이다. 대개는 건물도 사람도 낡았다. 아이를 키우는 집도 있기는 하지만, 두 세대가 살기에는 협소한 구조가 대부분이어서 총 229가구의 주택지에 사

그 영상을 조사해서는 안 된다

는 사람은 60대와 70대가 압도적으로 많다.

'지기'라는 문패가 걸린 집 앞에 차를 세웠다. 대문 왼쪽에 위치한 주차장에는 흰색 소형 왜건이 세워져 있었다. 구마지마와 도코로는 다가가서 안을 살펴보았다. 감식관이 도착하기 전에 건드리면 안 되니까 그렇게 들여다보는 게 전부였지만, 뒷좌석을 앞쪽으로 눕혀서 짐칸을 넓혔음을 확인했다.

현관으로 가서 콘크리트 발판을 보자 신고자 말대로 약간 젖어 있었다. 비가 내린 것도 아니니, 분명 뭔가를 씻어낸 느낌이었다.

도코로가 턱으로 현관문을 가리키길래 구마지마가 초인종을 누르려는데, 갑자기 팔꿈치를 붙잡혔다. 표정으로 되묻자 도코로는 아무 말도 없이 문을 두드렸다. 초인종을 누르지 못하게 한 게 지문 채취를 고려해서인지, 피의자 집을 방문할 때의 규칙인지 묻는 건 깜박했다.

노크에 응해 현관문을 연 사람은 아내 지에코였다. 틀어올린 백발 섞인 머리, 오래 입어 낡은 회색 블라우스. 올이 풀린 회색 카디건에 낙낙한 베이지색 슬랙스. 나이 든 여자 그림을 적당히 그려보라고 하면 몇 번째인가에 똑 닮은 모습이 나올 것처럼 아주 평범한 외모였다. 하지만 표정은 전혀 평범하지 않았다. 피로가 쌓여 축 늘어진 피부와 근육에서 두려움과 애달픔이 뚝뚝 떨어지는 게 생생하게 느껴졌다. 조개 안쪽처럼 축축하게 젖은 두 눈을 보고 방금까지 울고 있었음을 단번에 알아차렸다.

구마지마와 도코로가 신원을 밝히자 지에코는 고개를 살짝 끄덕인 후, 태엽 인형처럼 어색하게 몸을 돌려 집 안을 가리켰다.

약간 어둑한 복도 끝에 있는 거실로 안내받았다. 다다미에 놓인 흔한 디자인의 직사각형 좌식 탁자 너머에 중간 키와 중간 몸집의 남자가 앉아 있었다. 그는 구마지마와 도코로를 보자 두 손으로 좌식 탁자를 짚고 일어서서 고개를 깊이 숙였다.

—전화드린 지기 다카노리입니다.

지난밤에 살인을 저질렀다는 사람과 살해 현장에서 대면했지만, 전혀 실감이 나지 않았다. 상대가 도저히 살인자로는 보이지 않는 인상인 데다, 집 안을 깔끔하게 정돈해놓은 탓이기도 했다. 현관 바닥에 가지런히 놓인 신발, 세심하게 정리한 장식장. 먼지 한 톨 보이지 않는 텔레비전 받침대와 나뭇결에서 반질반질 윤이 나는 불단, 다다미와 딱 평행을 이루는 좌식 탁자의 꽃병에는 지금 한창인 코스모스가 이 집에서 일어난 일과는 무관하게 한 송이 꽂혀 있었다. 살해 현장이라기보다 마치 모르는 친척 집에 잠깐 볼일을 보러 온 기분이었다. 지금 돌이켜보면 지에코도 다카노리도 집을 그렇게 깔끔하게 유지함으로써, 날마다 들이닥치는 비정한 현실을 의식 밖으로 몰아내려 한 건지도 몰랐다.

좌식 탁자 앞에 방석을 미리 한 장 깔아두었지만, 두 명이 찾아왔으므로 지에코는 방구석에 있는 방석을 가지러 가려고 했다. 하지만 도코로에게 제지당해 양손을 어중간하게 치켜든 채 그 자리에 멍하니 멈춰 섰다.

—전화한 본인이시죠?

지기 다카노리가 고개를 끄덕이는 걸 확인한 후, 도코로는 통화 내용을 본인 앞에서 요약했다.

—틀림없습니까?

—틀림없습니다.

—어젯밤 집에 있던 식칼로 아드님을 찔러 죽였다는 거죠?

—네, 맞습니다.

—어딥니까?

지기는 왼쪽 옆구리에 손을 대고 이 부분이라고 대답했다. 하지만 도코로가 약간 부자연스럽게 주변으로 시선을 돌리자, 금방 알아차리고 한 곳을 가리켰다.

—저기서 찔렀습니다. 피가 바닥에 좀 떨어졌지만, 어젯밤에 닦았고요. 부엌 바닥, 복도, 현관 쪽이요. 현관 밖에도 피가 조금 묻었길래 물로 씻어냈습니다.

—바닥의 피는 뭐로 닦았습니까?

—목욕 수건이요. 바닥 청소용 세제도 사용해서 닦았습니다.

부엌 바닥은 나무 바닥재를 깐 것처럼 보였지만, 실은 나뭇결무늬가 들어간 장판이었다. 다가가서 자세히 확인하고 싶었지만, 이역시 감식관이 올 때까지 기다려야 했다. 감식관들은 이미 호출을 받고 곧 도착할 예정이었다.

—피를 닦아낸 목욕 수건은 어쨌습니까?

—비닐봉지에 넣어서 아들의 시신하고 같이 강에 떠내려 보냈습니다.

—흉기는 식칼이라고 하셨는데, 그건요?

—그것도 아들의 시신과 함께 강에……

—정확하게 어디에 유기했는지 기억하십니까?

—무쿠로 다리 위였습니다.

도코로는 즉시 경찰서에 연락해 무쿠로 다리로 경찰을 보냈다. 그때 지기의 집에도 형사를 몇 명 더 보내달라고 요청한 건 부부를 떼어놓고 따로 이야기를 듣기 위해서였다. 얼마 지나지 않아 형사두 명이 도착해 지에코를 차에 태워 경찰서로 돌아갔다. 마침 그때 감식관들이 왔으므로, 도코로와 구마지마는 작업하는 그들 옆에서 지기의 입회하에 현장 검증을 실시했다.

지기의 설명은 이랬다.

어젯밤 9시경, 지기는 부엌에 있었다. 저녁 식사 때 다카시가 바닥에 던진 호박찜을 걸레로 닦아내고 있었다고 한다. 그런데 2층 방에서 내려온 다카시가 갑자기 지기의 옆구리를 힘껏 걷어찼다. 바닥에 나뒹군 지기는 더 때릴 걸 예상하고 머리를 감싼 채 몸을 웅크렸다. 하지만 다카시는 지기의 목덜미를 붙잡고 몸을 빙글 돌려 눕힌 후, 깔고 앉아서 목을 졸랐다.

—그때 부인은 어디에?

도코로가 묻자 지기는 거실 가장자리, 부엌과 거실을 구분하는 문지방 앞쪽을 가리켰다.

—아내는 그저 저희를 보고 있을 수밖에 없었습니다. 제가 늘 그랬거든요……다카시가 저한테 무슨 짓을 해도 말리려고 끼어들지

말라고. 물론 아내가 맞을 때는 제가 말립니다. 말리면 다카시가 제게 손찌검이나 발길질을 하죠. 그러면 아내는 일단 폭력에서 벗어날 수 있습니다. 하지만 그건 반대 경우도 마찬가지라……예전에 아내가 저를 도우려고 하자 다카시는 바로 방향을 바꿔서 아내를 공격했습니다. 아내는 제 와이셔츠를 다리고 있었는데, 다카시가 다리미로 아내의 맨발을 지지는 바람에 한동안 제대로 걷지도 못했어요.

―그래서 말리지 말라고 하셨다는 거군요.

―네. 어젯밤에도 목을 졸리긴 했지만 그런 적이 처음도 아니라서, 간신히 숨을 쉬며 다카시가 만족하든지 질리기를 기다렸죠. 부모를 죽이려는 건 아니니까 늘 아슬아슬한 순간에 멈춰줬거든요.

하지만 어젯밤에는 다카시가 목을 붙잡은 손을 놓기는커녕 점점 더 세게 힘을 주었다. 지기의 정신이 몽롱해졌을 때 아들의 목소리가 들렸다.

―저희를 죽이고 자기도 죽을 거라고 하더군요.

그 말이 진심이라는 게 다카시의 표정에서 전해졌다고 한다.

―같이 죽는다면 그것도 나쁘지 않겠다는 생각이 잠깐 들었습니다. 그런데 저도 모르게―

지기는 몸부림을 치며 다카시의 손을 뿌리쳤다. 그리고 다카시가 균형을 잃은 틈을 타서 겨우 일어섰다. 당장 도망치려 했지만 다리가 잘 움직여지지 않아서 부엌 싱크대에 몸을 기댔는데, 뒤편에서 바닥을 울리며 다가오는 발소리가 들렸다. 돌아보자마자 다시 목을 졸려 몸이 뒤로 젖혀지면서 식기 건조대에 머리를 찧었다. 그 충격으로 식기 건조대에 들어 있던 식칼이 싱크대에 떨어졌다. 지기는 정신없이 식칼에 손을 뻗었다.

식칼은 다카시의 옆구리에 깊숙이 꽂혔다. 자신의 배를 내려다보고 움직임을 딱 멈춘 것도 잠깐, 다카시는 크게 비명을 지르며 몸을 휙 돌렸다. 그 때문에 빠진 식칼이 지기의 손에서 미끄러져 바닥에 떨어졌다. 지기는 다카시가 신음 소리를 내며 복도로 나가는 모습을 멍하니 바라보았다. 하지만 다카시가 현관으로 향하는 걸 알아차리고 즉시 쫓아갔다. 현관 턱 앞까지 다다른 다카시는 다리가 꼬이는 바람에 현관문에 상체를 세게 부딪혔다.

—다카시는 무릎으로 서서……눈앞에 있는 문고리를 잡고 문을 열었습니다.

문이 열리는 것과 동시에 다카시는 무너지듯 바닥에 손을 짚고 엎드린 자세를 취했다. 그대로 상체로 문을 열고 밖으로 기어나가려 하길래 지기는 아들의 운동복을 잡고 끌어당겼다.

—제가 저지른 짓을 남에게 들켜서는 안 된다는 마음이었습니다.

다카시는 현관 바닥에 몸을 웅크린 채 움직임을 멈췄고, 지켜보는 사이에 숨을 거두었다.

"처음부터 죽일 생각은 아니셨다는 거죠?"

현장에서 메모한 지기의 증언을 다시 훑어본 후, 구마지마는 테이블 너머를 향해 물었다. 지기는 가볍게 쥔 주먹을 입에 대고 헛기침한 후, 그 손을 바라보며 생각에 잠긴 듯 잠시 아무 말도 없었다.

"그럴 생각은……없었습니다. 정신이 혼란스러웠어요. 이러다 죽는다는 생각에, 죽기 싫어서 식칼을 잡고 쭉 내밀었습니다."

"그리고 그 식칼이 다카시 씨의 옆구리에—"

뒤쪽에서 의자 다리가 바닥에 문질리는 소리가 났다.

돌아보자 도코로가 일어서서 지기에게 웃음을 지었다.

"지기 씨, 잠시만 기다려주시겠습니까? 구마, 잠깐 볼까."

도코로가 취조실 문을 열고 나갔다. 피의자를 혼자 내버려둬도 될까 망설이면서도 구마지마는 자리에서 일어나 도코로를 따라갔다. 돌아보자 문에 달린 창문으로 지기가 보였지만, 목소리는 들리지 않을 거리였다.

"마이너스 100점이야."

도코로가 느닷없이 쏘아붙였다.

"그 정도로 틀려먹었습니까?"

"구마……우리가 무슨 일을 하는지 아나?"

바로 대답하지 못하자 도코로는 볼펜 뒤쪽으로 구마지마의 가슴을 꾹 눌렀다.

"살인사건 수사야. 사람을 죽인 피의자를 조사해서 체포하고 기소까지 끌고 가는 작업을 하는 거야. **가해자가 피해자에게** 무슨 짓을 했는가, 우리 업무는 그걸 조사하는 거지 그 반대가 아니야. 뭣 때문에 사건이 발생했는지는 기소 후에 판사가 확인하면 될 일이라고. 어쨌거나 지금은 가해자가 저지른 일만 염두에 둬."

확실히 도코로가 말한 대로이기는 했다. 하지만 살인사건 피의자를 처음 취조하는 것치고는 제법 잘하고 있다는 자각이 있었으므로, 마이너스 100점은 너무 과하지 않나 싶었다. 구마지마가 말대꾸를 하려고 했지만 이번에도 도코로가 빨랐다.

"그걸로 마이너스 10점."

"나머지 90점은—."

도코로가 한쪽 눈썹을 송충이처럼 치켜세우고, 볼펜을 구마지마의 얼굴에 바짝 들이댔다.

"넌 피의자 입에서 나온 말을 전부 믿잖아."

마치 내내 알몸으로 있었다는 사실을 자기만 몰랐던 것 같은 기분이었다.

"살인사건 피의자가 형사에게 사실을 있는 그대로 말하는 경우는 거의 없어. 상대의 말은 철저하게 의심해."

2

지기는 문에 난 창문으로 복도에 선 두 형사를 바라보았다.

뭐라고 하는지는 들리지 않는다. 마치 다른 방에 틀어놓은 텔레비전처럼 모음만 무의미하게 울려퍼진다.

잠시 후 돌아온 두 형사는 각자 아까와 똑같은 위치에 앉았다.

"기다리셨죠, 죄송합니다."

구마지마 형사의 목소리가 방금보다 약간 낮아졌고, 표정도 달라졌다. 마치 지난 몇 분 사이에 나이를 몇 살은 더 먹은 것처럼 보였다.

"다카시 씨를 살해한 정황 말씀인데요—"

다음 말을 듣자 선배 형사가 복도에서 그에게 뭐라고 했을지 짐작이 갔다.

"정말로 틀림없습니까? 예를 들어 착각했다거나 사실과는 다르게 말했다거나, 그러지는 않으셨습니까?"

지기는 자신이 말한 내용을 머릿속으로 되새겨보았다. 자립해서 집을 떠난 다카시. 다니던 회사의 파산과 이혼. 부모와 다시 동거. 창업을 꿈꾸며 열심히 노력했지만 실패. 자신의 병원비로 나간 돈. 폭력의 시작. 그 폭력이 심각해져 마침내 어젯밤 코앞까지 다가온 죽음.

—너희를 죽이고 나도 죽을 거야.

양손으로 지기의 목을 조르던 그때, 다카시는 틀림없이 진심이었다.

죽지 않기 위해서는 죽일 수밖에 없었다.

식기 건조대에 놓여 있었던 식칼이 다카시의 옆구리에 깊이 박혔을 때, 지기의 얼굴에 내뱉어진 한 뭉치의 숨결. 다카시의 운동복에는 마치 지도가 그려지는 것처럼 순식간에 피가 번졌다. 크게 비명을 지르며 몸을 돌려 비틀비틀 복도로 나가는 다카시를 지기는 정신없이 쫓아갔다. 안간힘을 다해 현관문을 연 아들의 등을 붙잡아 안으로 끌어당겼다……남에게 들키기 싫었으니까. 숨겨야 한다고 생각했으니까. 다카시는 현관 바닥에 웅크린 채, 마지막 말 한마디도 없이 죽었다.

지기가 한 이야기는 전부 사실이었다.

단 하나만 제외하고는.

"틀림없습니다."

그렇게 대답하자 구마지마 형사는 몸을 앞으로 내밀고 지기의 눈을 똑바로 쳐다보았다. 굵은 눈썹을 모은 채 미동도 하지 않아, 수염을 깎은 자국과 덜 깎여서 뻣뻣해 보이는 수염 몇 가닥까지 똑똑히 보였다.

"알겠습니다."

구마지마 형사가 드디어 고개를 끄덕이고 뒤쪽을 힐끗 돌아보았다. 도코로 형사는 턱만 살짝 당겼을 뿐 아무 말도 하지 않았다. 도코로 형사는 아까부터 쭉, 지기의 대답보다는 젊은 형사의 업무 태도를 엄격하게 확인하고 있는 듯한 인상이었다.

"그럼 시체유기……다카시 씨의 시신을 유기한 일에 관해 다시 묻겠습니다."

구마지마 형사는 서른 살 전후, 도코로 형사는 50대 후반일까.

딱 15년 전쯤의 다카시와 지기 정도의 나이이다.

이 두 사람 같은 관계였다면 분명 많은 것이 달라졌으리라. 자신도 지에코도 아들에게 엄한 태도를 보인 적은 한 번도 없었다. 어렸을 적부터 공부를 잘하고, 얌전하고, 착하고, 결코 남에게 피해를 주지 않는 아이였으니까. 자립해서 집을 떠나 도쿄에서 결혼했다가 이혼하고 무직 상태로 돌아왔을 때에도 자신들 부부는 아무 말 없이 아들을 받아들였다. 내내 좋은 아이로 살았으니 조금은 쉬어도 상관없다고 생각했다. 집으로 돌아오고 얼마 지나지 않아 아들의 눈에 인생을 체념한 빛이 감돌기 시작했을 때에도, 얻어맞는 게 일상이 되었을 때에도, 내일이면 예전의 다카시로 돌아올지도 모른다, 모레에는 모든 것이 원래대로 돌아갈지도 모른다고 믿었다. 그러면서 아무 의미도 없이 먼 옛일만 떠올렸다. 다카시가 아직 유치원에도 다니지 않던 시절, 지기가 이발소에서 머리를 깎고 오자 모르는 사람이 왔다며 울음을 터뜨렸던 일. 초등학교 학예회 때 대사를 잊어버리고는 반 아이들이 연기하는 모습을 다카시가 우두커니 서서 지켜보았던 일. 여름철 하굣길에 모아온 분꽃 씨앗을 다카시는 자랑스럽게 보여주었다. 그다음 날 함께 홈센터(DIY 용품 및 자재, 원예, 생활잡화 등을 판매하는 소매점/옮긴이)에 가서 그 씨앗을 심을 화분을 샀다. 돌아오는 길, 자기가 매일 물을 주겠다고 다짐하는 다카시의 뺨에 한낮의 햇살이 비치자 솜털이 하얗게 빛났다.

"오늘 아침에 댁에서 지기 씨가 다카시 씨의 시신을 어떻게 유기했는지 설명을 들었습니다. 그후에 유기 현장인 무쿠로 다리에서도 자세하게 말씀하셨고요."

무쿠로 다리는 가쿠레이 산 앞에 있는 오래된 다리였다. 양방통행이지만 차 한 대가 겨우 지나갈 만큼 좁아서, 앞쪽에서 다른 차가 오면 다리에 진입하지 말고 기다려야 한다. 차로 그 다리를 지나다니는 사람은 인근 주민 정도고, 주변 길도 포함해 가로등이 전혀 없기 때문에 밤이 되면 차량 통행이 거의 끊긴다. 어젯밤에도 전조등 불빛은 한 번도 보지 못했다.

"그 이야기도 전부 사실입니까?"

"사실입니다."

오늘 아침, 구마지마 형사와 도코로 형사가 집에 오고 얼마 후에 파란색 제복을 입은 남자와 여자가 도착해, 부엌을 중심으로 집 안을 조사했다. 남자와 여자는 감식관이었을 것이다. 도코로 형사는 그들에게 뭐라고 귓속말을 한 후, 지기에게 다시 질문했다.

―아드님의 시신은 어떻게 무쿠로 다리까지 옮겼습니까?

―정원 창고에 옛날에 사용했던 빨랫줄과 피크닉 매트가 있길래, 피크닉 매트에 둘둘 말고 빨랫줄로 꽉 묶어서 옮겼습니다. 아까 부엌, 복도, 현관에 묻은 피를 목욕 수건으로 닦았다고 말씀드렸는데요. 그 수건도 같이 넣었습니다.

―그 작업은 부인과 함께?

―저 혼자 했습니다. 아내는 일절 손을 못 대게 했죠.

―시신은 바깥 주차장에 세워둔 흰색 소형 왜건으로 운반했습니까?

―네.

―본인 차량입니까?

―그렇습니다만, 운전을 안 한 지 몇 년은 됐습니다. 늘 아들이 타고 다녔고 저는 못 타게 했거든요.

자동차 키를 가져오라는 말에 지기는 현관으로 향했다. 신발장 위에 도치기 현으로 가족 여행을 갔을 때 구입한 소용돌이무늬 그릇이 있는데, 열쇠는 전부 거기에 넣어두곤 했다. 지기가 그릇에서 자동차 키를 꺼내려고 하자 뒤따라온 구마지마 형사가 짧게 소리를 지르며 제지했다. 구마지마 형사는 흰 장갑을 낀 손으로 마치 위험한 물건을 다루듯 자동차 키를 집어서 호주머니에서 꺼낸 투명한 지퍼백에 넣었다. 거실에서 지퍼백을 받아든 도코로 형사는 가까이 있던 감식관에게 지퍼백을 넘겨주고 또 뭐라고 귓속말을 한 후 지기 쪽으로 몸을 돌렸다.

—이제 현장으로 이동해서 자세한 이야기를 듣겠습니다.

그것이 시체유기 사건의 일반적인 흐름인지, 지기의 나이를 고려해 자세한 기억이 흐려지기 전에 이야기를 듣자는 판단이었는지는 모르겠다. 지기는 형사들에게 이끌려 그들이 타고 온 스바루 레거시B4에 올라탔다. 구마지마 형사가 운전을 맡았고, 지기와 도코로 형사는 뒷좌석에 앉았다.

차가 무쿠로 다리에 도착하고 얼마 후, 집을 조사하던 사람들과는 다른 감식관들이 도착했다. 그들이 차량의 통행을 봉쇄하고 작업을 시작한 직후에 상하 일체형 작업복을 입은 수사원들도 대거 달려와 도코로 형사의 지시 아래 강을 수색하기 시작했다.

"현장에서 하신 이야기를 다시 확인하겠습니다."

테이블 맞은편에서 구마지마 형사가 메모장을 넘겼다. 집과 무쿠로 다리에서는 흰 장갑을 끼고 있어서 몰랐는데, 손에 털이 아주 많았다.

"일단 어젯밤에 무쿠로 다리에 도착한 시간을 말씀해주십시오."

"어젯밤 거기서 시간을 확인한 건 아니지만, 다카시의 시신을 강에 빠뜨리고 집에 돌아오자 새벽 2시가 조금 넘었더군요. 다리에 오래 머무르지는 않았고, 다리에서 집까지 차로 30분쯤 걸리니까…… 아마 집을 나선 게 1시경, 다리에 차를 세운 건 1시 반 전후가 아닐까 싶네요."

집에 돌아왔을 때 지기는 완전히 녹초가 되어서 두 발을 질질 끌면서 걸음을 옮겼다. 간신히 현관문을 열자 현관 턱 앞에 지에코가 주저앉아 있었다. 지기가 나갔을 때와 똑같은 곳에 완전히 똑같은 자세로. 집에 불은 켜져 있지 않았지만, 그래도 검은 덩어리로 변한 몸이 바르르 떨리는 걸 알 수 있었다. 그러다가 가끔 강한 전류라도 흐른 듯이 상체를 움찔 경련했다.

―시체는 이제 걱정할 필요 없어.

지기가 조용히 말을 걸자 검은 형체는 보일 듯 말 듯 고개를 끄덕였다.

"어젯밤 1시 반경, 무쿠로 다리에 차를 세우고 피크닉 매트로 감싼 다카시 씨의 시신을 짐칸에서 꺼내 난간 너머로 떨어뜨렸다, 맞습니까?"

"그렇습니다."

"떨어뜨린 시신은 어떻게 됐습니까?"

"캄캄해서 똑똑히 보이지는 않았지만, 파란색 피크닉 매트가 물살을 타고 점점 멀어진 건 확실합니다."

구마지마 형사는 메모장을 들여다보며 몇 장 되돌렸다 다시 넘겼다 했다. 이윽고 두 눈에 초점이 없어졌다. 볼펜을 쥔 손으로 관자놀이를 긁적이는 모습이 마치 전혀 이해가 되지 않는 교과서를 받은 어린아이 같아서, 각진 얼굴이 갑자기 어려 보였다.

"저어⋯⋯지기 씨."

구마지마는 턱을 들고 아까와 똑같은 표정으로 입을 열었다.

"새삼스러운 질문이지만, 왜 자수하신 겁니까?"

"아들을 죽였으니까요."

"그게 아니라⋯⋯기껏 실내의 피를 닦아내고 시신을 강에 떠내려보내놓고, 왜 오늘 아침에 자수를?"

"결국은 들통날 것 같았거든요."

지기는 사실대로 말했다.

"아무리 다카시가 직업이 없고 사회적으로 고립된 상태였대도, 사람이 한 명 없어지면 언젠가는 수상쩍게 여기는 사람이 생기기 마련입니다. 저나 아내에게 아들은 어떻게 됐느냐고 물어보는 사람이 나올지도 모르죠. 사실을 말할 수 없는 저희는 거짓말로 얼버무릴 테고, 얼버무리면 얼버무릴수록 주변의 의심이 커져서 결국 누군가 경찰에 신고하지 않을까. 오늘 아침에 그런 생각이 들었습니다. 그리고 계속 숨겨놓을수록 죄도 무거워지지 않습니까?"

"물론—"

구마지마 형사는 대답하다 말고 고개를 저었다.

"그건 모르겠습니다. 저희 소관이 아니라서요."

묘하게 정직한 형사였다. 이런 말을 들으면 진실을 말하려는 용의자의 마음에 제동이 걸리지 않을까?

"요컨대 본인을 위해 자수하신 거로군요? 다카시 씨를 죽인 죗값을 치르려는 게 아니라, 언젠가는 들통난다, 숨길수록 죄가 무거워진다는 생각에서요."

"말씀하신 대롭니다."

지기는 또 솔직하게 고개를 끄덕였다.

대체 우리는 뭘 잘못한 걸까. 어디서부터 잘못된 걸까. 다카시의 폭력을 견디며, 소리 없는 집에서 아내와 함께 겁내며, 매일 생각하고, 생각하고, 또 생각했다. 하지만 답은 나오지 않았다. 점점 심해지는 아들의 폭력은 현재의 지기와 지에코뿐만 아니라 60대의, 50대의, 40대의 지기와 지에코를 철저하게 파괴해나가는 듯했다. 남에게 상담했으면 조금은 달라졌을지도 모른다. 하지만 그러지 못한 사이에 다카시는 점차 괴물로 변했고, 어젯밤에는 결국 부모를 죽이려 했다. 그 아이는 분명 진심이었으니, 죽느냐, 죽이느냐 둘 중 하나밖에 없었다. 눈앞의 젊은 형사에게 그 마음을 한 번 더 토로하려 했을 때, 폐의 입구에서 삐죽삐죽한 뭔가가 퍼져나갔다.

"괜찮으십니까?"

콜록콜록 기침을 하는 지기를 보고 구마지마 형사가 부리나케 테이블을 돌아 이쪽으로 다가왔다. 도코로 형사도 엉거주춤 일어섰지만, 지기는 입을 누르며 한 손을 내저었다. 이 정도 기침은 폐를 수술했던 당시에 비하면 별것 아니었다.

"이렇게 말을 많이 한 건……오랜만이라서요."

이윽고 기침은 잦아들었지만, 형사들은 시선으로 잠깐 의논하더니, 도코로가 휴식을 제안했다.

"잠시 쉬었다가 하겠습니다."

"죄송합니다."

"좀 누우시겠습니까?"

"아니요, 괜찮습니다."

지기는 호흡이 진정되기를 기다렸다가 구마지마 형사에게 물었다.

"지에코는……어쩌고 있나요?"

내내 궁금하고 걱정되었다.

"다른 방에 있습니다. 이제부터 사건에 관해 자세하게 질문할 예정입니다."

"아내는 집에 돌아갈 수 있습니까?"

"그건 아직 뭐라고도 말씀 못 드리겠군요."

지기 본인에 대해서는 물어볼 필요도 없었다.

"부탁이……하나 있습니다만."

지기가 말을 꺼내자 형사들은 가능한 일이라면 들어주겠다는 듯한 표정으로 바라보았다. 하지만 다음 순간, 그 표정이 동시에 어리벙벙한 표정으로 바뀌었다.

"담배 한 대 피울 수 있을까요?"

안 됩니다, 하고 즉시 도코로 형사가 대답했다.

"말이 나온 김에, 끊으시는 편이 좋을 겁니다. 어, 지기 씨, 폐암에 걸린 후에도 담배를?"

"뭐, 수술 전후로는 안 피웠습니다만······폐에서 안 좋은 부분을 떼어내고 나서 또 그만 손이 가더군요······물론 의사와 아내에게는 말 안 했습니다만."

어젯밤에 차에 올라탔을 때가 생각났다. 이제부터 자신이 하려는 짓과는 어울리지 않게도 담배와 라이터를 손에 쥐고 있었다. 금속제 오일 라이터는 아직 지기의 폐에서 암이 발견되기 전—훨씬 오래 전—아직 늙었다는 생각조차 들지 않던 시절에 지에코가 선물해준 것이었다. 마흔 살 생일이었다. 포장을 풀자 무게감이 느껴지는 아주 고급스러운 라이터가 나왔고, 더구나 겉면에는 지기가 젊은 시절에 푹 빠져 있었던 미국의 캠핑카가 조각되어 있었다. 그걸 찾느라 아내는 몹시 발품을 팔았을 것이다.

그로부터 30년 하고 조금 더 지났다. 결국 진짜 캠핑카는 손에 넣지 못했다. 자동차 딜러로 일할 때는 타사의 차를 탈 수 없었고, 정년퇴직한 후에는 돈도 마음도 줄어들다가 어느 틈엔가 동경심도 사라졌다.

3

다음 날 아침, 구마지마는 다시 지기의 집 현관 앞에 서 있었다.

어제 마무리된 감식 작업의 결과는 지기의 자백을 뒷받침했다.

다만 죄다 증거 능력이 약했다. 부엌과 복도, 그리고 현관 바닥과 문고리에서 혈액 성분이 검출되었지만, 전부 꼼꼼히 닦여 있어서 아주 미미한 수준이었다. 감식관의 말에 따르면 무슨 사고로 묻었다고 봐도 이상하지 않을 양이라고 했다. 묻은 피가 원래 소량이었는지 현관 앞 콘크리트에서는 피가 전혀 검출되지 않았다.

소형 왜건에서도 시신의 운반에 사용되었음을 뒷받침할 유력한 증거가 나오지 않았다. 짐칸의 시트에 피크닉 매트의 것으로 추정되는 섬유가 엉겨 있기는 했지만, 사건이 발생한 밤에 떨어진 것이라고 단정할 수는 없었다. 그 외에 운전석 주변에서 지기 다카노리 및 다카시의 지문이 검출되었고, 재떨이에서 꽁초가 하나 발견되었다. 담배 상표는 뫼비우스고, 입에 무는 필터 부분에서 지기 다카노리의 DNA가 검출되었지만 언제 피웠는지는 불분명했다.

취조를 받은 지에코도 지기 다카노리와 동일하게 진술했다. 하지만 가족의 말이므로 증거로서는 가치가 거의 없었다. 또한 지에코를 취조하는 도중에 지기 다카노리가 입었던 옷과 신발의 감식 결과를 보고받았는데, 혈액 따위는 일절 검출되지 않았다. 즉 살인과 시체유기를 입증하는 데에는 아무 도움도 되지 않은 셈이었다.

어제저녁 경찰서에서 지기 부부의 취조를 마친 후, 구마지마와 도코로는 미고오리 뉴타운으로 가서 현장을 다시 살펴보았다. 그후 주변에서 열심히 탐문 수사를 벌인 결과, 지기의 집 뒤편에 사는 노인에게 사건 당일 밤 남자의 비명을 들었다는 정보를 얻었다. 시간은 오후 9시경, 지기 다카노리가 부엌에서 다카시의 옆구리를 식칼로 찔렀다는 시간대였다. 하지만 좀더 자세하게 물어보자, 노인은 그것이 다카시가 지른 비명인지 아니면 다른 집에서 들린 소리인지 긴가민가하다고 대답했다.

물론 인근 주민뿐만 아니라 맨 처음 신고한 여자와도 만나 이야기를 들었다. 하지만 신고자에게서도 신고 내용 이외의 정보는 얻지 못했다.

모든 증언과 감식 결과를 합쳐도 증거로서는 극히 취약한 수준이었다. 결국 지기 다카노리의 체포 영장을 청구하기를 단념하고, 어젯밤에 부부를 집으로 돌려보냈다. 구마지마는 살인을 자백한 사람과 만난 일도 처음이었거니와, 그런 사람이 경찰서를 나서서 집으로 돌아가는 모습도 처음 보았다.

하지만 어쩔 수 없었다.

가장 중요한 시신이 발견되지 않았으니까.

본인이 자백한들 시신이 없으면 살인으로도 시체유기로도 체포할 수 없었다. 예를 들어 시신을 찍은 사진이 있거나 현장에 대량의 혈흔이 남아 있다면 이야기가 달라지지만, 자백만으로는 어려웠다. 도주나 증거 인멸의 우려가 있을 때에는 과감하게 체포하기도 하지만, 설령 그렇게 체포한들 검찰이 기소해서 법정 공방을 벌일 가능성은 한없이 제로에 가까웠다. 어제 도코로도 설명해주었지만, 굳이 설명을 들을 것도 없이 경찰학교에서 귀에 딱지가 앉도록 배운 내용이었다.

경찰은 현재 가용 인원을 총동원해 무쿠로 다리 주변부터 강어

귀, 또한 해안선을 따라 다카시의 시신을 찾고 있었다. 하지만 발견되었다는 보고는 아직 들어오지 않았다. 무쿠로 다리 주변에서 탐문 수사를 했지만, 심야에 다리나 그 근처를 지나갔다는 사람은 찾지 못했다.

그렇지 않아도 인력이 부족한 경찰서인데, 시신 수색에 인원이 할당되었으므로 오늘 구마지마와 도코로는 따로 수사를 벌였다. 도코로는 고코 강과 미고오리 뉴타운에서 탐문 수사를 속행했고, 구마지마는 이렇게 지기의 집 현관 앞에 서 있었다.

손목시계를 확인했다. 오전 7시 34분이었다.

지기 부부는 어쩌고 있을까.

어젯밤 지기의 집에서 감식 작업이 끝난 것이 오후 8시경. 그 시점에 지에코는 집으로 돌아갈 수 있었지만, 남편이 어떻게 될지 모르고서는 돌아갈 수 없다고 했다. 나중에 지기 다카노리가 증거 불충분으로 귀가 조치되었음을 알았을 때 지에코는 테이블에 푹 엎드려 어린아이처럼 소리 내어 울었다. 지에코가 마음을 추스르고 구마지마가 지기 부부를 차에 태워 집까지 바래다주었을 때에는 이미 깊은 밤이었다.

현관문에 귀를 가까이 댔다.

텔레비전 소리가 들렸다. 자신들이 뉴스에 나왔을 가능성을 고려해 둘이서 아침 뉴스 방송을 보는 걸까. 하지만 이번 사건에서는 시신이 발견되지 않았고 피의자도 체포하지 못했으므로, 당연히 언론에도 발표하지 않았다. 현재로서는 방송하는 곳이 없을 것이다.

초인종을 누르자 잠시 후 부스럭거리는 소리가 들렸다.

문 너머에서 인기척이 다가왔지만 목소리는 들리지 않았다.

"미고오리 서의 구마지마입니다."

막연히 예상했던 바와 달리 망설이는 낌새 없이 바로 문이 열렸다. 지에코가 어제와 같은 옷차림에 어제보다 더 피로가 쌓인 얼굴로 서 있었다.

"이야기를 다시 들어보려고 왔습니다. 하룻밤이 지나서 뭔가 새로운 사실이 떠올랐을 수도 있을 것 같아서요."

들어오세요, 하고 지에코가 구마지마를 안으로 들였다.

"남편은……몸이 별로 안 좋아서 쉬고 있는데요."

텔레비전 소리가 커지고 젊은 남자가 흥분한 기색으로 뭔가 떠드는 소리가 들려왔다. 텔레비전 소리가 이렇게 큰 건, 나이를 먹어 청력이 저하된 데다 한쪽 귀가 들리지 않는 탓이리라. 지에코의 귀에 문제가 있다는 걸 어제 취조하다 알아차렸다. 물어보니 보름쯤 전에 다카시에게 뺨을 맞아서 왼쪽 고막이 찢어졌는데, 지금도 다 낫지 않았다고 했다.

"남편분은 어디 계십니까?"

물어보자 지에코는 복도 오른편에 있는 문을 가리켰다.

"나중에 이야기를 들을 수 있을까요?"

"이야기하는 정도라면 괜찮을 거예요."

지에코는 물속에라도 있는 것처럼 느릿느릿하게 어두침침한 복도를 빠져나갔다. 지문을 채취할 때 사용한 알루미늄 파우더가 거무스름하게 바닥 군데군데 떨어져 있었다.

거실에서 지에코가 방석을 내주었다. 구마지마는 인사하고 방석 위에 앉았다.

텔레비전 화면에 비치는 건 방송이 아니라 비디오 같았다. 밝은 한낮에 찍은 영상으로, 천막 아래 놓인 접이식 테이블에 색색의 도자기가 진열되어 있었다. 영상 한가운데 있는 사람은 고등학생 정도로 보이는 안경 낀 소년이었다. 구마지마는 그 옆에 서 있는 긴소매 원피스를 입은 여자가 지에코의 옛날 모습임을 알 수 있었다.

—그럼 이걸로 결정한 거다. 됐지?

안경 낀 소년이 그렇게 말하며 이쪽으로 얼굴을 돌렸다. 카메라를 든 사람이 렌즈 앞으로 한 손을 내밀어 오케이 사인을 만들었다. 화면 오른쪽 아래에는 '1997-10-10 2:44:13PM'이라고 적혀 있었다. 24년 전, 딱 이 시기에 찍은 영상이었다. 당시에 10월 10일은 분명 공휴일인 체육의 날이었다.

—내가 사 올게. 내가 사주는 거야."

젊은 지에코가 놀란 표정을 짓는 사이에 소년은 소용돌이무늬가 들어간 그릇을 들고 인파를 헤치며 쭉쭉 멀어졌다. 그리고 점원 같은 여자에게 말을 걸었지만, 여자가 돌아보자 갑자기 기운을 잃은 듯한 표정으로 뭔가 말했다.

"……다카시 씨인가요?"

지에코는 고개를 끄덕이고 좌식 탁자 위에 놓인 리모컨에 손을 뻗었다.

전원 버튼을 누르자 화면이 껌껌해졌다.

"아까 그 그릇, 혹시 현관에 있는 그겁니까?"

"옛날에……마시코 마을의 도자기 시장에 갔을 때 산 거예요."

지에코는 입술만 달싹거려 대답하고 좌식 탁자 맞은편에 앉았다. 등을 웅크린 채 고개를 숙이고, 속눈썹 끄트머리를 쳐다보는 듯한 눈빛으로 입을 다물었다. 하룻밤 만에 피해자의 유족이자 가해자의 가족이 되어버린 지에코는 똑바로 바라보기가 망설여질 만큼 초췌했다. 좌식 탁자의 꽃병에 꽂힌 코스모스 한 송이도 지에코에게서 얼굴을 돌리듯 옆을 향하고 있었다.

"방이 어두워서 죄송해요. 이웃 사람들이 엿보듯이 들여다봐서요."

지에코 뒤편의 정원에 면한 창문에는 커튼이 쳐져 있었다.

"저희가 인근 집들을 방문한 탓이 아닐까 싶네요."

"다카시가 죽은 건—"

"아니요, 그렇게 구체적인 이야기는 안 했습니다. 그저 이 집의 인상 같은 걸 이것저것."

어제 도코로와 함께 인근에서 탐문 수사를 벌인 결과, 지기 부부를 취조했을 때에는 듣지 못했던 사실을 알아냈다.

바로 주변 사람들이 지기의 집을 기이한 눈으로 바라봤다는 사실이었다.

이유는 3년쯤 전부터 시작된 다카시의 기이한 행동이었다. 다카시는 종종 2층 자기 방에서 고개를 내밀고 밖에다 고래고래 고함을 질렀다고 한다. 무의미한 괴성을 지를 때도 있었고, 뭔가 빠르게 말할 때도 있었다. 알아들을 수 있는 말은 누군가 자기 인생을 망치려 한다는 둥, 목숨을 노리고 있다는 둥 늘 비슷한 내용이었다. 음모론 같은 것이리라. 다만 아주 개인적이고 규모가 작은.

ㅡ저 집 부부, 예전에는 밝고 싹싹했어.

지기의 집 옆집에 사는 할머니가 손으로 입을 가린 채 속삭였다.

ㅡ그런데 아들놈이 돌아오고 얼마 후부터 웃는 모습을 못 봤지. 아저씨가 아팠거든. 처음에는 그래서 그런 줄 알았는데⋯⋯재작년 연초부터 아들놈이 그러길 시작해서 속사정이 짐작 가더라고.

다카시가 부부의 고민거리라는 건 옆집 할머니뿐만 아니라 이웃 주민의 공통된 인식인 모양이었다.

ㅡ하지만 남의 집 일이니 우리가 참견할 수도 없고⋯⋯그저 안쓰럽게 여길 뿐이었지.

사건 당일 밤 목소리나 다른 소리를 들었는지 확인해보았지만, 일찍 잠자리에 들어서 모른다고 했다. 만약을 위해 심야에 자동차 엔진 소리를 들었는지도 확인해보았는데, 할머니가 갑자기 눈을 부릅뜨고 표정을 바꾸었다. 뭔가 정보를 얻을 수 있을지도 모르겠다고 구마지마는 기대했지만, 그 기대는 바로 빗나갔다.

ㅡ차도 그래, 너무했다니까. 한 대밖에 없는 차를 늘 아들놈이 몰고 다녔지. 전에 버스 정류장에서 아저씨랑 마주쳤는데, 어디 가느냐고 물어봤더니 병원에 간다더라고. 전에는 자기가 차를 몰고 병원에 다녔거든. 그래서 차는 어쨌느냐니까 아들이 타고 다닌다지 뭐야. 어쩐지 민망하게 웃으면서.

구마지마가 끼어들 틈도 없이, 할머니는 눈을 더 부릅뜨고 말을 이었다.

—뭐가 너무한가 하면 아들놈이 대단한 용건도 없이 차를 몰고 다닌다는 거야. 대단하다 소소하다를 떠나서 실은 아무 용건도 없어. 늘 순찰하듯 근처를 천천히, 주변을 빠히 노려보면서 돌아다녀.

더 나아가 할머니는 이 구역에서 차가 없으면 얼마나 불편한지를 술술 늘어놓았지만, 도코로가 도중에 점잖게 제지했다. 두 사람은 인사를 한 후 다음 집으로 향했다.

"다카시 씨에 대해 주변분께 상담하신다거나, 그러신 적은?"

"집안 사정이니까요⋯⋯."

지에코는 검버섯이 핀 양손으로 눈구석을 눌렀다. 블라우스 소맷자락이 내려가서 드러난 야윈 손목에 아파 보이는 상처가 있었다. 손목 위아래에 생긴 두 줄기 상처. 한번 심하게 곪았다가 드디어 나아서 탁한 색깔의 딱지가 앉아 있었다. 그것이 다카시가 가위로 낸 상처라는 건 어제 취조할 때 들었다.

도코로가 단단히 주의를 주었지만, 역시 구마지마는 지기 다카노리와 지에코의 심정에 공감하지 않을 수 없었다. 지기 다카노리와 '가해자'라는 말, 지기 다카시와 '피해자'라는 말이 아무래도 딱 겹쳐지지 않았다. 이웃집 할머니는 지기 부부를 '안쓰럽다'고 표현했지만, 그건 어디까지나 다카시의 기이한 행동만 보고서 한 말이었다. 부부의 몸에 남은 잔혹한 폭력의 흔적을 보면 할머니는 대체 뭐라고 할까.

구마지마에게는 부모님이 없었다. 차를 몰고 가다가 실수로 사고를 내는 바람에 두 분이 한꺼번에 세상을 떠났다. 당시 두 살이었던 구마지마는 부모님 얼굴을 기억하지 못했다. 사고에 관해서도 나중에 여섯 살 많은 형에게 들었다.

부모님이 돌아가신 후 구마지마와 형은 시내에 있는 할아버지, 할머니 집에서 자랐다.

부모님이 없어도 딱히 아무렇지도 않았다. 워낙 어렸을 때부터 그랬기 때문이다. 하지만 초등학교에 입학하자 주변 사람들이—어른이고 아이고 할 것 없이—구마지마와 형을 측은한 눈으로 바라본다는 걸 깨달았다. 그래서 구마지마는 늘 일부러 쾌활하게 행동했다. 부모님이 없어도 아무렇지도 않다는 걸 모두에게 알려주고 싶어서. 누군가 재미있는 짓을 하면 크게 웃었고, 다들 가만히 있을 때는 혼자 엉뚱한 짓을 했다. 이 지역의 초등학교에서 반드시 배우는 「올해의 모란은 좋은 모란」이라는 구전 동요를 부를 때도 '꽃줄기를 귀에 꽂고 쿵쿵쿵', '한 송이는 덤으로 쿵쿵쿵'이라는 가사에 맞춰 반드시 바지를 벗는 시늉을 해서 선생님에게 혼났다. 혼날수록 주변에서 웃음이 터지므로, 몇 번을 혼나도 그 노래 가사가 다가오면 마치 강박처럼 양손이 옆구리로 향했다. 고등학생이 되어 형에게 그 이야기를 했을 때, 형도 똑같은 짓을 했다는 걸 알고 함께 폭소했다. 하지만 그 웃음은 오래가지 않았고, 어느덧 둘 다 입을 다물었다.

—계시면 좋을 텐데.

잠시 후 형이 말했다. 부모님 이야기였다. 형이 그런 말을 하는 건 처음 봐서 구마지마는 성격에 맞지 않게 어쩔 줄 모르고 허둥댔다. 어쩔 줄 모르고 허둥대면서도 할 말을 궁리했지만, 결국 아무 말도 나오지 않았다. 그저 초등학교 운동회 날 가족 이어달리기를 할 때, 할아버지가 젊은 아버지들 몇 명에게 추월당하던 모습과 구마지마가 잠든 줄 안 할머니가 아무 말 없이 머리를 쓰다듬어주었을 때의 감촉만 떠올랐다.

"집 안을 다시 살펴봐도 될까요?"

구마지마는 감상에서 벗어나 몸을 일으켰다.

지에코가 모호하게 고개를 흔드는 걸 긍정이라고 멋대로 판단하고 부엌으로 통하는 미닫이문을 열었다. 이쪽은 복도보다 알루미늄 파우더가 더 많아서 마치 방 전체에 곰팡이가 슨 것처럼 보였다. 감식 작업은 끝났지만 나중에 뭔가 발견될 가능성도 있으므로 부엌에는 되도록 드나들지 말라고 지기 부부에게 말해둔 터였다. 물론 강제는 아니고 어디까지나 부탁이었지만, 아무래도 부탁을 들어준 모양이었다.

싱크대 앞쪽 장판에 생긴 작은 흠집 하나. 감식관 말로는 날붙이 때문에 생겼을 가능성이 크다고 했고, 여기서도 혈액 성분이 검출되었다. 지기 다카노리의 진술에 따르면 식칼에 찔린 다카시가 몸을 돌렸을 때 식칼이 바닥에 떨어졌다니까, 그때 생긴 흠집이리라. 하지만 단정할 수는 없었다. 지기 본인도 식칼이 어디 떨어졌는지까지는 기억나지 않는다고 했다.

복도로 나갔다. 지기 다카노리가 쉬고 있다는 방 앞을 지나 2층으로 이어지는 계단을 올랐다. 2층에는 다카시의 방과 그가 창고로 사용한 두 평짜리 방이 있다. 어제 도코로와 함께 확인했는데, 양쪽 다 몹시 어질러져 있어서 1층과는 이미지가 정반대였다.

2층에 다다라 일단 두 평짜리 방을 열었다. 이 방에는 다카시가 '창업' 준비차 주문한 듯한, 영어 송장이 붙은 상자가 잔뜩 쌓여 있었다. 바닥에 아무렇게나 늘어놓은 상자의 내용물은 전부 해외의 전자 장난감인 듯했다. 동그랗게 생긴 드론 같은 장난감, 뭔가를 옮길 수 있을 법한 손바닥 모양의 무선 조종 자동차, 얼굴이 액정 화면인 네모난 로봇 등등. 어제 몇 가지를 시험해보았는데, 전부 건전지가 떨어져서 켜지지 않았다. 장난감들 너머에는 여기로 이사할 때 사용한 건지 반듯한 글씨체로 '2F 작은 방'이라고 적힌 골판지 상자가 하나 있었다. 이것도 어제 시험 삼아 열어봤을 때 수많은 케이블과 전자 장난감용인 듯한 부품들, 렌즈가 달린 네모난 물체 등이 뒤죽박죽으로 담겨 있었다. 렌즈가 달린 네모난 물체는 손바닥 크기로, 컴퓨터에 장착하는 웹캠처럼 보이기도 했지만, 다카시가 그런 걸 사용해서 할 일이 있었을까.

방을 나서서 반대편 문을 열었다. 다카시의 방에는 담배 냄새가 배어 있었다. 바닥에 놓아둔 재떨이는 뫼비우스 꽁초로 가득했다. 벽 앞에 잔뜩 모아둔 빈 커피캔도 대부분 담배꽁초로 꽉 차 있었다. 주둥이를 묶은 채 여기저기 내팽개쳐둔 비닐봉지에는 전부 쓰레기가 담겨 있었다. 먹다 남은 빵이나 요구르트가 담긴 비닐봉지는 곰

팡이 천지인 데다 악취까지 풍겼다. 방구석에 처박혀 있는 다카시의 스마트폰. 화면이 산산이 깨진 것으로 보건대 실수로 떨어뜨린 수준이 아니었다. 딱딱한 물건으로 내리쳤거나 땅에 내던지기라도 했는지, 기판이 드러날 만큼 심하게 부서진 상태였다. 만약에 대비해 통신사에 확인하자 요금 미납으로 강제 해약된 지 2년이 넘게 지났다고 했다.

이 방을 보고 있으니 지난여름에 시내에서 발생한 자살사건이 떠올랐다.

농가가 늘어선 일대와 시가지 사이에 미고오리 뉴타운보다 오래된 주택지가 있었다. 구마지마는 거리를 두고 세워진 집들 중 하나에서 중년 남자가 사망했다는 신고를 받고 현장으로 향했다. 남자는 목을 매어 자살했다. 세간이 얼마 없는 살풍경한 방에서 천장의 들보에 묶은 로프로 목을 맨 사건이었다. 범죄성이 없었으므로 수사는 그 자리에서 종료되었지만, 구마지마는 남자와 함께 살던 어머니에게서 고인의 이야기를 들었다. 어머니가 펑펑 울면서 말한 바에 따르면, 죽은 아들은 이른바 은둔형 외톨이였다고 했다.

자살한 그 남자도 다카시와 비슷한 나이였다. 둘 다 사회생활에서 밀려났고, 둘 다 부모님 집 2층에 살았다. 그리고 둘 다 마지막에는 스스로 목숨을 끊기로 결심했다. 하지만 그때 두 사람이 선택한 행동은 크게 달랐다. 한 명은 남몰래 목을 매어 죽었고, 한 명은 죽기 전에 부모님을 죽이려고 했다.

구마지마가 지기 다카시를 '피해자'로 받아들이지 못하는 건, 여름에 발생한 자살사건이 머릿속에 남아 있기 때문이기도 할까.

담뱃진으로 변색된 카펫을 밟고 다카시가 종종 고래고래 고함을 질렀다는 창문으로 다가갔다. 연녹색 커튼을 살짝 젖히고 아래를 살폈다. 산울타리 밖에 나이든 남자와 여자가 서 있었다. 보아하니 부부인 듯했다. 고개를 이리 돌렸다 저리 돌렸다 하며 산울타리 안쪽을 엿보려던 두 사람은 구마지마의 시선을 느꼈는지 고개를 들었다. 남자는 어제 탐문 수사할 때 만났지만, 여자는 처음 보는 사람이었다.

그 여자에게도 이야기를 들어보려고 구마지마는 창가를 벗어나 방을 나섰다. 최대한 빨리 계단을 내려와 현관문을 열었는데, 이미 둘 다 사라진 뒤였다. 정원으로 나가서 산울타리로 다가갔지만 역시 보이지 않았다. 마치 의도적으로 숨은 양 재빠르게 사라졌다. 그렇게 흥미진진하게 안쪽을 엿봤으면서, 귀찮은 일에는 휘말리고 싶지 않다는 건가. 이 집에서 일어난 일과 형사가 돌아다니면서 질문하는 이유를 알고 싶은 것인지, 알기 싫은 것인지 알 수 없었다.

몸을 돌려 지기의 집을 바라보았다.

다른 집들과 마찬가지로 분양주택임을 한눈에 알아볼 수 있는 외관. 예전에는 '뉴타운'이라는 명칭이 어울렸겠지만, 이제는 벽도 지붕도, 집 자체에서 느껴지는 분위기도 완전히 노후되었다. 정원에는 가지런하게 깎은 잔디가 파릇파릇하게 펼쳐져 있었다. 현관 옆의 수돗가와 거기 놓인 두루마리식 호스. 그 옆에는 철제 창고. 지기 다카노리는 저기서 꺼낸 피크닉 매트와 빨랫줄로 다카시의 시신을 둘둘 감아서 차에 실었다고 했다.

창고로 다가가 문을 옆으로 밀어서 열었다. 여기도 어제 확인했지만, 대단한 물건은 들어 있지 않았다. 마른 흙이 들러붙은 화단형 화분. 크고 작은 꽃 화분. 내용물이 조금 남은 부엽토 자루. 그 옆에 기대어놓은 삽은 새것이 아닌 듯했지만, 한 번도 사용한 적이 없나 싶을 만큼 깨끗했다……왜 무쿠로 다리였을까.

갑자기 그런 의문이 머릿속으로 뛰어들었다.

왜 지기 다카노리는 다카시의 시신을 무쿠로 다리에서 강에 빠뜨렸을까.

지기는 범행을 처지르고 다음 날 아침에야 자수를 결심했다. 반대로 말하면 밤에는 아들을 살해했다는 사실을 꼭꼭 숨길 작정이었다.

그렇다면 왜 무쿠로 다리였을까.

예전에 무쿠로 다리라는 이름의 유래를 들은 적이 있었다. 묻지도 않았는데 가르쳐준 사람은 여고생을 살해한 그 남자였다. 가쿠레이 산, 묘진 폭포, 고코 강, 그리고 무쿠로 다리. 가쿠레이 산은 원래 '가쿠레 산'이고 '가쿠레'에는 '죽는다'는 뜻이 있다는 모양이다. 산에 사는 신이 인간의 목숨을 빼앗는다는 것이 이름의 유래라고 했다. 그 신이 머무는 곳이 묘진明神 폭포이고 그곳의 원래 명칭은 묘진冥神 폭포였다. 한자로 명冥 자는 저승이라는 뜻이라던가. 폭포에서 죽은 사람들은 신에게 바쳐진 고쿠御供, 즉 공물로 받아들여졌고, 그 시체가 흘러가는 곳이 고쿠 강, 즉 바뀐 명칭으로 고코 강이었다. 묘진冥神 폭포에서 시체가 된 사람은 고쿠 강을 흘러 산기슭에서 첫 번째 다리를 통과한다. 그 다리가 바로 무쿠로(骸 : 유해, 송장을 가리키는 일본어. 일반적으로 잘 쓰이지는 않는 말이다/옮긴이) 다리이고 현재의 무쿠로六黒 다리인 것이다.

그런 이야기를 지기 다카노리도 알고 있었을까.

알고 있었다 치면, 왜 무쿠로 다리를 시체유기 현장으로 선택했을까.

아니, 틀렸다. 이런 사고방식은 그다지 현실적이지 않다. 구마지마는 창고 앞에서 고개를 획획 내젓고 숨을 크게 한 번 내쉬었다.

도코로의 말을 떠올렸다.

―어쨌거나 지금은 가해자가 저지른 일만 염두에 둬.

지기 다카노리가 저지른 일.

그는 이 집에서 다카시를 살해한 후, 시신을 흉기 및 피 묻은 목욕수건과 함께 피크닉 매트에 감싸서 차에 싣고 옮겼다.

―상대의 말은 철저하게 의심해.

목적지는 정말로 무쿠로 다리였을까. 아무리 지나다니는 차가 별로 없고 심야였다고는 하나, 그곳에서는 남에게 목격당할 위험성이 충분했다. 애당초 그 다리에서 고코 강으로 시신을 유기해봤자 꽤 빨리 발견될 가능성이 있었다. 고코 강은 곧게 쭉 뻗은 강이 아니라 군데군데 완만하게 휘어지는 강이므로 시신이 강가로 밀려올라올 확률이 꽤 높았다. 설령 그대로 바다까지 흘러갔더라도 물결에 시신이 해안으로 밀려올지도 몰랐다. 그렇기에 지금 수많은 수사원들이 고코 강뿐만 아니라 해안선을 포함한 광범위한 구역을 수색하는 것이다.

다카시의 시신을 차에 실었을 때, 목적지로 다른 곳은 떠오르지 않았을까. 또는 실제로 무쿠로 다리에 갔더라도, 바로 눈앞에 가쿠레이 산이 있고 산기슭을 북쪽으로 더 돌아 들어가면 요메가 숲이 펼쳐진다. 특히 요메가 숲은 수목 관리용 도로가 종횡으로 복잡하게 뻗어 있으므로 시체를 유기하기에는 안성맞춤이었을 것이다. 고코 강에 떠내려 보낼 바에야 가쿠레이 산이나 요메가 숲에 묻어야 발견될 가능성이 작아질 거라는 생각은 들지 않았을까.

구마지마는 이렇게 생각만 하기보다는 본인에게 직접 질문해야겠다고 판단하고 현관으로 돌아갔다. 지기 다카노리는 몸이 좋지 않아서 쉬고 있다지만, 이야기하는 정도는 괜찮을 거라고 지에코가 말한 바 있었다.

현관 바닥에서 구두를 벗었다. 균형을 잃고 손을 짚은 신발장 위에는 열쇠함으로 사용하는 그릇이 있었다. 아까 보았던 홈비디오에서 다카시가 집어 들었던 그릇이다. 도치기 현 마시코 마을의 도자기 시장에서 샀다는, 소용돌이무늬가 들어간 회색 그릇. 구마지마는 그 그릇을 가만히 바라보았다. 그럴 의도가 있었던 건 아니었다. 마치 뭔가가 보이지 않는 실로 자신의 의식을 사로잡는 것 같았다. 구마지마가 훗날 몇 번이고 돌이켜보는, 처음으로 형사로서의 감이 발동한 순간이었다.

보이지 않는 실은 점차 강하게 구마지마를 끌어당기려 했다. 주변의 작은 소리들이 점점 사라졌다. 마음속에서 아니라고 말하는 목소리가 들렸다. 자신의 목소리인지, 실 반대편에 있는 뭔가의 목소리인지는 알 수 없었다. 아니다, 이게 아니다. 팽팽하게 당겨진 실이 조금씩 각도를 바꾸었다. 그릇 위—그릇 자체—그릇 아래쪽—신발장 안쪽으로 의식의 방향을 미세하게 조정했다.

쪼그려 앉아 신발장 문에 손을 댔다. 왼쪽으로 밀어서 열자 장화, 낡은 구두, 펌프스 등이 전시품처럼 가지런하게 놓여 있었다. 문 뒤쪽에 해당하는 왼편 안쪽에 직육면체 모양의 상자가 두 개. 어둠 속에 숨은 그 상자에 손을 뻗은 순간, 마치 볼일은 이제 끝났다는 양 보이지 않는 실이 뚝 끊어졌다.

상자 두 개를 꺼내서 현관 턱에 내려놓았다. 왼쪽 상자에는 여성용 트레킹화가 들어 있었다. 밑창끼리 맞대서 서로 반대로 넣어둔 트레킹화는 오랫동안 신지 않은 듯, 발등을 덮는 스웨이드가 푹 꺼진 상태였다. 다른 상자에도 역시 트레킹화가 들어 있었다. 비슷한 디자인이지만 크기로 보건대 남성용인 듯했다. 이쪽은 마치 최근에 신은 듯 스웨이드가 멀쩡했다.

—가해자가 저지른 일만 염두에 둬.

납작 엎드리다시피 해서 신발 밑창을 유심히 들여다보았다. 마른 흙이 묻어 있었다. 가슴주머니에서 볼펜을 꺼내 끝부분으로 건드리자 흙 한 조각이 툭 떨어졌고, 밑창의 홈에 낀 흙이 보였다. 떨어진 흙보다 홈에 낀 흙의 색깔이 약간 진해 보이는 건 기분 탓일까.

—상대의 말은 철저하게 의심해.

트레킹화를 그대로 놓아두고 다시 밖으로 나갔다. 양손에 흰 장갑을 끼며 정원의 창고로 향했다. 창고에 보관된 삽. 아까 보았을 때 마치 한 번도 사용하지 않은 듯 깨끗한 상태였다는 점이 인상적이었다.

창고 문을 열고 삽에 손을 뻗었다. 나무로 된 삽자루를 잡고 들어 올려 거꾸로 뒤집었다. 위쪽을 향한 삽날을 다른 손으로 흔들자 삽날과 삽자루의 접합부가 살짝 덜컥거렸다. 힘을 주어 더 세게 앞뒤로 흔들어보았다. 접합부는 여전히 살짝 덜컥거릴 뿐이었지만, 잠시 후 삽자루 위쪽에 변화가 생겼다. 접합부에서 새어나온 약간의 물이 나무 표면에 스며들어 색깔이 변한 것이다.

이 삽은 틀림없이 물로 씻었다. 그것도 극히 최근에.

구마지마는 삽을 창고에 도로 넣고 스마트폰을 꺼냈다. 도코로에게 전화를 걸자 몇 초 만에 받았다.

"지기가 향한 곳은 고코 강이 아닙니다."

서론이고 뭐고 없이 불쑥 말했다.

"강이 아니면 어딘데?"

부하를 시험하는 듯한 말투도 아니거니와, 갑작스러운 말에 당황한 눈치도 아니었다. 그저 순수하게 답을 알고 싶어하는 목소리였다.

"지기는 차로 옮긴 시체를 어딘가에 묻었습니다."

"근거는 있겠지?"

"지금 현장으로 오실 수 있습니까?"

"잠깐만 기다려."

구마지마는 통화가 끝난 스마트폰을 움켜쥔 채, 눈앞의 삽을 노려보았다. 사건이 발생한 밤, 지기 다카노리는 다카시의 시신을 차로 운반해 이 삽으로 땅속에 묻었다. 그렇다면 대체 어디에 묻었을까. 가쿠레이 산. 요메가 숲. 아니, 고코 강 강변에도 시신을 묻을 만한 곳은 얼마든지 있었다……잠깐.

그때 마치 시야를 가리듯 2층에 있는 두 평짜리 방의 광경이 눈앞에 떠올랐다. 눈앞에 실제로 존재하는 게 아닐까 싶을 만큼 선명한 영상이었다. 바닥에 널브러진 동그란 드론 같은 장난감. 손바닥 모양의 무선 조종 자동차. 얼굴이 액정 화면으로 된 네모난 로봇. 그러한 장난감들 너머에 있던 골판지 상자. 무수히 많은 케이블 사이에 담겨 있던 웹캠 같은 물건.

왜 알아차리지 못했을까.

구마지마는 속으로 스스로를 책망했다. 그것은 웹캠이 아니라 자신에게 훨씬 밀접한 물건이었다. 교통과에 있던 시절, 매일같이 영상 데이터를 확인해 보고서를 작성했던, 익숙한 물건이었다.

4

지기는 침실에 드러누워 천장을 쳐다보고 있었다.

거실에서 구마지마 형사와 아내는 무슨 이야기를 했을까. 그후 2

층으로 올라간 구마지마 형사는 왜 바쁘게 밖으로 나갔을까. 그리고 왜 도코로 형사를 데리고 돌아왔을까.

발소리를 비롯한 이런저런 소리만으로는 무슨 일이 벌어지고 있는지 알 수 없었다. 지기는 그저 천장을 올려다보며 등을 지지는 듯한 초조함을 견디는 것이 고작이었다. 용서받지 못할 죄를 저지르고, 지쳐서 누더기가 된 듯한 몸으로 이렇게 이부자리에 누워 있는 것이 고작이었다.

구마지마 형사와 도코로 형사가 몹시 급하게 2층으로 올라갔다. 아무 말도 없이 발소리만 들릴 뿐이라 뭐가 목적인지는 역시 알 수 없었다.

문을 두드리는 소리가 나고 침실 문이 열렸다.

"……몸은 어때?"

지에코가 물이 든 컵을 들고 들어왔다. 한참 전에 머리맡에 놓아둔 물은 거의 줄지 않았다. 그래도 물컵을 바꾸어준 아내를 생각해, 지기는 상체를 비틀어 새 물을 한 모금 마셨다.

"조금 좋아졌어. 고마워."

"병원에 전화하는 게 나을까?"

아내는 물컵을 품에 끌어안듯이 들고 지기의 얼굴을 불안하게 들여다보았다. 관절이 불거지도록 수척해진 탓인지 약지에 낀 결혼반지가 헐렁거렸다.

"그냥 피곤해서 그런 거니까 괜찮아."

"하지만─"

"몸속에서 뭔가가 악화된 건 아니야. 그건 느낌으로 알 수 있어."

베개에 머리를 대자 지에코가 와서 안심이 되었는지 두 눈이 저절로 감겼다.

"형사들은 2층에서 뭘 하는 걸까."

물어보자 숨결로 흐려진 목소리가 되돌아왔다.

"모르겠어."

지기는 이불 속에서 한 손을 몸쪽으로 옮겼다. 손바닥을 가슴에 얹고 개흉 수술 후에 꿰맨 자국을 셔츠 위로 어루만졌다. 피부를 가르고 가슴을 열어 폐의 좋지 않은 부분을 제거했지만, 결국 암은 곳곳으로 퍼져나갔다. 간으로도, 부신으로도, 온몸의 림프샘으로도. 2년 전 연초에 장기 입원해 림프샘에 생긴 가장 큰 종양을 제거했지만, 여명이 조금 더 늘었을 뿐이다.

의사 말로는 더 이상 손쓸 방도가 없다고 했다.

"정말로 이대로……."

"괜찮아."

그날 밤 광경이 눈꺼풀 안쪽에 떠올랐다.

—경찰에……신고해야.

복도에 주저앉은 지에코. 현관 바닥에서 조용히 움직임을 멈춘 다카시.

—안 돼.

생각도 하기 전에 말이 먼저 흘러나왔다.

—숨기자.

이리저리 흔들리던 지에코의 눈동자가 되묻듯이 지기의 얼굴로 향했다. 대답하는 대신 지기는 곁에 있는 다카시를 보았다. 운동복 옆구리를 물들인 새빨간 피. 피는 조금 전까지만 해도 약간씩 번져 나가고 있었다. 하지만 심장이 멎은 듯 고정된 무늬처럼 더는 변화가 없었다.

—이 아이를 숨기는 거야. 들키지 않을 곳에 묻어서.

지기는 평생토록 잘하는 게 아무것도 없는 어설픈 인간이었다. 어릴 적부터 운동도 공부도 시원찮았고, 운동회 때는 늘 반 아이들에게 피해를 주었다. 그림을 그리든 글짓기를 하든 상을 받은 적은 한 번도 없었다. 반 대항 이어달리기를 앞두고 혼자 열심히 연습했지만, 당일은 달리는 자세가 동물 같다며 웃음거리가 되었다. 툭하면 물건을 잃어버려서 부모님에게 야단맞았고, 친구가 필통을 숨겼을 때에도 잃어버렸다고 했더니 역시 야단맞았다.

남들처럼 취직하고 결혼해서 자식은 얻었다. 자식만큼은 잘 키웠다고 몰래 자부했다. 하지만 그런 아들이 옆구리를 피로 물들인 채 옆에서 죽어버렸다.

—이 아이를 숨겨도……저지른 짓을 영영 감출 수는 없어.

지에코의 말에 지기는 고개를 끄덕였다. 그렇다, 그럴 수는 없었다. 사람이 한 명 이 세상에서 사라지면 언젠가는 누군가 수상하게 여긴다. 지기나 지에코에게 아들은 어떻게 되었냐고 물으리라. 이쪽의 태도를 보고 의심이 더욱 커져서 누군가 경찰에 신고할지도 모른다. 경찰이 수사에 나서면 분명 다카시가 죽었다는 사실도, 죽

어버린 다카시를 지기가 숨겼다는 사실도 밝혀지리라. 꼭꼭 숨겨온
만큼 죄는 한층 무거워진다.

—경찰에 전화해서 다카시를 죽였다는 건 말할 거야.

움직임을 멈춘 아들 옆에서 지기는 지에코를 타이르듯 말했다.

—다만……

형사들의 발소리가 2층에서 내려왔다.

문을 두드리는 소리에 지에코가 대답하자 복도에서 구마지마 형
사가 고개를 들이밀었다.

"실례 많았습니다. 오늘은 이만 가보겠습니다."

표정이 또 달라졌다. 어제 취조실에서처럼 겉으로 보이는 표정만
달라진 게 아니라, 좀더 근본적인 뭔가가 변했다. 구마지마 형사 뒤
에는 도코로 형사가 서 있었다. 어두침침한 복도에서 도코로 형사
의 흰자위가 살짝 빛나는 것처럼 보였다.

5

구마지마와 도코로는 미고오리 경찰서의 소회의실 의자에 나란
히 앉아 있었다.

테이블에는 노트북과 지기의 집 2층에서 발견한 자동차 주행 영
상 기록 장치, 소위 블랙박스의 구성품이 놓여 있었다. 감식 작업 결
과 지기 다카노리 및 지기 다카시의 지문이 여기저기서 검출되었다.

맨 처음 발견한 네모난 전방 카메라. 그리고 같은 골판지 상자 안쪽에서 찾아낸 후방 카메라, 두 카메라를 연결하는 접속 케이블, 시가잭에서 전력을 얻는 전원 케이블. 찾아낸 물건들을 모조리 가져와서 테이블에 늘어놓았지만—.

"필요한 건 전방 카메라뿐입니다."

"다른 건?"

"일단은 필요 없겠죠. 중요한 영상 데이터는 여기 남아 있을 테니까요."

구마지마는 설명하면서 전방 카메라를 가까이 끌어당겼다. 옆쪽에 SD카드용 슬롯이 있었다. 카메라로 촬영된 영상 데이터는 전부여기에 저장되어 있을 것이었다.

물론 촬영되었다면 말이지만.

제품번호를 검색해 블랙박스의 사양은 이미 확인을 끝냈다. 녹화형식이 FHD임을 본 순간부터 기대와 불안이 동시에 구마지마를휘감았다. 풀 하이 데피니션—풀 하이 비전이라고도 하는 이 녹화형식은 아주 선명한 영상을 찍을 수 있는 대신, 메모리를 많이 잡아먹으므로 녹화 시간이 짧다.

슬롯 옆에 달린 이젝트eject 버튼을 누르자 우표만 한 크기의 SD카드가 미끄러져 나왔다. SD카드에 적힌 8GB라는 글씨를 본 순간,기대와 불안의 균형은 후자로 크게 기울었다. 블랙박스에 사용되는 SD카드 중에서는 가장 용량이 작은 일반적인 사양으로, 보통 구입할 때 제공하는 물건이었다.

"분명 마지막 30분 전후밖에 저장되지 않았을 겁니다."

8GB SD카드에는 약 한 시간 분량의 FHD 영상을 저장할 수 있었다. 하지만 전방 카메라와 후방 카메라가 용량을 절반씩 사용하므로, 저장 가능 시간도 절반으로 줄어들었다. 블랙박스는 루프 방식으로 기록하므로 용량이 가득 차면 자동으로 앞으로 되돌아가 오래된 데이터를 지우면서 새로운 데이터를 덧씌운다. 즉, SD카드에 저장되는 건 마지막 30분 전후의 영상이었다.

"그 전의 영상은?"

"전부 지워집니다."

영상은 1분에서 5분 단위로 분할되어 자동 저장되지만, 용량을 모두 사용한 시점에서 가장 오래된 데이터가 지워지고 새로운 데이터로 바뀐다. 이것 때문에 교통과 시절에 골치 아팠던 적이 참 많았다. 예를 들어 차량이 접촉사고를 당하면 운전자는 부딪힌 당시의 영상이 블랙박스에 남아 있으니 확인해달라고 요청하지만, 실제로 영상 데이터를 확인해보면 이미 지워지고 없는 경우가 부지기수였다. 이번처럼 8GB, FHD, 전후방 카메라를 사용하면 접촉사고가 발생한 후 30분 이상 블랙박스 전원을 켜놓기만 해도 사고 순간을 포착한 영상이 사라진다. 사고를 당했을 때 일단 블랙박스 전원부터 끄라는 건 바로 그 때문이다. 덧씌우기를 방지하기 위해 본체 전원을 끄든지, 시가잭으로 전원을 공급하는 경우는 케이블을 뽑아야 한다. 요즘은 카메라 자체가 사고를 감지해 사고 전후 영상을 자동으로 저장하는 블랙박스도 시중에 나오지만, 지금 눈앞에 있는 블랙박스는 그 정도로 고급품이 아니었다. 아까 제조사 홈페이지에서 확인한 바로는 1년쯤 전에 출시되었지만, 상시 녹화 기능은 없는 듯했다.

"구마, 이 블랙박스는 언제 차에서 떼어냈을까?"

"지기 다카노리가 떼어냈다면 시체를 유기한 후겠죠."

도코로가 시험이라도 하듯 아무 말도 하지 않길래 구마지마는 말을 이었다.

"이 블랙박스는 1년쯤 전에 출시됐으니까, 설치한 것도 당연히 그 이후입니다. 한편 지기 다카노리는 요 몇 년간 그 차를 운전하지 않았다고 했습니다. 즉, 설치한 건 다카시고 지기 다카노리는 차에 블랙박스가 달려 있었다는 것조차 모르지 않았겠습니까."

"그렇다 치고, 언제 알아차렸을까?"

"사건 당일 밤, 다카시의 시신을 유기하고 집으로 돌아온 후예요."

"어째서 그렇게 단언하지?"

"만약 출발했을 때나 시신을 유기하는 도중에 알아차렸다면, 다카시의 시신하고 같이 묻어버리면 그만입니다. 혹시 돌아오는 길에 알아차렸다고 해도 블랙박스를 버릴 수 있는 곳은 얼마든지 있었겠죠."

기대에 부응한 대답이었는지 그을린 도코로의 뺨에 주름이 새겨졌다.

"즉, 녹화 시간을 고려했을 때, 만약 시체유기 현장이 차로 30분 이내의 거리라면, 현장에서 집으로 돌아올 때 찍힌 영상 데이터가 남아 있다는 뜻입니다. 도중에 어디에도 들르지 않았다면 말이죠."

그 집에서 차로 30분 이내라면, 시신을 묻을 만한 곳은 그리 많지 않았다. 여기저기 나무숲과 빈터가 흩어져 있기는 하지만, 죄다 좁아서 어딘지만 알면 시신을 찾기는 어렵지 않으리라. 하지만 지기가 집에서 30분 넘게 걸리는 곳으로 향했다면, 가쿠레이 산과 요메가 숲을 포함해 시신을 묻을 만한 곳이 수두룩한 데다 영상 데이터도 마지막 30분밖에 남지 않는 셈이다. 길을 돌아와 집 주차장에서 시동을 끄기까지 30분이다. 그렇다면 어느 방면에서 돌아왔는지 정도밖에 확인할 수 없다.

"요컨대 블랙박스 영상은 크게 도움이 되거나, 아무 도움도 안 되거나 둘 중 하나라는 거군."

"그걸 지금부터 확인하겠습니다."

SD카드를 노트북 슬롯에 꽂았다. 폴더에는 전방 카메라 폴더와 후방 카메라 폴더가 하나씩 있었다. 전방 카메라 폴더를 클릭했다. 동영상 파일 여섯 개가 화면에 나타났다. 각 파일 밑에 적힌 파일명은 동영상 촬영 일시였다. 구마지마는 화면에 얼굴을 가까이 댔고, 도코로는 와이셔츠 주머니에서 노안경을 꺼냈다.

"……진술한 대로인가."

"시간상으로는 그런 것 같습니다."

동영상은 지기 다카노리가 다카시의 시신을 유기했다는 시간대인 10월 20일 새벽에 촬영되었다. 지기는 그날 오전 1시경에 집을 나서서 무쿠로 다리에서 시신을 강에 빠뜨린 후, 2시가 조금 지나서 집에 돌아왔다고 했다. 파일명에 표시된 동영상 촬영 시각은 첫 번째 동영상이 1시 39분, 다음이 1시 44분—그렇게 5분 단위로 분할되어 마지막은 2시 4분이었다.

"무쿠로 다리에서 집까지 돌아오는 길이 찍힌 건 아니겠지. 만약 그렇다면 다리에서 시체를 유기했다는 진술을 뒷받침할 뿐이야."

"보면 알겠죠."

구마지마는 빨라지는 호흡을 진정시키며 첫 번째 파일을 재생했다. 화면에 옆으로 길쭉한 주행 영상이 나왔다. 오른쪽 아래에 표시된 일시는 2021/10/20 01:39:20, 파일명과 일치했다.

차는 컴컴한 곳을 달리고 있었다. 주변에 건물이 없거나, 있어도 불이 켜져 있지 않은 것이리라. 전조등 불빛이 비치는 정면 방향만 보였다. 길 좌우에 가드레일은 없고, 노면은 비포장 같았다.

"대체 어디야?"

"무쿠로 다리에서 집으로 돌아올 때 이런 시골길이……."

두 사람은 얼굴이 바싹 붙을 만큼 가까이에서 화면을 응시했다. 힌트가 될 만한 건 전혀 보이지 않았다. 속도는 그리 높지 않았다. 가끔 땅바닥의 돌멩이가 바늘 같은 그림자를 앞쪽으로 뻗었다가, 짧아지는 그림자와 함께 화면 아래로 사라졌다. 들리는 소리라고는 단조로운 엔진 소리뿐이었다. 하지만 볼륨을 높이자 엔진 소리에 떨리는 숨소리가 희미하게 겹쳤다. 지기의 숨소리일까. 볼륨을 좀더 높이려고 노트북에 손을 뻗었을 때, 구마지마는 **어떤 물체를** 보고 동영상을 일시 정지했다.

"왜?"

"달입니다."

화면 왼편 위쪽에 둥그런 달이 작게 비쳤다.

아까부터 있었을까. 없었다면 뭔가에 가려졌던 게 틀림없다. 거기까지 생각했을 때 구마지마는 차가 어디를 달리고 있는지 알아차렸다.

도코로도 알아차린 듯 나지막하게 중얼거렸다.

"요메가 숲으로 향하는지도 모르겠군……."

아까까지 달을 가렸던 건 분명 가쿠레이 산이었으리라. 구마지마는 영상을 몇 초 되감았다. 화면 왼편 위쪽을 유심히 보자 잠시 후 달이 어둠 속에 나타났다. 달이 전부 다 드러날 때까지 1초쯤 걸렸다. 이쪽에서 보았을 때 달의 오른쪽이 먼저 나타나고 그다음에 왼쪽이 나타났다. 이것으로 가쿠레이 산이 차량 왼쪽에 있다는 사실을 알 수 있었다. 산을 따라서 난 길은 가쿠레이 산 북쪽에 뻗어 있다. 즉, 차는 그 길을 지도로 따지면 오른쪽에서 왼쪽으로 나아가고 있는 셈이었다. 그대로 산을 돌아 들어가면 앞쪽에 요메가 숲이 나온다. 면적이 광대한 데다 수목 관리용 도로가 종횡으로 복잡하게 뻗어 있어, 구마지마 자신이 저곳이라면 시신을 묻기에 안성맞춤이라고 생각한 장소였다.

"그런데 구마, 요메가 숲으로 향했다면 왜 영상이 남아 있는 거지? 저기서 지기의 집까지 돌아오는 데만 40−50분은 걸릴 텐데."

"일단 끝까지 확인해보죠."

그후, 5분 단위로 분할된 영상을 연속해서 재생했다. 차는 역시 요메가 숲으로 향한 듯, 숲속 도로 입구를 빠져나가는 영상이 두 번째 파일에 담겨 있었다.

그 직후, 화면에 **최악**의 **변화**가 생겼다.

"젠장, 전조등을 꺼버렸군."

화면이 어두컴컴해졌다.

"남의 눈을 경계한 걸까요?"

전조등을 꺼도 속도만 내지 않으면 숲속 도로를 달리지 못할 이유도 없다. 실제로 스피커에서는 타이어가 지면을 밟는 소리가 끊임없이 들려왔다. 가끔 커브를 돌 때 브레이크등이 켜져서 주변을 빨갛게 비췄지만, 금세 다시 깜깜해졌다. 이윽고 운전에 익숙해졌는지 브레이크등도 전혀 켜지지 않아서 어느 방향으로 달리는지조차 더는 짐작이 가지 않았다.

"……멈췄습니다."

마지막 영상 파일을 절반쯤 재생했을 때, 사이드브레이크를 당기는 소리가 들리고 엔진 소리가 멈췄다. 화면은 변함없이 깜깜했다. 어슴푸레한 달빛에 나무줄기 같은 것이 희미하게 비칠 뿐이었다.

문이 열리는 소리. 사람이 차에서 내리는 소리. 기침을 한다. 참으려 해도 점점 심해지는 괴로운 기침 소리는 바로 취조실에서 들었던 지기 다카노리의 기침 소리였다.

잠시 후 다른 문이 열렸다. 스피커에 귀를 가까이 댔다. 크고 작게 울려퍼지는 귀뚜라미 소리에 섞여 지기의 떨리는 숨소리가 들렸다.

숨을 내뱉을 때마다 겁에 질린 듯한, 울먹이는 듯한 가녀린 목소리가 섞였다. 그 목소리에 귀를 기울이는데 도코로가 영상을 일시 정지했다.

"방금 뭐였지?"

"어떤 거요?"

"되감아봐."

영상을 10초쯤 되감았다. 깜깜한 화면. 귀뚜라미 소리와 지기의 숨소리. 화면이 잠깐 빛났다. 주변 광경이 훤히 보일 정도는 아니었지만, 어디선가 한순간 불빛이 켜진 듯했다. 정체는 전혀 모르겠지만, 저 멀리서 번갯불이 번쩍인 듯한 인상이었다. 잠시 후 한 번 더. 1초쯤 간격을 두고 한 번 더. 구마지마와 도코로가 화면을 노려보고 있자니 차를 돌아서 다가오는 발소리가 들리고 갑자기 영상이 끊겼다.

그 이후의 영상은 남아 있지 않았다.

"이봐, 어떻게 된 거야. 숲속에서 영상이 끝났잖아."

"블랙박스의 전원이 꺼졌다고밖에—."

그때 구마지마는 별안간 방금 본 불빛의 정체를 알아차렸다.

"라이터다!"

도코로가 흥분에 찬 표정으로 이쪽을 보았다.

"지기가 담배에 불을 붙이려고 했지만, 가스나 기름이 다 떨어진 겁니다. 그래서 운전석으로 와서 이걸 뽑은 거예요."

테이블에 놓아둔 시가잭용 케이블을 집어 들었다.

블랙박스를 구매할 때 판매점에 설치를 부탁하면, 내부 전기 계통에 케이블을 직접 연결해 전기를 끌어쓴다. 하지만 구매자가 직접 설치할 때에는 대개 이러한 케이블을 시가잭에 연결하는 방편을 사용한다.

"영상이 남아 있었던 것도 그 덕분입니다. 지기는 담배에 불을 붙이기 위해 차의 시가 라이터를 사용하려 했어요. 그런데 거기에 시가 라이터 말고 다른 것이 꽂혀 있는 걸 보고—"

거기까지 말했을 때 구마지마는 아까 전 자신의 추리가 잘못되었음을 깨달았다. 지기가 차에 블랙박스가 달려 있다는 사실을 알아차린 건 집 주차장으로 돌아간 후가 아니라, 요메가 숲에서 담배에 불을 붙이려고 했을 때였으리라. 그럼 왜 그 자리에서 블랙박스를 떼어내지 않았을까. 지금 생각해보면 대답은 아주 단순했다. 깜깜했기 때문이다. 라이터 불이나 담뱃불 정도라면 모를까, 차 실내등을 켜고 블랙박스를 떼어내면 기껏 남의 눈을 피해 전조등을 끄고 거기까지 간 의미가 없었다.

"죄송합니다. 아까 그 의견은 철회하겠습니다."

괜찮아, 하고 도코로는 퉁명스럽게 말하더니 다시 노트북으로 고개를 돌렸다. 아까 구마지마가 추리를 선보였을 때 만족스럽게 웃음을 지은 것이 기억났기 때문이리라.

"아무튼 그런 걸 알아내봤자 가장 중요한 장소를 모르잖아. 지기가 아들의 시체를 요메가 숲의 어디로 옮겼는지 어디에 묻었는지. 이 컴컴한 영상만 가지고는 전문가에게 문의해도 알아낼 가망이 없어."

본인에게 물어보면 된다—턱 밑까지 올라온 말을 구마지마는 꿀
꺽 삼켰다. 역시 도코로의 말대로였다. 피의자의 이야기를 믿어서
는 안 된다. 실제로 지기 다카노리가 엄청난 거짓말을 했다는 사실
이 지금 막 판명되었다.

"후방 카메라 영상을 확인해보죠."

"방금 본 영상보다 도움이 될까?"

"숲속에서 브레이크등이 켜졌을 때 전방 카메라 영상보다 주변이
밝게 비쳤을 겁니다. 주행 경로를 알아낼 수 있을지도 몰라요."

하지만 그 바람은 이루어지지 않았다. 도코로와 함께 후방 카메
라 영상을 세심하게 확인했지만, 전방 카메라 영상과 마찬가지로
장소를 식별하는 데에는 도움이 될 것 같지 않았다. 확실히 브레이
크등의 빨간 불빛이 아까보다 환하게 주변을 비추었지만, 영상 후
반부에 접어들자 브레이크등이 전혀 켜지지 않아서 역시 어디를 어
떻게 달리는지 짐작이 가지 않았다. 유일하게 알아낸 새로운 정보
는, 차를 세우고 운전석에서 내린 지기가 뒤쪽의 트렁크를 열었다
는 점뿐이었다. 전방 카메라의 영상에 담겨 있던 운전석 문 말고 다
른 문이 열리는 소리—그건 문이 아니라 트렁크였던 모양이다. 그
사실이 판명된 건 소리와 함께 후방 카메라가 비스듬히 위를 향했
기 때문이다. 뒷유리창 안쪽에 설치된 카메라가 해치형 트렁크와
함께 비스듬히 위쪽을 향해서 밤하늘이 화면에 비쳤다. 하지만 밤
하늘도 그저 캄캄할 뿐이라 장소가 어딘지 실마리가 될 만한 건 하
나도 없었다.

영상 재생이 끝난 노트북을 앞에 두고 구마지마와 도코로는 침묵에 잠겼다.

시체유기 사건에 관해 구마지마도 알고 있는 상식이 하나 있었다. 시체가 산이나 나무숲에 묻혔을 경우, 유기한 본인의 정확한 증언 없이는 시체를 찾아낼 수 없다는 것이었다. 지면에서 약 30센티미터 깊이로만 묻으면 경찰견도 발견하지 못한다. 그렇기에 산이나 나무숲이 시체유기 장소로 선택되는 것이다. 시체가 나오지 않는 한, 살인죄로도 시체유기죄로도 처벌받지 않는다. 흔히 하는 이야기지만, 예를 들어 조직폭력배가 사람을 찔러 죽이는 장면을 누군가에게 들키더라도 시체가 없으면 체포를 하지 못하고, 설령 다른 증거를 모아서 체포하더라도 기소될 가능성은 거의 없다.

"망했군⋯⋯."

도코로가 손바닥 밑부분으로 이마를 툭툭 두드리며 회의실 창문에 눈길을 주었다. 뭐가 망했다는 건지 구마지마도 금방 이해했다. 하늘에 구름이 잔뜩 끼었다. 서둘러 스마트폰으로 날씨를 확인했다. 오후에 비가 내릴 확률이 80퍼센트였다. 요메가 숲 어딘가에 시체를 유기한 증거가 남아 있더라도, 비가 내리면 사라질 가능성이 컸다.

"어쩔 수 없지."

흐린 하늘을 노려보던 도코로가 숨을 푹 내쉬었다.

"본인에게 물어볼까."

6

지기 다카노리는 레거시B4의 뒷좌석에 앉아 창밖 풍경을 바라보았다.

회색 구름이 가쿠레이 산에 배를 문지를 듯 낮게 깔려 있었다. 차가 산기슭을 북쪽으로 돌아들어 한동안 달리자, 앞쪽에 요메가 숲의 숲속 도로 입구가 보였다.

"이 숲은 단풍이 참 예쁘군요."

옆에 앉은 도코로 형사가 몹시 잠긴 목소리로 말했다. 지기가 자수하겠다고 전화를 건 아침부터 거의 잠을 못 잤는지도 모르겠다. 아까부터 묵묵히 운전대만 잡고 있는 구마지마 형사도 분명 마찬가지이리라.

"시신을 싣고 여기 왔을 때도 예뻤습니까?"

"밤이라서 전혀 안 보였습니다."

솔직하게 대답하며 앞유리창 너머에 펼쳐진 나무들로 시선을 향했다. 요메가 숲은 아름답게 물들어 있었다. 너도밤나무, 물참나무, 느티나무, 칠엽수, 자작나무―다카시가 중학생 무렵까지는 가족 셋이서 자주 여기로 하이킹을 하러 왔다. 식물을 좋아했던 아들은 지기가 가르쳐준 나무의 이름을 금방 외웠다. 딱 이맘때였나, 셋이서 정처 없이 걸음을 옮기다 보니 다카시가 아직 이름을 모르는 나무가 숲속 도로 앞쪽에 있었다. 우듬지에 핀 하얀 꽃이 어스름한 하늘에서 반짝이는 별같이 아주 예뻤다.

—이건 뭐야?

　—애기동백이야.

　—이렇게 생겼나?

　야생 애기동백나무라고 지기는 알려주었다.

　원예용으로 품종을 개량하기 전의 원래 모습이라고.

　—있는 그대로의 모습이 좋네.

　나무를 올려다보며 그렇게 말했을 때, 아들의 눈은 꽃잎의 아름
다움을 빨아들인 듯 빛났다.

　"역시 담배는 끊으시는 편이 나았겠네요."

　도코로 형사가 다가오는 숲속 도로 입구를 바라보며 중얼거렸
다. 그날 밤, 지기가 무쿠로 다리 말고 요메가 숲으로 향했다는 사
실이 밝혀진 경위는 이미 그에게 설명을 들었다. 블랙박스의 녹화
시간. 시가잭으로 얻는 전력. 기억 매체에 저장된 영상. 아까 구마지
마 형사와 함께 집으로 찾아온 도코로 형사는 지에코를 다른 방으
로 보낸 후, 단단히 준비했는지 아주 유창한 말투로 그러한 점들을
조목조목 이야기했다. 지기는 아무 대꾸도 없이 그저 고개만 끄덕
이다 요메가 숲에 동행하자는 요청에 응했다.

　"그러게 말입니다."

　왜 담배를 끊지 못했을까. 지기는 진심으로 후회했다. 50대에 접
어들었을 무렵부터 사회적으로 거듭 금연이 권장되기 시작했고, 지
에코도 남편의 건강을 계속 걱정했는데. 하지만 지기는 그럴 때마
다 이 라이터를 쓰고 싶다며 마흔 살 생일에 지에코가 선물한 라이

터 탓으로 돌렸다. 새빨간 거짓말은 아니었지만 90퍼센트는 핑계였다. 지에코는 그걸 알았는지 몰랐는지 여러 번 라이터를 숨겼다. 하지만 그때마다 지기는 라이터를 찾아내 또 담배를 샀다.

"차에 블랙박스를 설치한 건 아드님입니까?"

"그렇습니다."

"본인은 그 사실을 몰랐고요."

"전혀 몰랐습니다. 아들이 몰고 나가고 싶을 때 차가 없으면 나중에 때리니까 차에 얼씬도 안 했거든요. 아들의 시신을 여기로 옮기고 나니까 담배 생각이 간절해서……."

그때 지기는 컴컴한 숲속에서 아내에게 받은 라이터를 켜려고 세 번쯤 시도했다. 하지만 불은 켜지지 않았고, 차의 시가 라이터를 사용하기 위해 운전석으로 돌아갔다. 그리고 거기 꽂혀 있던 블랙박스의 전원 케이블을 뽑았다.

"그때 처음으로 블랙박스가 있다는 걸 알아차리셨다?"

"네."

"재떨이에 담배꽁초가 남아 있었으니, 그후에 담배를 피우신 거로군요."

지기는 고개를 끄덕였다. 다카시가 잭에서 뽑은 시가 라이터는 대시보드의 수납용 포켓에 들어 있었다. 지기는 그걸 꺼내서 잭에 꽂고 담배에 불을 붙였다.

"한 번 더 말씀드리지만……담배는 끊으시는 편이 좋을 겁니다. 빈정거리는 게 아니라 진심이에요. 저도 예전에는 피웠으니 뭐, 잘

난 척 큰소리는 못 칩니다만."

도코로가 희미하게 웃었을 때 운전석의 구마지마 형사가 처음으로 입을 열었다.

"숲속 도로 입구입니다. 여기서 어디로 가셨는지 알려주십시오. 블랙박스 영상을 통해 저희도 현장이 어딘지 알고는 있습니다만, 직접 안내해주셨으면 합니다."

"확실하게는 기억이 안 납니다."

거짓말이 아니었다. 스스로도 기묘하다 싶을 만큼 숲속 도로를 달렸을 때의 상황이 잘 기억나지 않았다. 어느 샛길을 어떻게 꺾었는가. 마지막으로 어디에 차를 세웠는가. 머릿속에 남아 있는 기억은 어둠 밑바닥을 기듯이 나아갈 때 희미한 나무들의 윤곽이 차 좌우를 지나갔다는 것과, 나무 사이에 나타난 길로 여러 번 운전대를 꺾었다는 것. 브레이크를 밟을 때마다 주변이 불난 것처럼 새빨갛게 물들었다는 것. 두려움 때문에 자신의 숨소리가 떨렸다는 것―.

"그게 말이 됩니까!"

구마지마 형사가 거칠게 브레이크를 밟았다. 차를 세운 구마지마 형사가 상체를 비틀어 지기에게 고함을 질렀다.

"본인이 직접 운전했잖아요? 그것도 몇 년이나 1주일 전도 아니고, 그저께 밤에요."

구마, 하고 도코로 형사가 조용히 만류했다. 구마지마 형사는 지기에게 시선을 고정한 채 입을 일자로 다물었다. 하지만 꼭 맞물린 입술 안쪽에서 수많은 말들이 북적거린다는 걸 알 수 있었다.

"죄송합니다……정말로 기억이 모호합니다."

그날 밤에 있었던 다른 일들은 전부 똑똑히 기억나건만. 삽을 흙에 꽂을 때 몇 번이나 두 팔에 전해져온 감촉도. 시체의 요모조모도. 구덩이에 이 손으로 다카시를 넣었을 때 느낀 슬픔도. 두 귀에 울려퍼지던 자신의 숨소리도. 그 숨소리 깊은 곳에서 꿀렁거렸던 혈관의 소리도. 삽을 정원의 수돗가에서 씻은 것도, 흙이 묻은 옷을 세탁 건조기에 넣은 것도, 경찰에 전화하기 전에 옷을 꺼내 장롱에 넣은 것도.

"예전에 수술한 후에도 이런 적이 있었는데……."

돌이켜보면 기억의 혼탁은 그 당시 경험했던 것과 비슷했다. 처음으로 가슴을 열었을 때가 아니라, 2년 전 연초에 장기 입원해 림프샘의 커다란 종양을 제거했을 때다. 지에코를 다카시와 단둘이 남겨두기가 걱정되어서 간병을 핑계로 아내를 병실에 머물게 했지만, 수술을 마친 후 왜 지에코가 병실에 있는지 기억나지 않았고—체력이 회복되어 집으로 돌아갈 때에도 버스에서 내린 후 집이 어느 방향인지조차 몰랐다. 의사 말로는 고령의 환자에게 흔한 사례로, 온몸이 쇠약해져서 일어나는 일이라고 했다. 처방받은 진정제를 먹고 잠들었다가 깨어날 때마다 기억이 정리되었지만, 그래도 몇 주일은 가끔 앞뒤가 맞지 않는 소리를 했다고 나중에 지에코가 알려주었다.

"수술하고는 다릅니다, 살인이라고요."

구마지마 형사가 충혈된 눈을 부릅뜨고 얼굴 가득 힘을 담아 지기를 쏘아보았다.

"본인 입으로 몇 번이나 말했다시피 사람을 죽인 거라고요. 상대가 먼저 공격했다고는 하나, 친아들을 칼로 찔러 죽인 겁니다. 그리고 수술이 뭐 어쨌는데요? 지기 씨는 여태 담배를 피우지 않습니까. 그래놓고 들으란 듯이 수술 이야기를 꺼내서—"

"구마."

도코로가 아까보다 강한 목소리로 제지했다.

구마지마 형사는 성난 기색이 남은 얼굴을 홱 돌리고 양손으로 내리치듯 운전대를 다시 잡았다.

"……반드시 시신을 찾아낼 겁니다."

구마지마가 가속 페달을 밟았을 때, 빗방울이 앞유리에 툭 떨어졌다.

7

어제 오후부터 내리던 비가 지금도 창문을 두드리고 있다.

다른 형사들이 모두 나가고 없는 형사실에서 구마지마는 양쪽 귀에 이어폰을 꽂고 노트북 화면을 노려보고 있었다. 블랙박스의 SD카드에서 복사한 영상을 재생 중이었다. 5분 단위로 분할된 파일을 이어붙여서 전방 카메라와 후방 카메라 영상을 각각 30분짜리 영상으로 편집했다. 벌써 몇 번째일까. 차 앞쪽 영상과 뒤쪽 영상을 반복해서 재생하며, 자칫하면 숨 쉬는 것도 잊어버릴 만큼 화면을 뚫어지게 들여다보고 들리는 소리에 귀를 기울였다.

하지만 역시 단서는 찾지 못했다. 영상 해석 전문가에게도 복사한 영상을 보냈지만, 영상이 너무 어두워서 이것저것 애썼는데도 새로운 정보는 발견하지 못했다는 연락을 받았다.

화면 속에서 전방 카메라 영상이 끝났다. 구마지마는 후방 카메라 영상 파일을 클릭했다. 헤아릴 수 없을 만큼 많이 되풀이한 작업이지만, 기계적으로 대충 넘어가지 않도록 경계하면서.

어제 지기 다카노리를 동행시킨 현장 검증은 결국 헛수고로 끝났다. 지기는 끝까지 기억해내지 못했다. 사건 당일 밤, 요메가 숲에서 차를 어디로 몰았는지. 다카시의 시신을 어디에 묻었는지.

물론 정말로 **기억이 나지 않는지** 확인할 방도는 없었다. 어제 구마지마는 블랙박스 영상을 통해 시체유기 현장을 알아냈다고 형사가 되고 처음으로 거짓말을 했지만, 어쩌면 지기는 그걸 꿰뚫어봤는지도 모른다. 실은 어딘지 알아내지 못했다고 느끼고 기억나지 않는 척했을 가능성도 있었다. 이쪽은 안다고 거짓말을 하고, 저쪽은 잊어버렸다고 거짓말을 한다. 물론 서로 속이는 게임에서 승산이 없는 건 구마지마와 도코로 쪽이었다.

오늘도 최대한 많은 수사원을 동원해 요메가 숲에서 수색을 진행하고 있었다. 도코로가 현장 지휘를 맡았고, 교통과 경력이 있는 구마지마는 도코로의 지시로 경찰서에서 주행 영상을 확인하기로 했다. 분명 구마지마를 믿고서 맡긴 일이리라. 어제 둘이서 블랙박스 영상을 확인했을 때, 구마지마의 의견이 다소나마 도움이 되었다. 따라서 구마지마라면 뭔가 새로운 정보를 찾아낼지도 모른다고 기대한 것이 틀림없었다.

기대를 저버려서는 안 되었다. 구마지마는 노트북 화면에 정신을 집중했다. 어딘가에 실마리가 있을 것이다. 어딘가 반드시. 컴컴한 후방 카메라 영상. 사이드브레이크가 당겨지고 엔진 소리가 멈췄다. 지기가 차에서 내리는 소리와 고통스러운 기침 소리. 뒤쪽 트렁크가 열린다. 뒷유리에 설치된 후방 카메라가 비스듬히 위를 향해서 밤하늘이 비치고, 화면 밖에서 지기의 라이터가 세 번 번쩍인다. 곧 영상이 끝난다. 어딘가에, 어딘가에.

오른손이 난생처음 보는 동물처럼 움직여 마우스를 잡았다.

어느덧 구마지마는 영상을 일시 정지하고, 코가 닿을 만큼 화면에 얼굴을 바짝 대고 있었다.

화면에 밤하늘이 비쳤다. 한없이 펼쳐진 암흑 속, 어렴풋한 달빛에 비친 나무들의 윤곽과 교차된 나뭇가지가 희미하게 보였다.

그 나뭇가지 끝에 뭔가가 있었다.

둥그스름하니 아주 모호하게 생긴 물체가.

그 왼편 아래쪽에도 비슷한 물체가 하나 더 있었다.

영상을 1분쯤 되돌렸다. 어둠 속에 울려퍼지는 고통스러운 기침 소리. 트렁크가 열리고 후방 카메라가 비스듬히 위쪽을 향한 직후, 구마지마는 검지로 마우스 버튼을 때리듯이 눌러서 영상을 멈췄다. 하지만 노렸던 타이밍과 일치하지 않아 화면은 컴컴했다. 다시 한

번 시도했다. 영상을 되돌렸다가 트렁크가 열리기를 기다렸다가,
여기다.

다시 일시 정지된 화면은 아까와 달랐다.

차 뒤쪽에서 지기가 라이터를 켜려고 했을 때 한순간 튀었던 불
꽃이 어둠을 밝혀서 아까 보았던 뭔가가 모습을 드러냈다.

"……꽃이다."

화면에 비친 것은 가지 끝에 핀 하얀 꽃이었다.

구마지마는 이 꽃을 어디서 보았다.

어제 요메가 숲에 갔을 때 분명히―.

8

저녁녘에 지기는 지에코와 거실에 마주 앉아 있었다.

"우리는……어떻게 되는 걸까."

좌식 탁자 맞은편에서 아내가 속삭이는 듯한 목소리로 말했다.

"만약 경찰이 다카시를 찾아내면……."

빗소리가 집을 감쌌다. 이 빗속에서 경찰은 지금도 요메가 숲을
수색하고 있으리라. 그 수색은 분명 한없이 계속될 것이다. 다카시
의 시신이 발견될 때까지 쭉.

"당신은 걱정할 필요 없어. 만약 다카시가 발견돼도 체포되는 건
나야."

지에코는 고개를 숙인 채 아무 대답도 하지 않았다. 그저 목 언저리의 근육이 감정을 참아내는 듯 오그라들 뿐이었다. 지기는 눈을 오른쪽으로 돌려 부엌을 보았다. 며칠 전 밤, 지기는 저기서 아직 살아 있던 다카시에게 목을 졸렸다. 싱크대 위에 몸이 젖혀진 상태로, 양손으로 목을 꽉 눌러서 목구멍에 진흙이 들어찬 것처럼 숨쉬기가 괴로웠다. 그 상태로 몇 초만 더 있었으면 의식을 잃고 그로부터 몇 초 후에 분명 죽었을 것이다. 하지만 그때 목을 조르던 양손에서 갑자기 힘이 빠짐과 동시에 다카시의 입에서 튀어나온 한 뭉치의 숨결이 지기의 얼굴에 닿았다.

시야가 또렷해지자 양손으로 식칼을 쥔 아내의 모습이 눈에 들어왔다. 아까까지 식기 건조대에 놓여 있던 식칼이 다카시의 옆구리에 깊이 박혔고, 그 자리를 중심으로 지도처럼 피가 번져나가는 광경을 지기는 멍하니 바라보았다. 잠시 후 다카시가 비명을 지르며 몸을 비틀더니 신음을 흘리며 휘청휘청 복도로 나갔다. 지기는 자신도 모르게 다카시를 쫓아갔다. 숨겨야 한다. 아내가 저지른 짓을 남에게 들켜서는 안 된다. 그 생각뿐이었다.

—경찰에 전화해서 다카시를 죽였다는 건 말할 거야.

움직임을 멈춘 아들 옆에서 지기는 지에코에게 말했다.

—다만—.

안간힘을 다해 자신을 지켜준 아내를 위해 할 수 있는 일을 하고 싶었다.

—내가 죽였다고 할게.

무슨 말인지 이해를 못 했는지, 그때 지에코는 겁에 질린 표정으로 그저 지기의 얼굴만 바라보고 있었다. 이윽고 입술 틈새로 새어 나오던 밭은 숨소리가 떨렸고, 떨리면서 거칠어졌다. 그리고 좌우의 눈꺼풀이 당겨지듯 위로 올라가 눈알이 훤히 드러났다.

—당신에게 남은 인생이 내게 남은 인생보다 길어.

—하지만 그랬다가는 당신이 경찰에—.

—시신이 발견되지 않으면 돼.

그래서 다카시를 묻었다.

그래서 고코 강에 떠내려 보냈다고 거짓말을 했다.

아들은 지금, 가장 좋아했던 꽃 아래 잠들어 있다.

하지만 그 꽃의 이름을 경찰에 알려줄 생각은 없었다.

만에 하나 경찰이 다카시의 몸을 파내더라도 체포되는 건 지기이지 지에코가 아니다. 누구에게 신문을 당해도, 법정에서 무슨 질문을 받아도 지기는 같은 말만 할 작정이었다. 살인도, 시체유기도 전부 자기 혼자 한 짓이라고.

"만약 당신이 체포되면……."

지에코가 말을 끊길래 지기는 좌식 탁자 너머로 시선을 되돌렸다. 손끝으로 종이를 천천히 문지르는 듯한 빗소리 속에서 지에코는 지기의 눈을 똑바로 쳐다보았다. 잠시 후 지에코의 입에서 나온 것은 아주 평온하니 당연한 일상사를 들려주듯 조용한 목소리였다. 그러나 그런 만큼 그 내용이 진심이라는 걸 알 수 있었다.

"난 죽을 거야."

9

"정말 큰 도움이 되었습니다."

구마지마는 진심으로 감사 인사를 하고 전화를 끊었다.

등뼈를 하나씩 기어오른 흥분과 긴장이 목덜미까지 다다라서 그 언저리의 털이 일제히 바짝 서는 기분이었다. 스마트폰을 쥔 손은 어느새 땀으로 흠뻑 젖어 있었다.

전화를 걸어온 사람은 다른 현의 대학에 근무하는 식물생태학 교수였다. 수림지에서 자라는 식물에 관해 잘 아는 사람 없냐고 경찰서를 돌아다니며 물어보자, 감식과 직원이 알려준 사람이었다. 당장 연락처를 받아 몇 분 전에 연락했다. 구마지마는 블랙박스 영상에 찍힌 꽃을 사진으로 찍어서 교수에게 보냈다. 며칠 전 미고오리 시 요메가 숲에서 촬영된 꽃이라고만 알리고 어떤 사건에 관련된 단서인지는 숨겼다. 교수 역시 감식과와 여러 차례 일을 해봐서 익숙한지 자세한 내용은 일절 묻지 않았고, 얼마 지나지 않아 사진에 찍힌 식물의 이름을 전화로 알려주었다.

교수의 말로는 이 식물은 원래 좀더 온난한 지방에서 서식하는 식물이지만 한랭지의 수림지에서 번식하는 사례도 있으며, 나뭇가지가 뻗은 형태와 꽃 모양, 개화 시기 등으로 판단하건대 틀림없다고 했다.

"이제 다 왔어……."

구마지마는 자신도 모르게 악문 잇새로 말을 밀어냈다. 곧 수사는 크게 진전된다. 피해자의 시신을 발견하는 방향으로. 가해자를 체포하는 방향으로.

스마트폰 통화 이력으로 들어가서 요메가 숲에 있는 도코로에게 전화를 걸자 발신음 세 번 만에 연결되었다.

시신을 어디 묻었는지 알아냈다고 구마지마는 일부러 뜬금없이 보고했다.

"뭐?"

어리둥절해하는 도코로에게 재빨리 설명했다. 후방 카메라 영상에 비친 나뭇가지와 그 끝에 달린 작은 물체. 지기 다카노리의 라이터에서 불꽃이 튄 순간, 선명하게 모습을 드러낸 하얀 꽃. 식물생태학 교수와 주고받은 전화.

"그 교수님이 나무의 종류를 알려주셨습니다."

"뭐였는데?"

"야생 애기동백나무였습니다."

교수의 말에 따르면 정원수 등으로 사용되는 원예 품종의 모태가 된 식물로, 10월부터 12월에 하얀 홑잎꽃을 피우는 나무라고 한다.

"지금 사진을 보낼 테니, 그 꽃을 찾아보십시오. 저도 바로 가겠습니다."

대답을 기다리는 시간도 아까워서 구마지마는 얼른 전화를 끊고 도코로의 스마트폰으로 사진을 전송했다. 웃옷 소매에 팔을 넣으며 형사실을 나서려다가, 만약을 위해 블랙박스 영상을 가지고 가는 편이 낫겠다 싶어 책상으로 뛰어서 돌아왔다. 노트북을 가방에 넣고 형사실을 뛰쳐나갔을 때 스마트폰이 울렸다. 화면에는 도코로의 이름이 떠 있었다. 구마지마는 따귀라도 때리는 것처럼 다급히 스마트폰을 귀에 대고 받았다. 피부를 안쪽에서 간질이는 듯한 설렘이 온몸에 퍼져나갔다. 도코로는 벌써 야생 애기동백나무를 발견했는지도 모른다. 피해자의 시신이 묻힌 곳에 다다랐는지도 모른다.

하지만 도코로는 예상외의 말을 꺼냈다.

"구마, 틀렸어."

무슨 소리일까.

"사진이 제대로 안 갔나요? 그럼 당장 다시 보내겠습니다."

"사진은 봤어. 꽃이 똑똑히 찍혔더군. 하지만 이건―"

도코로의 잠긴 목소리가 구마지마를 배려하듯 부드러운 목소리로 바뀌었다.

"이 숲 여기저기서 볼 수 있는 꽃이야."

온몸의 피가 소리를 내며 빠져나가는 기분이었다.

그후, 경찰서를 나선 구마지마는 요메가 숲에서 도코로와 합류해 차로 빗속을 달렸다. 이쪽 샛길, 저쪽 샛길로 운전대를 꺾으며 마음먹고 자세히 살피자 도코로의 말대로 숲 여기저기서 애기동백나무의 하얀 꽃을 찾을 수 있었다.

저녁이 되자 빗발이 더 강해졌고, 이윽고 밤이 찾아와 그날 수색은 중단되었다.

그 영상을 조사해서는 안 된다   229

10

지기 다카노리는 아들이 잠든 곳을 내려다보며 조용히 두 손을 모았다.

"언제부터 잘못되었을까."

밤이 늦었지만 비가 그칠 낌새는 전혀 없었다.

"어디서부터 잘못되었을까."

지기의 정면에서 두 손을 모으고 있던 지에코는 몸을 살짝 움직였을 뿐 아무 대답도 없었다.

"그후로 생각해봤어. 병에 걸리지 않았다면……내 몸이 좀더 건강했다면, 그 아이를 말릴 수 있었을지도 모른다고."

50대에 접어들었을 무렵부터 담배를 끊으라고 지에코가 무던히 간청했다. 하지만 도무지 끊을 수가 없었다. 5년 전 폐에서 암이 발견되고 나서야 끊었으니 아무 의미도 없었다.

다카시를 묻은 그날 밤, 지기는 5년 만에 담배와 라이터에 손을 댔다. 아들이 피우던 뫼비우스와 옛날에 지에코가 선물해준 오일라이터. 하지만 그것들을 가지고 집을 나선 건 물론 피우기 위해서가 아니었다. 애당초 라이터는 이미 기름이 증발하고 없었다.

경찰에게 블랙박스 영상을 보여줄 방법이 그 정도밖에 생각나지 않았다. 요메가 숲은 멀다. 거기로 향하는 영상과 어둠 속에서 차를 세운 영상을 남기려면, 숲에서 블랙박스 전원을 끄는 수밖에 없었다. 자신은 시가 라이터로 담배에 불을 붙이기 위해 시가잭에 꽂혀 있던 웬 전원 케이블을 뽑았다. 그제야 블랙박스가 있다는 걸 알아차렸고, 집에 돌아온 후 차에서 블랙박스를 떼어내 숨겼다. 그것이 상대가 가장 믿어줄 법한 설명 같았다. 그렇게 설명해도 의심받지 않도록 어둠 속에서 실제로 라이터를 몇 번 켜려고 시도했고, 그 불빛은 블랙박스 후방 카메라에도 찍혔을 것이다.

담배에 불을 붙인 후에는 타들어가는 담배를 그저 가만히 지켜보았다. 자신이 묻은 시체를 생각하며—살아 있었던 다카시와 살아 있는 지에코를 생각하며.

"생각해봤자……무슨 소용이겠어."

지에코가 드디어 대답했다.

그렇다, 생각해봤자 아무 소용도 없다.

얼마 되지 않는 여생을 그저 지에코와 함께 살아갈 뿐이다. 시들어버린 두 포기 풀처럼, 실패한 인생을 후회하며, 아들에게 참회하며. 다시 시작할 수 있는 일은 아무것도 없었다. 돌이킬 수 있는 일은 이제 어디에도 없었다.

"여기를 찾아낼 가능성은……있을까?"

물어보는 지에코의 옆얼굴을 불빛이 얼마간의 간격으로 푸르스름하게 비추었다.

자신의 얼굴에도 저렇게 불빛이 비치고 있을까.

"걱정하지 마."

만에 하나 여기를 의심해 흙을 파내면 경찰은 그제야 지기가 뭘 어쨌는지 이해하리라. 하지만 그들은 분명 언제까지고 잘못된 장소를 찾아다닐 것이다. 드넓은 요메가 숲을.

그러길 바라는 수밖에 없다.

—이것 봐, 몸이 푹 파묻혀.

다카시의 즐거운 목소리.

—정말 예쁘다.

다시는 들을 수 없는 목소리.

—이게 제일 좋아.

무엇 하나 잘하는 게 없었던 자신들은 기도하는 법조차 몰랐다.

—제일 좋아.

빗소리가 들린다. 다카시의 무덤이 된 이곳을 감싸듯이.

"그만 자러 가지."

더는 원하는 것도 바라는 것도 없이, 아들은 여기 잠들었다.

아주 좋아했던 꽃 아래에.

단 한 송이뿐인 꽃 아래에.

마시코 마을 코스모스 축제

1997-10-10
3:24:06PM

제4장

소원 비는 목소리를 연결해서는 안 된다

1

흙을 밟는 자신의 발소리만 귓속을 문지르듯 계속 들려왔다.

어찌 된 일인지 새소리마저 들리지 않았다. 오늘부터 5월이라 산은 초여름의 부드러운 공기에 감싸여 있는데도.

지에코는 걸음을 멈추고 산길 옆쪽을 보았다. 관목 가지 끝에 노란색 꽃이 피어 있었다. 저건 무슨 나무였더라. 남편이나 다카시라면 이름을 금방 말했으리라.

옛날에는 가족 셋이서 자연 속을 자주 거닐었다. 여기 가쿠레이 산이나 요메가 숲을. 남편은 늘 다카시에게 식물의 이름을 가르쳐주었고, 아들은 그 이름을 입속으로 되풀이하며 외웠다. 아는 식물이 점점 늘어나자 다카시가 먼저 손가락으로 가리키며 식물의 이름을 대기도 했다. 지에코도 외우려고 애썼지만, 무슨 일이든 잘하고 못하고가 있는 법인지 대부분 금세 잊어버렸다. 걸어가면서 두 사람이 입에 담는 풀과 나무의 이름은 마치 두 사람만 알고 있는 암호 같아서 지에코는 조금 서운했다.

하지만 한편으로 자랑스럽기도 했다. 반항기도 없이 성장해 부모와 함께 자연을 거닐어준 다카시. 고등학교와 대학교를 졸업하고 취직해서 도쿄로 올라간 후에도 새해 연휴와 오본에는 반드시 돌아와 셋이서 식탁에 둘러앉았다. 아들은 변함없이 무뚝뚝해서 남편과 지에코만 말을 늘어놓았지만, 그래도 즐거웠다. 다카시가 결혼한다고 했을 때에는 남몰래 샘을 냈고, 결코 말이나 행동으로 드러내지 않았지만 이혼하고 집으로 돌아왔을 때에는 인생을 되찾은 것같이 기뻤다. 조만간 자신과 남편의 몸이 멍과 상처로 뒤덮일 줄은 상상도 못 하고서. 눈앞에서 아들이 아버지의 목을 조르고, 자신이 얼떨결에 식칼을 쥐는 날이 올 줄은 예상도 못 하고서.

다카시를 흙 속에 묻은 가을이 지나자 산도 거리도 얼어붙는 겨울이 미고오리 시에 찾아왔다.

겨울이 한창일 때 암에 침식된 남편의 몸은 한계를 맞았다. 거리 이곳저곳에서 한모란이 시들기 시작한 1월 말, 남편은 병실에서 숨을 거두었다.

잠과 죽음의 경계선이 없는 조용한 임종이었다.

소리가 사라진 집에서 지내는 지에코는 지금도 현관을 나설 때면 다카시가 고등학생 시절에 사준 도자기 그릇에서 열쇠를 꺼내고 다녀오겠다고 중얼거린다. 만신창이가 된 몸으로 저승길을 떠난 남편에게. 거실 바닥 아래에 잠들어 있는 아들에게.

고개를 들고 다시 산길을 걸었다.

오른쪽 샛길로 꺾자 폭포 소리가 희미하게 공기를 진동시켰다. 그 진동이 점점 커지고, 마침내 앞쪽에 묘진 폭포가 보였다. 폭포 관람대 주변에 작은 흰색 꽃이 잔뜩 피어 있었다. 저 꽃의 이름도 예전에 남편이 가르쳐주었지만 이제 기억이 나지 않는다. 애당초 외우지 못한 걸까, 나이 탓에 잊어버린 걸까. 어쩌면 불면증 때문에 머리가 둔해졌는지도 모른다.

제대로 잠을 이루지 못한 지 오래되었다. 의사에게서 처방받은 수면제도 전혀 듣지 않아 의식은 늘 얇은 막이 쳐진 것 같았다. 그런데도 밤에 이부자리에 누우면 현실보다 선명한 광경이 눈꺼풀 안쪽에 떠올랐다. 그 광경을 응시하며 지에코는 죽은 가족의 목소리를 듣는다. 확실히 들리는데도 뭐라고 하는지 모르겠는 목소리에 귀를 기울이다 보면 어느새 날이 밝아 커튼이 희붐해졌다. 침침한 방에서 몸을 일으킨 지에코는 거실로 가서 불단 앞에 앉곤 했다. 양초 두 개에 불을 붙이고 그 불로 선향을 피운다. 두 개의 작은 향불과 가느다랗게 피어오르는 연기를 바라보는 시간만큼은 마음이 조금 평안해지는 건 어째서일까.

살짝 젖은 철제 계단을 오르자 트레킹화 밑에서 둔탁한 소리가 났다.

아무도 없는 폭포 관람대에 서서 묵직한 물소리를 들으며 오른쪽의 좁은 길을 보았다. 저 길을 2킬로미터쯤 걸으면 가쿠레이 마운틴 로드가 나온다. 그 포장도로가 생긴 건 다카시가 중학교 3학년 때였다. 그전까지 가쿠레이 산에 드나들 방법은 산길뿐이었다. 다들 올 때나 갈 때나 지금 지에코가 올라온 길을 오랜 시간 걸었다. 마운틴 로드가 생긴 후로는 산 중턱까지 차로 다닐 수 있어서 많이 편리해졌다. 그 길이 없었다면 분명 많은 것이 달라졌으리라.

어스름한 좁은 길 끝에서 뭔가가 움직였다.

소년이 한 명 걸어왔다. 땅만 내려다보며, 한 번도 고개를 들지 않은 채로.

폭포 관람대 계단을 다 오르고서야 소년은 지에코가 있다는 사실을 알아차렸다. 움찔하고 멈춰서 겁먹은 듯한 눈으로 지에코를 쳐다보았다.

"안녕."

잠긴 목소리가 목구멍 안쪽을 맴돌았다. 요즘은 다녀오겠다고 현관에서 중얼거릴 때 말고는 이렇게 소리 내어 말할 일이 거의 없었다.

"너도 폭포를 보러 왔니?"

소년은 대답 없이 폭포로 눈을 돌리고 고개를 끄덕였다.

묘진 폭포는 소원을 들어준다고 한다. 남편, 다카시와 함께, 또는 남편과 단둘이 폭포 관람대에 서서 몇 번 두 손을 마주 모은 적이 있었다. 무슨 소원을 빌었는지는 기억이 나지 않는다. 그 시절에는 신이 이루어주었으면 하는 소원이 딱히 생각나지 않았다. 가족의 건강과 행복은 소원을 빌 것도 없이, 오래오래 유지되리라고 믿어 의심치 않았다.

"소원을 빌러 온 거야?"

물어보자 소년은 이쪽으로 고개를 돌리고 입을 살짝 벌렸다가 다물었다가 했다. 공기를 먹는 듯한 그 동작과 함께 지에코를 향한 두 눈이 괴로운 듯 일그러졌다. 예상치 못한 반응에 당황하자, 소년은 당장이라도 울음을 터뜨릴 듯한 표정으로 자기 입을 가리켰다.

그제야 지에코는 소년이 말을 못 한다는 걸 깨달았다.

"미안해……."

지에코는 소년 옆으로 다가가 축축한 폭포 관람대에 무릎을 꿇었다. 백팩에서 수첩을 꺼내 펼쳤다. 지난달의 하얀 페이지에는 남편의 백일재 날짜만 덩그러니 적혀 있었다. 수첩 책등 부분에 꽂아둔 연필과 함께 수첩을 소년에게 내밀었다. 순순히 수첩을 받아든 소년은 잠시 망설이다가 반듯한 글씨체로 이렇게 썼다.

다시 말할 수 있게 해주세요.

무슨 병에라도 걸린 걸까.

물어보기가 망설여져서 지에코는 그냥 고개만 끄덕였다.

일어선 지에코는 소년의 옆에서 폭포를 향해 두 손을 모았다. 소원을 들어주는 신이 정말 있을까. 있다면 자신의 소원도 이뤄줄까.

물소리가 우렁차게 울려퍼지는 가운데, 지에코는 눈을 감고 고개를 숙였다.

이제 전부 끝내줘.

어떤 형태로든 상관없으니까.

아들도 남편도 이 세상에 없었다. 자기 혼자뿐이었다. 이대로는 도저히 살 수 없었다. 모든 것을 숨긴 채로는—절대로 용납되지 않을 자신의 행동도, 남편의 희생도, 거실 바닥 밑에 묻은 다카시의 몸도, 지에코와 남편만 아는 그 죄도—.

2

구마지마는 오자와 자매의 부모님과 부엌 테이블에 마주 앉아 있었다.

테이블에는 어머니가 따라준 보리차가 석 잔 놓여 있었다.

"모레면 히리카는 스무 살이 됩니다."

아버지가 고개를 돌려 벽에 걸린 달력을 보았다. 오늘은 5월 1일 일요일. 지난주부터 황금연휴가 시작되었다. 평일인 내일을 끼고 헌법기념일, 녹색의 날, 어린이날. 매년 그 사흘 연휴에 미고오리 시에서는 봄철 모란 축제를 연다. 시민운동 공원에는 모란 농가의 텐트가 늘어서고, 현 안팎에서 찾아온 사람들이 색색의 모란을 구입한다. 공원 한복판에 설치된 스피커에서는 아이들이 노래하는 「올해의 모란은 좋은 모란」이 되풀이해서 흘러나온다.

"히리카의 생일은 모란 축제 첫날이라 늘 정신없이 바빠서, 제대로 축하해준 적도 없었지만요."

구마지마가 뭐라고 말을 꺼내기 전에 어머니가 훗, 하고 한숨을
토해내듯 웃었다.

"돌아오고 나서 해마다 시끌벅적하게 축하해주면 되지."

"하지만 스무 살이면 친구나 남자친구랑 시간을 보내고 싶지 않
을까?"

"그럼 다른 날에 축하해주면 되잖아. 날짜가 중요한 게 아니니까."

"아아……그런 생각은 아예 머릿속에 없었네. 히리카가 있었을
때도 그랬으면 됐을걸. 모란 축제가 끝난 후에 케이크라도 사서."

구마지마는 창밖을 보았다. 집에 인접한 모란 천맥에 꽃을 피운
모란 화분이 줄지어 있었다. 흰색, 분홍색, 빨간색—하지만 숫자는
다른 모란 농가보다 훨씬 적었다.

"올해도 모란 축제에는……?"

물어보자 아버지는 고개를 옆으로 슬슬 흔들었다.

"참가하면 저도 아내도 축제장에 가야 해서 집이 비니까요. 히리
카가 돌아왔을 때 아무도 없으면 딱하잖습니까."

오자와 히리카는 3년 전 1월 8일에 실종되었다. 학교에서 3학기
시업식이 있던 날이었다. 그로부터 1년 후에는 여동생 모모카도 홀
연히 자취를 감추었으며, 형사과로 배치된 구마지마가 맨 처음으
로 담당한 사건이 바로 모모카 행방불명 사건이었다. 경찰은 모모
카가 자취를 감춘 직후, 같은 집에서 자매가 연속으로 행방불명된
사건으로 판단해 수사본부를 설치했지만, 언니에 관해서도 동생에

관해서도 유력한 정보를 얻지 못한 채 시간만 흘려보냈다.

오자와 모모카는 행방불명되고 1년 후 시신으로 발견되었다. 현장은 가쿠레이 산의 대피소였다. 구마지마가 몇 번이나 보았던 냉동고에 시신이 들어 있었다. 냉동고가 오래된 탓인지 냉각 능력이 약해져서 녹기 시작한 시신은 부패가 약간 진행된 상태였다.

냉동고에서는 모모카와 완전히 똑같은 상태의 시신이 한 구 더 발견되었다. 얼핏 보기에도 머리가 긴 여자였으므로, 구마지마를 포함한 수사원 모두 언니 오자와 히리카라고 짐작했다. 대피소 관리인인 오쓰키가 자매의 시신을 냉동고에 감춰놨던 거라고. 하지만 시신의 정면에서 얼굴을 확인한 순간, 그 짐작이 틀렸음을 깨달았다. 피부가 뒤틀려서 생김새는 약간 불명확했지만, 그래도 몇 번이나 사진으로 본 오자와 히리카와는 분명 다른 사람이었다.

후속 조사를 통해 그 시신은 오쓰키의 어머니로 판명되었다. 또한 검시 및 부검 결과, 사망 시점이 30년 전 즈음임이 밝혀졌다. 턱 밑에 있는 목뿔뼈가 부러진 것으로 보건대 맨손으로 목이 졸려 사망했을 가능성이 컸다.

옛날에 오쓰키의 아버지가 아내를 살해한 후 시신을 냉동고에 처박았고, 오쓰키는 그 냉동고와 함께 대피소를 물려받았다. 오랜 세월이 흐른 후, 오쓰키는 오자와 모모카를 살해해 아버지처럼 시신을 냉장고에 숨겼다. 그것이 경찰의 견해였다. 오자와 모모카를 살해한 동기 등 불확실한 부분들을 많이 남긴 채 죽은 피의자 오쓰키는 살인 및 시체유기 혐의로 피의자 사망 상태로 검찰에 이관되었다.

오자와 히리카의 행방은 그후로도 계속 수사 중이다.

오자와 히리카가 어딘가에 살아 있다는 전제 아래.

그 전제에는 미약하지만 근거가 있었다. 반년쯤 전—작년 말에 오자와 히리카의 스마트폰에서 전파가 발신되었다. 오자와 히리카가 행방불명된 후 경찰이 통신사에 정기적으로 문의해왔지만, 전파 발신이 확인된 건 그때가 처음이자 마지막이었다.

위치 정보로 확인된 장소는 이웃 현의 지방선 전철 역에 가까운 작은 공원이었다. 거기서 오자와 히리카 본인 또는 다른 누군가가 딱 한 번 오자와 히리카의 스마트폰을 켰다.

구마지마를 비롯한 수사원들은 현장 부근에서 열심히 탐문 수사를 벌였다. 하지만 유력한 정보는 얻지 못했고, 오자와 히리카의 부모와도 이야기해봤지만 둘 다 그 공원에 뭔가 짚이는 구석은 없다고 했다.

실종 당일, 가쿠레이 산 등산로 입구에 세워져 있었던 오자와 히리카의 자전거. 고코 강 물가에서 발견된 곰 인형. 이웃 현에서 딱 한 번 켜진 스마트폰. 그 외에는 단서를 찾지 못해 모든 것이 불확실한 상황이었는데—.

오늘 아침 느닷없이 상황에 진전이 생겼다.

구마지마가 여기 온 건 오자와 히리카의 부모에게 그 사실을 알리기 위해서였다.

"여전히 히리카에게 계속 전화를 걸고 있습니다."

아버지가 보리차를 마시고 눈초리에 주름을 잡았다. 처음 만난 후로 그리 오랜 세월이 흐르지도 않았는데, 얼굴의 주름이 많이 깊어졌다.

"오늘은 전화를 받지 않을까, 오늘은 목소리를 들려주지 않을까, 하면서요."

옆에서 어머니가 고개를 끄덕이고 말을 이어받았다.

"작년 말처럼 히리카가 어디선가 스마트폰을 켜고……바로 그때 저희가 전화를 걸면 연결될 테니까요. 가끔은 모모카 번호로 걸어보기도 해요."

어머니는 벽 앞의 나무 선반장을 쳐다보았다. 거기에는 충전기를 꽂은 스마트폰이 놓여 있었다. 물론 생전의 오자와 모모카가 사용하던 스마트폰은 아니었다. 오자와 모모카의 스마트폰은 시신이 입고 있던 더플코트 호주머니에서 발견되었지만, 1년 넘게 냉동고에 방치되었던 데다 시신에서 배어나온 액체에 젖어서 켜지지도 않았고 데이터 복구도 불가능했다.

"모모카의 전화는 남편 명의로 계약했으니까, 새 스마트폰을 사서 기기만 변경했어요. 어딘가 있는 히리카가 어쩌면 동생에게 전화를 걸지도 모르니까요."

죽은 사람의 전화에 과연 연락을 하려고 할까. 구마지마는 속으로 고개를 갸웃했지만, 어머니의 다음 말을 듣자 그런 의문을 품은 게 부끄러워졌다.

"히리카는 모모카가 죽은 걸 모를 수도 있으니까요. 야무진 것 같으면서도 어딘가 헐렁한 구석도 있는 애라서요."

"뉴스에도 전혀 흥미가 없었고 말이야."

오자와 히리카의 부모는 모든 가능성에 기대를 걸고 있었다.

구마지마는 보리차에 시선을 떨어뜨렸다. 그는 알려드릴 일이 있다고 이 집에 연락했고, 지금 이렇게 두 사람과 마주 앉아 있다. 하지만 아까부터 그 이야기를 꺼낼 기회를 찾지 못해 난감했다. 두 사람도 일절 용건을 묻지 않았다. 아니, 어쩌면 두 사람은 나쁜 소식임을 예감한 걸까. 부모 모두 전에 없이 말수가 많은 건 그 때문인지도 모른다. 그렇게 생각하자 턱이 더욱 굳어버려서 말을 목구멍 밖으로 밀어낼 수가 없었다.

"쥐한테 물려가지 말라고 늘 그랬는데요."

"……무슨 말씀이십니까?"

무슨 뜻인지 몰라서 어머니에게 물었다.

"사람이 이유 없이 홀연히 사라지는 걸 보고 쥐한테 물려간다고 하잖아요. 히리카는 밤늦게까지 깨어 있을 때가 많아서 제가 먼저 자러 갈 때 늘 그랬어요. 쥐한테 물려가지 말라고요. 반쯤 버릇 같은 말이었지만요."

그러고 보니 구마지마와 형을 키워준 할머니도 몇 번인가 그런 말을 했다. 부부끼리 외출하느라 구마지마와 형이 집을 보아야 할 때, 쥐에게 물려가지 말라면서 할머니는 희미하게 웃었다.

"설마 진짜로 없어질 줄은 몰랐지만요……."

"요메가 숲에 있는지도 모르지."

구마지마는 무심결에 몸이 굳어버렸다. 방금 아버지가 언급한

'요메가 숲'이 바로 아까 전부터 꺼내지 못해 난감했던 말이었기 때문이다.

"왜, 요메가 숲의 '요메'는 원래 쥐라는 뜻이라잖아."

그 요메가 숲에서 오늘 아침 10시경에 시신이 발견되었다.

발견한 사람은 형사과에 배치된 지 얼마 되지 않은 젊은 남자 형사였다.

작년 가을, 미고오리 뉴타운의 주택에서 벌어진 살인 및 시체유기 사건의 피의자 지기 다카노리는 아들의 시신을 요메가 숲에 묻었다고 진술했다. 블랙박스 영상 등이 그 진술을 뒷받침했기 때문에 경찰은 요메가 숲을 수색했다. 하지만 지기 다카노리가 시신을 정확하게 어디에 묻었는지 기억하지 못해 수색은 난항을 겪었다. 올해 1월에 지기 다카노리가 사망하자 수사는 결국 암초에 걸렸고, 가용 인원도 조금씩 줄어들었다. 그런데 오늘 아침에 시신이 나온 것이다.

경찰은 흙이나 잡초 상태에 조금이라도 위화감이 느껴지는 곳을 모조리 파본다는, 끈질긴 방식으로 수색을 진행했다. 경찰서 형사들이 돌아가며 수색에 참여했고, 물론 구마지마도 예외는 아니었다. 지금까지 분명 그 누구보다도 많은 곳을 파헤쳤고, 오늘 아침에도 삽을 들고 땀을 뻘뻘 흘리며 요메가 숲을 돌아다녔다.

—구마……시신이 나왔어.

수사 지휘를 맡은 도코로가 전화로 그렇게 말했다.

신입 형사가 발견해서 경찰서에 있는 도코로에게 보고했다고 했다. 구마지마는 도코로가 알려준 장소로 즉시 달려가려 했지만, 도코로에게 바로 제지당했다.

—우리가 찾던 시신이 아니야.

—그게 무슨 말씀입니까?

—말 그대로야.

발견된 건 지기 다카시의 시신이 아니었다.

—투명한 비닐에 들어 있는 모양인데……복장과 머리로 봐서는 여자 시신이래.

통화를 마친 구마지마는 반년 넘게 사용해서 너덜너덜해진 요메가 숲의 지도를 보며 서둘러 도코로가 알려준 곳으로 향했다. 도착했을 때에는 이미 수사원 몇 명이 모여 있었다. 수십 센티미터 깊이까지 파낸 구덩이를 둘러싼 그들은 불상처럼 미동도 없었다.

구덩이 속에 누워 있는 건 도코로의 말대로 비닐에 든 시신이었다. 흙 범벅이 되어서 불투명해진 비닐 가장자리에는 밀봉용 지퍼가 있었다. 아마도 이불 압축팩이 아닐까 싶었다. 비닐 속 시신은 부패가 꽤 진행되었고, 입은 옷에는 전체적으로 적갈색 액체가 스며들어 있었다. 그래도 다운재킷과 슬림진, 검은색 계열의 부츠를 착용했다는 건 알 수 있었다.

오자와 히리카가 실종 당일에 입었던 옷과 일치했다.

시신은 경찰서로 운반되어 즉시 검시를 마쳤다. 검시 결과, 오른쪽 옆머리에서 함몰 골절, 오른쪽 어깨에서 분쇄 골절이 확인되었다. 둘 다 강한 충격이 원인이었다. 입고 있던 다운재킷과 청바지 여기저귀서 긁히고 쓸린 흔적도 발견되었으므로, 높은 곳이나 주행 중인 차에서 떨어졌을 가능성이 고려되었다. 다만 사망한 지 오래된 탓에 그 자체가 사망 원인이었는지는 알 수 없었다. 사망 시점은 명확하지 않지만, 적어도 사후 3년 이상 지났다는 것이 검시관의 견해였다.

동생 모모카가 살해당한 것이 2년 전 1월. 즉, 요메가 숲에 묻힌 시체는 그보다 더 오래된 셈이다. 만약 시신의 정체가 오자와 히리카라면 동생보다 먼저 살해당했다는 뜻이다. 그렇다면 작년 말에 이웃 현에서 오자와 히리카의 스마트폰을 켠 사람은 물론 본인이 아니었다.

"두 분께 알려드릴 소식이 있습니다."

3

할머니가 등산로 쪽으로 걸어간 후, 신은 혼자 폭포 관람대에 서 있었다.

거짓말을 했다는 느낌이 온몸으로 퍼졌다. 그 중심에 있는 것은 **보통 사람**처럼 목이나 입이 아니라 오른손이었다. 아까 연필을 쥐었던 오른손. 할머니가 건네준 수첩에 터무니없는 거짓말을 적은 오른손.

"다시 말할 수 있게 해주세요."

사실은 두 번 다시 말을 못 해도 상관없었다.

자신이 쓸데없는 소리를 하는 바람에 삼촌이 목을 매어 죽었다. 그날부터 신의 입에서는 목소리가 전혀 나오지 않았다. 예전에는 어떻게 말했는지조차 기억이 나지 않았다.

하지만 사람을 죽인 벌이니 어쩔 수 없었다.

이유를 모르는 아빠와 엄마는 걱정하며 신을 온갖 병원에 데려갔지만 나을 리 없었다. 삼촌도 결국 30년 가까이나 말을 못 했다. 신도 사람을 죽였다는 사실을 매일 떠올리고, 매일 아무 말도 못 하고, 밤에는 꿈속에서 또 삼촌을 죽이고, 아침이 되면 그 꿈이 사실임을 깨닫는 삶을 살아갈 것이었다.

그것은 틀림없이 옳은 일이리라.

지난주 쉬는 시간에 욧치, 하타케, 다니유가 신의 자리로 왔다. 세 사람은 모레부터 사흘 동안 이어지는 연휴의 첫날, 부모님에게는 모란 축제에 간다고 거짓말하고 어딘가 멀리 자전거를 타고 놀러 가자고 제안했다. 신이 고개를 젓자 셋 다 순순히 물러나서 금방 다른 이야기를 꺼냈다. 화제는 다양한 방향으로 튀었지만, 가끔 신에게 "그렇지?"라는 둥 "맞지?"라는 둥 고개를 끄덕이거나 젓는 방식으로 대답할 수 있게 말을 거는 걸 잊지 않았다. 신이 대화에 낄 마음이 들도록. 그때뿐만 아니라 다들 언제나 그렇게 신을 배려해주었다. 신이 말을 못 해도 친구로 있어주었다. 하지만 만약 신이 말을 못 하게 된 이유를 안다면 어떨까. 분명 신을 살인자로 볼 것이다. 담력 시험에 관련되었던 자신들 역시 조금쯤은 살인자로 여기지 않을까.

그러니까 역시 말을 못 해서 다행이었다.

끝까지 말을 못 해도 상관없었다.

폭포 관람대 왼쪽을 보았다. 예전에 그쪽 계단 저편에는 대피소가 있었지만, 작년 여름방학 전에 철거되었다. 가쿠레이 마운틴 로드가 생겨서 필요 없어진 지 한참 되었고, 살인자가 시체를 숨긴 대피소를 이어받아 관리하려는 사람도 없었기 때문이리라.

바로 옆에서 폭탄이 영원히 폭발하고 있는 것 같은 물소리가 들려왔다.

대피소 관리인은 이 폭포의 용소에 뛰어들어 죽었다고 한다. 자신이 저지른 일을 견디지 못하고 목숨을 끊었다—당시 텔레비전 방송에서 누군가 그렇게 말했고, 아빠와 엄마도 비슷한 의견이었다. 그때 신은 통 이해가 되지 않았다. 죽는 건 절대로 싫다. 죽으면 전부 끝난다. 친구와 놀지도 못하고, 재미있는 만화도 못 보고, 생일도 크리스마스도 오지 않는다. 꼭꼭 숨겼으면 되었을 텐데 싶었다. 나쁜 짓을 했더라도 모두에게 비밀로 하고 시치미를 뚝 뗐으면 되었을 텐데.

하지만 지금은 이해가 간다.

무슨 수를 써도 도망칠 수 없는 사실에서 도망칠 방법은 단 하나뿐이다.

폭포로 다가가 젖은 바위 냄새를 맡으며 관람대 난간을 양손으로 잡았다. 한층 높아진 물소리가 온몸을 감쌌다. 아까 할머니가 폭포에 뭔가 소원을 빌었지만, 소원을 들어주는 신이 있을 리 없었다. 애당초 신은 어디에도 없다. 그렇기에 대피소 관리인은 소원을 비는 대신 죽었다. 자기가 바라는 바를 자기 힘으로 이루었다. 그럴수밖에 없었다. —하지만.

만약 정말로 폭포의 신이 있다면.

삼촌을 살려내주세요.

신은 속으로 중얼거렸다.

제가 죽을 테니 삼촌을 되살려주세요.

두 발로 풀쩍 뛰어올라 차갑게 젖은 난간에 배를 걸쳤다. 운동은 별로 잘하지 못했지만, 철봉 시험만큼은 늘 단번에 통과했다. 누구에게나 하나 정도는 잘하는 것이 있다. 마지막의 마지막에 와서 좋은 일이 하나 떠올라서 다행이었다. 이 용소에서 죽으면 영원히 물속에 가라앉아 있는 걸까. 아니면 조만간 떠오를까. 어쨌거나 누군가에게 발견될 때까지 아빠와 엄마는 집에 오지 않는 신을 걱정할 것이다.

하지만 어쩔 수 없다.

나쁜 짓을 해서 죄송합니다.

정말 좋아하는 사람을 죽여서 죄송합니다.

신은 자기 자신을 바치듯, 하얗게 물보라를 일으키는 폭포 쪽으로 몸을 내밀었다.

4

다음 날, 구마지마는 차를 몰고 미고오리 뉴타운으로 가는 길에 화분을 잔뜩 실은 소형 트럭과 마주쳤다. 내일부터 시작되는 모란 축제에서 판매할 상품이리라. 짐칸에 실린 색색의 모란은 오후 햇살을 받아 산뜻하게 빛났고, 트럭이 지나간 후에도 한동안 구마지마의 눈 속에서 흔들렸다.

경찰은 어제저녁, 요메가 숲에서 시신이 발견되었다는 사실을 언론에 공개했다. 시신은 "신원 불명"으로 발표했고, 이불 압축팩에 들어 있었다는 사실과 오자와 히리카가 실종 당일 입고 나갔던 옷과 복장이 비슷하다는 사실은 언급하지 않았다. 하지만 젊은 여성의 시신이라는 사실은 발표 내용에 포함되었으므로, 뉴스를 접한 지역 주민의 대부분이 오자와 히리카라는 이름을 떠올렸을 게 분명했다.

어제 오자와네를 나설 때, 구마지마는 히리카의 머리빗을 빌렸다. 그 머리빗에서 채취한 머리카락은 이미 현경 과학수사 연구소에 보낸 상태였다. 시신의 DNA를 감정하기 위해서라고는 하지만, 감정 작업은 아주 힘들 것으로 예상되었다. 시신의 부패가 진행되어서 피부와 근육, 장기 세포가 파괴되었고 모근도 남아 있지 않았기 때문이다. 따라서 뼈를 이용해서 DNA를 감정하기로 했지만, 이 방법은 결과가 나오기까지 짧아도 1주일, 경우에 따라서는 몇 개월이 소요되었다. 치아 대조도 동시에 부탁했으므로 그쪽 결과가 먼저 나올 가능성이 높았지만, 그래도 역시 1주일 이상은 필요할 것이었다.

다만—.

오자와 히리카의 시신일 가능성이 극히 높다.

요메가 숲에서 오자와 히리카의 배낭이 발견되었기 때문이다.

언론에 정보를 공개한 직후였다. 배낭은 폴리에틸렌 쓰레기봉투에 담겨 시신 바로 옆에 묻혀 있었다. 나일론 소재로 만든 팥색 배낭에는 현금과 카드가 든 지갑, 립밤, 핸드크림, 손수건, 그리고 오자와 히리카의 학생 수첩이 들어 있었다.

오자와 부부를 경찰서로 불러서 확인하자, 립밤과 핸드크림은 확실하지 않지만 나머지는 분명히 오자와 히리카의 소지품이라고 했다.

—저희는 히리카의 시체가 아니라고 믿어요.

경찰서를 나설 때 아버지는 그렇게 말했다. 옆에서 어머니도 고개를 살짝 끄덕였지만, 둘 다 공허한 시선을 허공으로 향한 채 구마지마의 얼굴을 보려고 하지 않았다.

그후 수사회의에서 도코로를 중심으로 수사방침이 논의되었다. 오자와 히리카의 물건으로 추정되는 유류품에서 알아낸 어떤 기묘한 사실에 관해서는 특히 신중하게 논의되었다.

쓰레기봉투는 묶인 상태로 땅에 묻혔는데도 불구하고, 그 안에 담긴 배낭은 흙투성이였다. 배낭 속 내용물에도 지퍼 틈새로 들어간 것으로 추정되는 메마른 흙이 묻어 있었다. 마치 원래 묻혀 있었던 배낭을 파내 쓰레기봉투에 넣은 뒤 다시 묻은 것처럼.

이유는 불확실하지만 이건 범인밖에 모르는 사실로서, 수사상 중요한 열쇠로 작용할 가능성이 컸다. 경찰에서는 당분간 배낭이 발견되었다는 점을 포함해 이 모든 사실을 언론에 발표하지 않기로 결정했다.

구마지마는 미고오리 뉴타운 중간쯤에서 차를 세웠다.

지금까지 몇 번이나 발걸음한 지기의 집에는 현재 아내 지에코 혼자 살고 있었다.

이곳을 찾아온 건 요메가 숲에서 발견된 시신에 대해 지에코에게 이야기를 듣기 위해서였다. 물론 전부 우연이라는 건 알고 있다. 작년 가을 지기 다카노리가 아들의 시신을 묻은 장소와 어제 아침 여자 시신이 발견된 장소가 둘 다 요메가 숲이었을 뿐이다. 두 살인범은 어디에 시신을 숨겨야 발견되지 않을지 고민했다. 그리고 둘 다 요메가 숲을 그 정답으로 선택했다. 지기 다카노리의 자백을 통해서 경찰은 다카시의 시신이 요메가 숲에 묻혔다는 걸 알았지만, 다카시의 시신을 찾던 도중에 다른 인물이 묻은 또 하나의 시신을 발견했다.

구마지마는 그러한 우연을 제대로 정리하고 넘어가고 싶었다.

그래서 이렇게 이곳에 왔다.

차에서 내려 초인종을 누르자, 잠시 후 안쪽에서 가만히 자물쇠가 풀렸다.

5

"뭔가 생각나시면 연락 주십시오."

구마지마 형사는 좌식 탁자 너머에서 마지막으로 그렇게 말하고 고개를 숙였다. 어느덧 해가 서쪽으로 기울어, 창문을 등진 구마지마 형사의 모습은 커다란 그림자처럼 변했다.

"남편분과 아드님에 대해서도……요메가 숲에서 발견된 시체에 대해서도요."

"그쪽은 정말로 아무것도 몰라요."

압니다, 하고 구마지마 형사는 고개를 끄덕인 후 벽 앞의 불단을 보았다. 불을 켜놓은 양초 두 개와 실 같은 연기가 피어오르는 선향. 구마지마 형사가 찾아왔을 때, 지에코는 그 앞에 앉아 영정사진 두 개를 바라보고 있었다. 위패는 남편의 것뿐이었다. 다카시는 장례식조차 치를 수 없었다.

"남편분과 같은 마음을 먹은 사람이 있었다. 단지 그뿐이라고 저도 생각합니다."

구마지마 형사는 일어나서 등을 돌렸다.

구마지마 형사는 요메가 숲에서 발견된 시체에 대해 이야기하러 왔다. 물론 지에코도 어젯밤 뉴스를 통해 알고 있었고, 다카시의 사건과 무슨 관계가 있는지 확인하기 위해 형사가 찾아오리라고 예상했다. 하지만 할 수 있는 말이 전혀 없어서 상대의 모호한 질문에 모호하게 대답했을 뿐이다. 구마지마 형사도 깊이 파고들지는 않앗고, 처음부터 끝까지 아무 의심도 하지 않는 태도로 일관하다가 이렇게 물러가려 했다……남편이 예상했던 대로.

"이만 실례하겠습니다."

지에코는 구마지마 형사의 차가 멀어질 때까지 바라보다가 현관문을 잠갔다.

거실로 돌아가지 않고 부엌에 들어갔다.

싱크대에 놓아둔 수면제 약통에서 알약을 꺼내, 물컵에 받은 수돗물로 삼켰다. 전부 생각대로 되었건만 도망치고 싶었다. 잠은 이루지 못하더라도, 하다못해 의식을 감싼 얇은 막을 몇 겹 덧발라서 현실을 멀리 떼어놓고 싶었다.

몸을 돌려 어두운 좌식 탁자 아래를 바라보았다.

—시신이 발견되지 않으면 돼.

그날 밤, 남편은 죽은 다카시를 묻기 위해 다다미와 바닥의 널을 걷어냈다.

그 직후부터 이상하다는 느낌은 들었다.

흙 표면이 울퉁불퉁하게 흐트러져 있었다.

둘이서 시선을 교환한 후, 남편은 납작 엎드려 곰팡내가 풍기는 방바닥 밑에 얼굴을 들이밀고 주위를 살폈다. 하지만 그럴 필요도 없이 딱 거기만 흙이 흐트러져 있음을 다다미에 꿇어앉은 지에코도 알 수 있었다.

살면서 방바닥 밑을 본 경험이 많지는 않았다. 남의 집은 물론, 자기 집 방바닥 밑을 본 것도 손가락으로 꼽을 정도였다. 40년 하고 조금 전, 미고오리 뉴타운에서 일제히 주택 건축이 진행되었을 무렵, 당시 살던 현영 연립주택에서 1주일이 멀다 하고 공사 진척 상황을 보러 왔다. 남편과 함께 아직 유치원생이던 다카시의 손을 잡고서. 그때 바닥 널이 깔리지 않은 상태도 보았는데, 흙은 다른 집들과 마찬가지로 평평하게 다져져 있었다. 이 집이 다 지어지고 나서 방바닥 밑을 본 건 그로부터 15년쯤 후, 업자에게 흰개미 방제 시공을 의뢰했을 때였다. 그때 작업원들은 거실 다다미와 바닥 널을 걷어내고 방바닥 밑으로 내려갔다. 당시 대학생이던 다카시는 약 냄새가 싫다며 2층으로 올라갔지만, 남편과 지에코는 투광기에 비친 방바닥 아래가 신기해서 함께 들여다보았다. 작업을 시작하기 전에도, 작업이 끝난 후에도 방바닥 밑의 흙은 분명 평평했다.

—시간이 없어.

몸을 일으킨 남편이 정원의 창고에서 삽을 가져왔다. 삽을 방바닥 밑에 꽂고, 파낸 흙을 옆으로 치우고, 또 같은 곳에 삽을 꽂고—그런데 어느 순간, 남편이 손을 딱 멈췄다. 남편은 삽을 내려놓고 목장갑을 낀 양손으로 흙을 파헤쳤다.

흙 속에서 나온 것은 팥색 배낭이었다.

—왜 이런 게…….

남편은 땀에 젖은 얼굴로 멍하니 중얼거린 후, 배낭 지퍼에 손을 댔다. 녹슨 지퍼가 흐리터분한 소리를 내며 열리자 전등 불빛이 배낭 속을 환히 비추었다.

지갑, 손수건, 립밤, 핸드크림.

흰색 스마트폰과 시가지에 있는 고등학교의 학생 수첩.

학생 수첩 표지를 펼치자 얼굴 사진이 나왔고, 그 밑에는 이름, 연락처, 주소, 생년월일이 적혀 있었다. 여학생의 얼굴과 오자와 히리카라는 이름을 본 순간, 기억 어딘가에서 소리가 났다. 하지만 누구인지 떠오르기 전에 남편이 다시 바닥 밑에 웅크려 앉았다.

—뭔가 더 있는데…….

배낭이 묻혀 있던 곳 밑에 마대 자루 같은 것이 있었다.

남편이 목장갑으로 표면을 문질렀다. 그것은 마대 자루가 아니라 흙을 뒤집어쓴 두툼한 투명 비닐이었다. 희미하게 비치는 비닐 안쪽으로 적갈색 액체에 잠긴 물체가 눈에 들어왔다.

남편은 고개를 돌려 바닥을 파기 시작한 뒤로 한 번도 마주치지 않았던 눈을 처음으로 지에코에게 향했다. 그때 두 사람은 자신들이 발견한 물체의 정체를 이미 깨달았다.

바닥에서 나온 것은 이불 압축팩에 든 인간의 시체였다.

시체는 적갈색 액체가 구석구석까지 퍼진 압축팩 한복판에 손발을 아무렇게나 내뻗은 모습으로 엎드려 있었다. 사방팔방으로 흩어진 긴 머리 사이로 보이는 목은 녹아내린 것처럼 살점이 뭉그러져서 뼈가 드러나 있었다. 이불 압축팩의 지퍼 모양이 낯익어서 지에코는 집에서 늘 쓰던 물건임을 금방 알아보았다.

지에코도 남편도 목소리조차 내지 못했다. 시체에 시선이 못 박힌 채, 온몸에서 요동치는 맥박에 맞춰 시야가 붉게 깜박거리는 것만 느껴졌다. 지에코는 다다미 위에서 사지가 뻣뻣하게 굳는 걸 의식하면서도 필사적으로 생각했다. 왜 시체가 바닥에 묻혀 있는 걸까. 언제부터 묻혀 있었던 걸까. 첫 번째 의문의 대답은 하나밖에 떠오르지 않았다. 이 집에 사는 사람은 세 명뿐이다. 자신들 부부의 기억이 이상해진 게 아니라면, 시체를 묻은 사람은 다카시다.

그럼 대체 언제 묻은 걸까.

짚이는 건 2년 전 1월이었다. 남편이 림프샘의 커다란 종양을 제거하기 위해 장기 입원했던 시기다. 남편은 자기가 입원한 동안 다카시의 폭력이 지에코에게 집중될까 봐 걱정이 되었는지 간병이라는 핑계로 지에코를 병실에 머물게 했다. 자신들 부부가 오랫동안 집을 비운 적은 그때 말고 한 번도 없었다.

—오자와 히리카…….

그때 갑자기 기억이 되살아났다. 학생 수첩에 적힌 그 이름은 병원에 머물 때 처음으로 들었다. 가쿠레이 산으로 향한 후 홀연히 자취를 감췄다는 모란 농가의 딸. 경찰이 열심히 찾고 있지만 발견되지 않는 모양이라고 간호사들이 잡담을 했었다. 그 기억이 되살아나는 것과 동시에 지에코는 또다른 사실을 알아차렸다. 다카시가 2층 창문으로 지리멸렬한 소리를 지르기 시작한 것도, 2년 전 1월에 자신들이 병원에서 돌아온 직후 아니었던가.

—전부……감추는 수밖에 없어.

그것이 그날 밤 남편이 내놓은 결론이었다.

만약 생각할 시간이 영원히 주어졌더라도 분명 똑같은 결론에 다다랐으리라. 다카시와 소녀 사이에 무슨 일이 있었는지는 모른다.

죽은 사람에게 물어볼 수는 없었다. 하지만 두 가지만은 분명했다. 바닥 밑에 시체가 묻혀 있었다는 것과 다카시가 그 일에 관여했을 가능성이 크다는 것.

　—다카시가 발견돼도 내가 잡혀가면 돼. 하지만 이것만큼은—.

　경찰에게 들켜서는 안 된다.

　—이 시체는 내가 다른 데로 옮길게. 언젠가 발견돼도 상관없어. 집 밖이기만 하면 경찰은 시체와 다카시를 관련지어 생각하지 않을 테니까……아니지.

　남편은 말을 끊고 바닥의 시체를 바라보았다. 남편의 옆얼굴에서 갑자기 공포와 당혹스러움이 사라지고, 대신에 애달픔이 그 자리를 차지했다.

　—분명……발견되는 편이 좋겠지.

　소녀의 부모를 생각하며 지에코는 남편의 말에 고개를 끄덕였다.

　이제 아이를 가진 부모로서 뭔가를 생각할 자격이 자신에게 없다는 걸 알면서도.

　이불 압축팩에 든 소녀의 시체는 정원 창고에서 가져온 피크닉 매트에 둘둘 말고 빨랫줄로 그 위를 묶었다. 배낭은 내용물이 상하거나 썩지 않도록 쓰레기봉투에 넣었다. 언젠가 시체가 발견되었을 때 누구인지 금방 알아낼 수 있도록.

　그후 남편은 소녀의 시체를 차에 싣고 요메가 숲으로 향했다. 또한 그곳으로 향하는 영상을 블랙박스에 남김으로써 경찰의 시선을 요메가 숲으로 유도했다. 방바닥 밑에 다카시를 묻었다는 사실을 숨기기 위해. 그리고 언젠가 소녀의 시체가 발견되기를 바라고서.

마침내 집으로 돌아온 남편은 복도에서 떨고 있던 지에코에게 속삭였다.

—시체는 이제 걱정할 필요 없어.

상황에 어울리지 않을 만큼 아주 평온한 목소리였다.

다카시의 몸은 남편이 가지고 돌아온 피크닉 매트와 빨랫줄로 감싸서 소녀가 묻혀 있었던 곳에 묻었다. 경찰은 지금도 그 사실을 모른 채 요메가 숲에서 다카시를 찾고 있고, 앞으로도 계속 찾으리라. 그리고 수색 작업을 하다가 소녀의 시체를 발견했음에도 다카시와 관련지어 생각하지는 않을 것이다. 아까 왔었던 구마지마 형사도 아무 의심 없이 돌아갔다. 아무도 진실을 모르고, 아무도 지에코의 죄를 눈치채지 못하고, 아무도 다카시의 죄를 심판하지 않는다. 전부 다 생각대로 되었다. 자신들이 바란 대로 되었다. 그렇건만—.

지에코는 어느 틈엔가 감긴 눈을 뜨고 휘청거리는 걸음걸이로 부엌을 나섰다.

거실로 돌아가 불단 앞에 꿇어앉았다. 선향에서 피어오르는 연기가 창문 쪽으로 천천히 흘러가다 창문 바로 앞에서 달아나듯 갑자기 사라졌다. 선향 연기를 잠시 눈으로 좇던 지에코는 불단 서랍을 열었다.

선향 상자와 나란히 놓아둔 흰색 스마트폰.

이 스마트폰에 다카시와 소녀의 연결고리가 저장되어 있을 가능성이 크다는 걸 남편도 지에코도 알고 있었다. 그래서 그날 밤, 스마트폰은 배낭에 도로 넣지 않았다. 다음 날 경찰이 집을 조사하러 왔을 때에는 장롱 안쪽에 숨겼고, 그후로 여기에 보관했다.

스마트폰은 배낭에 담긴 채 바닥 밑의 건조한 흙 속에 묻혀 있었으므로, 아직 작동하지 않을까 싶었다. 하지만 확인할 용기가 나지 않아 시간만 보내는 사이에 남편의 온몸이 암에 좀먹혔다.

—마지막으로 함께 확인해보자.

작년 말, 몹시 흐린 아침에 남편이 그렇게 제안했다. 지금 돌이켜보면 죽기 딱 한 달 전이었다. 자리에 누워서 보내는 시간이 많은 탓에 팔다리가 가늘어지고 얼굴이 수척해져 광대뼈가 튀어나왔지만, 지에코를 향한 두 눈에는 강한 결의가 담겨 있었다.

그때는 지에코도 최선을 다해서 망설임을 끊어내고 고개를 끄덕였다.

하지만 그게 잘한 짓인지 잘못한 짓인지는 지금도 모르겠다.

스마트폰 배터리가 남아 있을 리 없었으므로 지에코는 다카시가 사용하던 충전기를 찾아서 스마트폰을 충전했다. 그리고 오후에 남편과 함께 집을 나섰다. 이웃 현까지 이동한 건 스마트폰 전원을 켜면 경찰이 장소를 알아낼 수 있다는 이야기를 어디선가 들었기 때문이다.

버스와 전철을 갈아타고 이웃 현으로 넘어간 후, 또 전철을 갈아타고 몇 정거장 더 가서 내렸다. 이제는 역 이름도, 어느 동네였는지도 기억이 나지 않는다. 남편은 가끔 지에코의 팔과 어깨를 빌리면서도 시종일관 바른 걸음걸이를 유지했다. 땅거미가 내리기 시작한 낯선 동네를 조금 나아가자, 인적 없는 작은 공원이 있었다. 둘은 누가 먼저랄 것도 없이 화단 옆을 지나 공원으로 들어갔다.

그네 옆 벤치에 둘이 나란히 앉았다.

지에코는 가방에서 스마트폰을 꺼내 전원 버튼을 눌렀다. 아무 변화도 없어 이번에는 꾹 누르고 있자 화면에 제조사의 로고가 나타났다. 눈앞에서 소생한 스마트폰을 보고 있자니 손이 떨렸다. 그러자 남편이 아무 말 없이 스마트폰을 자기 손바닥으로 옮겼다. 그렇듯 남편은 언제나 모든 것을 떠맡아주었다.

비밀번호 입력 화면이 먼저 표시되었다. 다카시가 스마트폰을 사용하는 모습을 늘 보았으므로 물론 예상은 했고, 시험해볼 비밀번호도 둘이서 미리 정해놓았다. 그걸로 안 되면 포기하는 수밖에 없다는 생각이었다.

—딱 한 번만 해보자.

남편이 야위어서 홀쭉해진 손가락으로 0503이라는 숫자를 입력했다. 학생 수첩에 적혀 있던 소녀의 생일. 5월 3일은 헌법기념일이지만, 미고오리 시에서는 봄철 모란 축제가 열리는 날이기도 했기에 소녀의 생일은 두 사람의 기억에 똑똑히 남아 있었다.

스마트폰 잠금은 눈앞에서 허무하게 해제되었다.

해제되고 말았다.

해제된 화면에 네모난 아이콘이 가로세로로 나열되었고, 각 아이콘 밑에는 전화, 메일, 연락처, 사진 등의 글씨가 적혀 있었다. 그중 하나, 기하학적인 무늬가 조합된 인상적인 아이콘은 본 적이 있었다. 남편도 금방 알아차렸다.

　—다카시가 자주 열어봤던 그건지도 모르겠군.

　폭력을 두려워하며 지내던 시절, 다카시가 거실 좌식 탁자에서 스마트폰을 만지작거릴 때 자주 보던 화면에도 똑같은 로고가 있었다. 나중에 남편과 지에코는 신문과 텔레비전 뉴스를 통해 그것이 SNS라고 불리는 서비스임을 알았다.

　남편이 손가락으로 로고를 누르자 화면이 바뀌었다. 화면 위쪽에 'hirihiri'라는 이름. 그 옆에는 진홍색 한모란 사진. 다카시를 흉내 내며 남편이 화면을 위로 올려보내자, 사진 세 장이 나타났다. 날짜는 전부 2년 전 1월 8일, 그 소녀가 행방불명된 날이었다.

　이제부터 부모님께 효도.

　어느 모란 천맥에서 등을 돌리고 앉아 있는 여자의 모습.

　테리베아 선생님과 함께 돌아오고 싶은 것 같기도 하고, 함께 돌아오기 싫은 것 같기도 하고. ㅎㅎ

　온통 검은색인 동그란 안경, 사각모, 망토를 착용한 곰 인형.

　믿든지 말든지는 너한테 달렸지. ㅎㅎ

줄기가 도중에 수평으로 잘려나간 나무는 분명 가쿠레이 산 등산로 입구에 있는 커다란 은행나무였다.

무슨 의미가 담겼는지 알아내려고 사진을 한 장 한 장 유심히 들여다보던 남편이 화면 맨 위쪽에 봉투 모양 마크가 있다는 걸 알아차렸다. 그 자리를 건드리자 화면이 메시지를 교환하는 페이지로 바뀌었다. 대화를 나눈 이력이 있는 사람은 한 명뿐으로, 코스모스 꽃 사진을 사용하는 "taka"라는 사람이었다.

—다카시일까.

남편은 두 사람의 대화를 화면에 띄웠다.

오른쪽과 왼쪽에 각각 사각형의 말풍선이 줄을 지었다. 오른쪽이 'hirihiri', 왼쪽이 'taka'였다.

taka   올린 글 봤는데, 가쿠레이 산에 있나요?

hirihiri 지금 폭포 옆인데 큰일이에요. 캄캄하네요. 무섭……

taka   산길을 내려가는 건 위험해요.

        마운틴 로드 쪽으로 오면 차로 집까지 바래다줄게요.

hirihiri 음……미안한걸요. 자전거도 밑에 세워놨고……

taka   자전거도 차에 실을 수 있어요.

        마침 그쪽에 볼일이 있으니 데리러 가겠습니다.

hirihiri 죄송해요. 배터리 나가겠다.

taka   마운틴 로드에서 기다릴게요.

대화를 나눈 건 1월 8일 오후 5시가 되기 조금 전.

화면을 위로 올려보내 말풍선을 되짚어갔다. 두 사람이 처음으로 메시지를 주고받은 건 아까 전 대화로부터 한 달쯤 전이었다.

hirihiri 히리히리예요! 다카 씨 맞으세요?

taka   다카입니다. 메시지 감사해요.

hirihiri 다카 씨와 연락할 용도로 비밀 계정을 만들었어요……

taka   전화나 메시지 앱이 편하면 그쪽도 괜찮아요.

hirihiri 아직 만난 적 없으니까 좀 무서워서……죄송해요!

아직이라는 두 글자가 인적 없는 공원 구석에서 불길한 빛을 뿜어냈다.

그후 두 사람은 하루에 몇 번씩 메시지를 교환했다. 대화 내용을 통해 두 사람이 예전에 다른 곳에서 이야기를 주고받았음을 알 수 있었다. 그 장소는 서로에게 보내는 메시지에서 약칭 같은 영어로 가끔 언급되었다. 아마도 남녀가 만남의 장소로 이용하는 인터넷 공간이었으리라. 두 사람은 거기서 만나 메시지를 교환했고, 나중에는 이렇듯 다른 방법으로 연락을 주고받기 시작한 모양이었다.

그런데 이 taka라는 인물은 정말로 다카시일까.

대화를 훔쳐 읽는 동안 지에코의 마음속에서 거부감이 급속도로 부풀어 올랐다.

—아닌데, 우리 애가 아니야.

소녀와 메시지를 주고받은 인물은 다카시와 차이점이 많았다. 그 인물이 소녀와 다섯 살 차이고 회사를 운영하고 있다는 사실을 메시지에 적힌 내용으로 알 수 있었다. 또한 그는 자신이 금전적으로 윤택하다는 걸 문장 속에서 몇 번 암시했다. 다만 그 인물이 운영하는 회사가 '해외의 전자 장난감을 일본에 소개하는 회사'라는 점 등 다카시와 겹치는 부분도 있었다.

—아니……우리 애야.

남편이 속삭이듯 대꾸했다.

화면에 낯익은 물건이 나타났다. 물건을 옮기며 노는 장난감인지, 손바닥 밑에 타이어가 달린 무선 조종 자동차가 창가에 놓여 있었다. 지에코는 그 무선 조종 자동차를 다카시 방에서 몇 번 보았다. 사진 구석에 찍힌 연녹색 커튼도 다카시 방에 있는 것과 똑같았다. 사진에는 "곧 전국에 출시될 테니 기대해주세요"라는 메시지도 있었다.

다카시는 자신이 되고 싶은 모습을 연기했던 걸까.

그 말을 지에코는 입 밖에 꺼내지 않았다. 하지만 옆에서 남편이 느릿느릿 고개를 끄덕였다.

두 사람의 대화는 그후로도 친밀함을 키우면서 계속되다가 1월 8일에 뚝 끊겼다.

"마운틴 로드에서 기다릴게요"라는 메시지를 마지막으로.

—다카시가 찍힌 사진이 있을지도 몰라.

SNS 화면을 닫은 후 남편은 '사진'이라고 적힌 아이콘을 눌렀다.

정연하게 늘어선 수많은 사진들이 화면에 나타났다. 땅에서 자란 흰 버섯. 아무것도 없는 파란 하늘. U자로 얼어붙은 수건. 교복 차림으로 웃는 여학생 몇 명. 스스로 찍은 자기 얼굴. 소녀의 얼굴은 행방불명 당시 소식을 알린 뉴스, 그리고 학생 수첩에서 본 것과 똑같았다.

가로로 네 장씩 줄 맞춰 죽 늘어선 사진 가운데 다카시가 찍힌 사진은 없었다. 맨 아래에 있는 사진은 아까 본 사진이었다. 모란 천맥에서 등을 돌리고 앉아 있는 여자, 동그란 안경을 낀 곰 인형, 가쿠레이 산의 은행나무. 마지막 한 장은 아무것도 찍혀 있지 않고 새카맸다.

아니, 자세히 보자 오른쪽 아래에 '0:46'이라고 시간 같은 것이 표시되어 있었다.

―분명 영상이야.

비디오를 재생하는 남편의 손가락이 눈에 띄게 떨렸다.

화면에 깜깜한 영상이 재생되었다.

아무것도 비치지 않고 그저 소리만 나왔다.

날이 저물어가는 공원 벤치에서 남편과 지에코는 그 음성을 딱 한 번 들었다.

―……어디로 가는 거예요?

자동차가 달리는 소리와 소녀의 목소리.

―방향이 다른데요.

―차분하게 이야기를 하고 싶어서요.

선명하지는 않았지만 틀림없이 다카시의 목소리였다.

—돌려보내주세요.

—잠깐이라도 좋으니 이야기를 하고 싶어요.

—싫어요, 갈래요. 나이고 차종이고 순 거짓말뿐이잖아요.

다카시는 아무 말도 하지 않았다.

—내려주세요.

심지가 굳은 목소리. 하지만 다카시가 아무 대꾸도 하지 않자, 소녀는 같은 말을 어린아이같이 울먹이는 목소리로 되풀이했다.

—내려주세요.

자동차가 달리는 소리가 이어졌다. 잠시 후 그 소리가 갑자기 작아졌고, 그러기를 기다렸다는 듯이 문이 열리는 소리가 들렸다. 순식간에 엔진이 크게 윙윙거렸고, 뭔가 금이 가는 듯한 충격음이 잇달아 귀를 때리다가,

갑자기 정적이 찾아왔다.

빠르게 점점 커지는 발소리와 다카시의 드높은 절규.

—왜 나만—

다카시가 소리를 지르는 도중에 비디오가 끝났다.

소녀도 다카시도 죽은 지금, 실제로 무슨 일이 있었는지는 상상하는 수밖에 없었다.

가쿠레이 산에 있다가 해가 져서 난감해하는 소녀를, 다카시가 죽일 생각으로 데리러 간 건 아니었으리라. 비디오에서 본인이 말했듯이 그저 이야기가 하고 싶었던 것이 틀림없다. 만나면 그때까

지 자기가 거짓말을 했다는 사실이 들통날 것이었다. 그래도 찬찬히 이야기하면 받아들여주리라고 생각했을까. 어쩌면 계속 거짓말을 하려니 죄책감이 쌓여서 전부 솔직하게 털어놓고 싶은 마음에 가쿠레이 산으로 차를 몰고 간 걸까. 소녀가 다카시의 차에 올라탄 건 깜깜했기 때문인지도 모르고, 추웠기 때문인지도 모른다. 어쨌거나 소녀는 바로 다카시의 실상을 알게 되었다. 그리고 신변의 위험을 느껴 그 영상을 찍었다.

내려달라고 애원해도 다카시는 계속 차를 몰았다. 어디로 향했는지는 모르지만 빨간불에라도 걸렸는지 차가 속도를 줄이자, 소녀는 그 틈에 문을 열고 도망치려 했다. 다카시는 소녀가 도망치는 걸 막으려고 가속 페달을 밟았다. 차가 급발진하자 소녀는 냉큼 문이나 시트에 달라붙었는지도 모른다. 하지만 결국은 차에서 떨어져 땅에 내동댕이쳐졌다. 그 직후에 녹화가 끝난 건, 다카시가 카메라를 껐기 때문이 아니라 스마트폰 배터리가 다되었기 때문이리라.

지에코는 불단 서랍에서 꺼낸 스마트폰을 바라보았다.

검은 화면에는 늙은 자신의 얼굴만 비쳤다.

—당신 덕분에 좀더 오래 살았네. 고마워.

죽기 직전에 남편은 지에코에게 그런 말을 남겼다. 뺨을 살짝 끌어올려 미소를 지었고, 미소 지은 채 잠들더니 다시는 깨어나지 않았다. 그렇게 남편은 마지막까지 지에코가 끌어안은 죄를 조금이나마 덜어주려 했다.

하지만 이런 생각도 든다. 그날 밤 만약 자신이 식칼을 들지 않았다면—만약 남편과 함께 다카시에게 죽었다면 그런 식으로 아들의 죄를 알게 될 일은 없었다. 대체 어느 쪽이 더 좋았을까. 남편에게. 자신에게. 다카시에게.

이제 전부 끝내줘.

어떤 형태로든 상관없으니까.

지에코는 어제 묘진 폭포에서 빌었던 소원을 속으로 다시 말했다. 고개를 들자 선향에서 피어오르는 연기가 어째선지 아주 커 보였다. 이윽고 연기가 굉음을 내기 시작하더니 어느새 거대한 폭포로 바뀌었다. 지에코는 몸이 그곳으로 조금씩 빨려드는 기분이었다. 그와 동시에 지금까지 복용한 수면제가 일시에 몸을 지배한 것처럼, 의식이 갑자기 멀어졌다. 눈앞에 나타난 하얀 폭포가 암흑에서 빠져나가는 출구로 보여서 지에코는 소원을 빌며 그쪽으로 손을 뻗었다. 전부 끝내줘. 어떤 형태로든 상관없으니까 끝내줘. 가볍게 느껴지는 뭔가에 손이 닿았고 시야 아래쪽에서 오렌지색 불빛이 튀어오르듯 움직였지만, 그게 뭔지도 이제는 알 수 없었다.

6

지붕을 헤아리며 자전거 페달을 밟았다. 스물넷, 스물다섯, 스물여섯. 여기에 오는 건 처음이지만 좀더 새로 형성된 거리를 상상했다. 스물일곱, 스물여덟, 스물아홉. 예를 들면 부부가 아이를 데리고 떠들썩하게 오가는 거리를. 서른, 서른하나, 서른둘. 하지만 그건 단순히 '뉴타운'이라는 이름 때문이었다. 서른셋, 서른넷, 서른다섯. 생각해보면 이 주택지는 신이 태어나기 훨씬 전에 생겼다. 서른여섯, 서른일곱, 서른여덟, 서른아홉……마흔.

그다음부터는 자전거에서 내려서 손잡이를 밀며 나아갔다. 길옆에 자리한 집들은 전부 비슷하게 생겼다. 석양이 비치는 탓에 더욱 닮아 보여서, 마치 몇 번이나 되풀이해 나오는 애니메이션의 배경 같았다.

입구에 세워진 간판 모양 지도에 번지수가 적혀 있었으므로, 가려는 집이 어디 있는지는 알고 있었다. 똑바로 이어지는 이 골목의 오른쪽. 입구에서 마흔두 번째 집이니까 이제 두 집 남았다.

그건 그렇고 사람이 이렇게 없을 줄은 몰랐다. 입구에서 여기까지 오면서 누구와도 마주치지 않았고, 이제 해가 지면 더 조용해질 것이었다.

신은 뒷주머니에서 의료보험증을 꺼냈다. 표면에 땀이 묻어 있어 한 손으로 자전거를 밀면서 티셔츠에 문질러 닦았다. 남에게 빌린 물건은 제대로 된 상태로 돌려주라고 어렸을 적부터 배웠다. 이건 할머니에게서 빌린 게 아니지만, 빌린 물건이든 잃어버린 물건이든 다를 바 없으리라. 땀이 묻은 채로 돌려주면 싫을 게 뻔하다.

할머니가 의료보험증을 떨어뜨린 건 수첩을 꺼냈을 때였을까. 아니, 어쩌면 수첩 주머니에 들어 있던 걸 신이 떨어뜨렸을지도 모른다. 펼쳐진 수첩에 그 거짓말을 적었을 때.

폭포 관람대에 떨어진 의료보험증을 발견한 건, 곧 용소로 떨어지려는 순간이었다. 난간은 허벅다리보다 무릎 쪽에 가까웠고, 온몸이 거의 거꾸로 뒤집혔다. 바로 그때 난간 사이로 의료보험증이 보였다. 신은 정신없이 양팔과 양다리에 힘을 주어 벌레같이 난간에 들러붙었다. 그리하여 간신히 떨어지는 걸 모면한 후, 몸을 조금씩 옆으로 회전시키고 다시 난간을 넘어 폭포 관람대로 돌아왔다.

의료보험증을 돌려줘야 한다는 생각이었다.

그래서 오늘 이렇게 미고오리 뉴타운까지 자전거를 타고 왔다.

어쩌면 죽지 않기 위한 핑계였는지도 모른다. 하지만 이 의료보험증을 할머니에게 돌려주면 그 핑계도 없어진다. 의료보험증을 돌려준 후, 어제처럼 자전거를 타고 다시 가쿠레이 산으로 갈 작정이었다. 그쯤에는 길이 캄캄해지겠지만, 마운틴 로드는 달리기 편하니까 별문제 없었다. 그 길로 산 중간까지 가서 좁은 산길을 따라가면 묘진 폭포에 도착한다. 그리고 이번에는 거기에 의료보험증이 없다.

마흔두 번째 집에는 분명 '지기'라는 문패가 달려 있었다.

마지막으로 한 번 더 의료보험증의 이름과 비교해본 후, 신은 초인종을 눌렀다.

아무도 나오지 않았다.

정원 쪽에 방충망이 있었다. 커튼 틈새로 불빛이 보이는 걸로 봐서 사람은 있는 듯했다. 신은 현관문으로 고개를 돌려 한 번 더 초인종을 누르려다, 마치 누가 고개를 멋대로 비튼 것처럼 다시 창문쪽을 보았다.

불빛이 이상했다.

묘하게 붉은 데다 커튼 틈새에서 맥박이 뛰듯 움직였다.

현관 앞에서 물러나 창가로 다가갔다. 그곳만 다른 세상으로 느껴질 만큼 공기가 뜨거웠다.

신은 소리 없는 비명을 지르며 방충망을 옆으로 열었다. 커튼을 젖히자 불타는 방이 눈에 들어왔다. 다다미에서 불길이 솟아오르고 있었다. 사방으로 기어간 연기가 벽에 부딪혀 천장으로 뻗어나갔다. 불단 앞에 쓰러진 사람은 어제 만났던 할머니일까. 신은 뜨거운 공기를 가슴 가득 들이마시고 고함을 치려 애썼지만, 목구멍에서는 아무 소리도 나오지 않았다. 고함을 치는 대신 신은 방으로 뛰어들었다. 방 안의 공기는 믿기지 않을 만큼 뜨거웠고, 피부가 몽땅 벗겨진 것처럼 온몸이 아팠다. 방 안쪽의 불길은 더 거셌지만, 검붉은 불길이 부풀어오르면서 앞쪽으로도 불이 번졌다. 뒤틀린 불길과 연기가 다다미와 방석을 삼키며 점점 발아래로 기어왔다. 그래도 신은 마음을 단단히 먹고 불길을 풀쩍 뛰어넘었다. 할머니 곁에 넘어져서 납작 엎드린 채 어깨를 흔들었다. 잠든 건지 기절한 건지 알 수 없었다. 팔을 잡아당겼지만 초등학생 혼자서 옮길 수 있을 만큼 가볍지 않았다. 할머니가 오른손에 스마트폰을 쥐고 있길래 신은 재빨리 그걸 빼냈다. 부모님이 사용하는 것과 같은 기종이었다. 스마트폰으로 119에 신고하려 했지만 전원이 꺼져 있었다. 버튼을 눌러도 반응이 없었다. 아니, 설령 스마트폰이 켜진들 말도 못 하는 자신이 어떻게 불이 났음을 알린단 말인가. 절망과 함께 뒤를 돌아보았다. 방금 뛰어넘은 불길이 더욱 커져서, 저쪽으로는 절대로 돌아갈 수 없음을 한눈에 알 수 있었다. 현관 쪽은 더 높은 불길이 벽처럼 막아섰고, 왼쪽 부엌은 시커먼 연기로 가득했다. 사람을 죽이고 싶지 않다. 다시는 죽이기 싫다. 불길과 연기에 휩싸인 채 신은입을 크게 벌렸다. 목소리가 나오게 해주세요. 다시는 쓸데없는 소리를 지껄이지 않을 테니 고함을 지를 수 있도록 목소리가 나오게해주세요.

7

구마지마는 어젯밤 경찰서에서 수사 보고서를 작성한 직후, 지기의 집에서 불이 났다는 사실을 알았다.

도코로가 자기 자리에서 소리를 빽 지르길래 보고서를 들고 가보았는데, 컴퓨터 화면에 미고오리 시 소방국 홈페이지가 떠 있었다. 시내의 재해 정보를 확인하는 건 도코로의 일상적인 습관이고 화면에 표시된 것도 익숙한 웹페이지였지만, 항목별로 표시된 '화재 및 사고 발생 정보'를 보고 구마지마도 무심코 소리를 질렀다. 오후 6시 44분에 화재가 발생했다는 현장의 주소가 지금까지 몇 번이나 수사 보고서에 써넣은 지기의 집 주소였기 때문이다.

분명 그 시각에 구마지마는 차를 운전하며 소방차 사이렌 소리를 들었다. 하지만 설마 그 소리가 방금까지 자기가 있었던 집으로 향할 줄은 꿈에도 몰랐다. 지기의 집에서 지에코와 이야기를 나눌 때, 불단에 촛불을 켜놓은 게 기억났다. 화재가 발생한 자세한 정황은 모르지만, 어쩌면 그게 화재의 원인이었을지도 모른다. 만약 자신이 돌아갈 때 촛불을 잘 끄라고 한마디라도 덧붙였더라면—.

"아, 죄송합니다."

옆에서 튀어나온 소년이 허리에 쿵 부딪혔다.

"아냐, 미안. 내가 조심하지 않은 탓이야."

얼굴 앞에다 손바닥을 세워 사과한 후, 소년의 뒤쪽을 보았다. 알고 보니 미고오리 종합병원의 정면 입구가 그쪽에 있었다. 뒤편에 있는 주차장에서 건물을 돌아서 왔는데, 생각에 열중하다가 하마터면 지나칠 뻔했다.

소년은 머리를 꾸벅 숙이고 부랴부랴 주차장 쪽으로 향했다. 거기에는 다른 소년 두 명이 따분하다는 듯한 표정으로 각자 자전거에 걸터앉아 있었다. 한 명은 몸이 통통하고, 한 명은 뽀얀 피부에 몸이 홀쭉했다.

"많이 기다렸지, 미안. 다니유는?"

소년이 묻자 두 소년은 잇달아 대답했다.

"아직."

"아, 왔다, 왔다."

네 번째 소년이 자전거를 타고 다가오는 모습을 힐끗 바라본 후, 구마지마는 수국 사이에 있는 병원 유리문을 통과했다.

로비를 지나 안내데스크로 향했다. 오래 알고 지낸 나이 든 의사가 장난스레 경례하며 다가왔다. 구마지마의 할아버지, 할머니가 아플 때 늘 진찰해주는 의사였다. 할아버지, 할머니는 그저 '선생님'이라고 부르고, 방침인지 덜렁거리는 성격인지 흰색 가운에 이름표를 달고 다니지 않으므로 여태 이름은 모른다.

"구마지마 씨, 방금 히어로와 부딪쳤어요."

"누구요?"

히어로라고 한 번 더 말하며 의사는 가지같이 생긴 코로 유리문을 가리켰다.

몇 초 생각한 후에야 구마지마는 겨우 이해가 갔다.

"아아……저 아이가."

어젯밤 지기의 집에서 불이 났다는 사실을 알게 되자마자 구마지마와 도코로는 차를 타고 현장으로 달려갔다. 탄내가 진동하는 집 앞에는 근처 사람들이 옹기종기 모여 있었다. 그들의 이야기에 따르면 초등학교 고학년쯤 되는 소년이 화재를 맨 먼저 알아차렸다고 한다. 그 아이가 계속 고함을 질러서 인근 주민들도 이변을 알아차렸다는 모양이다. 황금연휴를 이용해 본가에 와 있던 이웃집 남자가 열려 있던 창문으로 지기의 집에 뛰어들어 쓰러진 지기 지에코와 그 옆에서 고함을 지르는 소년을 발견했다. 남자는 연기가 자욱한 부엌에 들어가서 뒷문을 열고 소년을 밖으로 내보낸 후, 지기 지에코도 구출했다.

얼마 후 다른 주민이 부른 소방차가 도착해 진화 작업이 시작되었다. 화재 피해는 1층 부분에 국한되었고, 따라서 집을 재건축할 필요도 없을 듯했다. 전부 소년이 빨리 눈치챈 덕분이라고 인근 주민들은 기뻐했다. 진화 작업이 끝나자 소년은 무서워서인지 안심해서인지 소리 내어 울면서도 소방대원의 질문에 열심히 대답한 후, 데리러 온 부모님의 차를 타고 돌아갔다고 한다.

"아까 그 히어로는 자기가 구한 사람을 만나러?"

물어보자 의사는 어중간하게 고개를 끄덕였다.

"만나러 왔달까, 물건을 돌려주러 왔다고 했어요. 어젯밤 불이 꺼진 후에, 손에 쥔 채로 가져간 물건을 돌려주러 왔다나."

"뭔데요?"

"뭔지는 모르지만 화재로 망가지지 않아서 다행이라고 기쁜 표정으로 말했어요. 입원해 있는 동안 필요할 거라면서."

의사는 안경을 코 쪽으로 내리고는 구마지마의 얼굴을 빤히 쳐다보았다.

"오늘은 할아버님, 할머님 때문에? 아니면 마침내 본인한테 탈이 나셨나?"

구마지마는 한 손에 든 종이봉투를 벌려서 속을 보여주었다. 다양한 종류의 거베라가 담긴 등나무 꽃바구니를 오는 길에 꽃집에서 샀다. 무슨 꽃을 가져가면 좋을지 몰랐지만, 나이가 지긋한 여자를 병문안하러 간다고 하자 점원이 추천해주었다.

"히어로가 구해준 분을 병문안하러 왔습니다."

안내데스크에서 접수를 마치고 병실이 있는 2층으로 향했다.

계단참에서 시민운동 공원이 보였다. 공원 안쪽 둘레를 따라 설치된 수많은 텐트가 눈에 들어왔다. 오늘부터 봄철 모란 축제가 시작된다. 아까 그 소년들도 축제장에 갈 예정이었는지 모른다. 축제장에는 볶음국수, 돼지고기 된장국, 동그란 미니 카스텔라 등등을 파는 노점이 설치되므로 모란을 사지 않는 아이들도 재미있게 놀 수 있다.

손목시계로 시간을 확인했다. 9시 58분이었다. 축제는 10시부터 시작되지만, 축제장 스피커에서는 이미 「올해의 모란은 좋은 모란」이 흘러나오고 있었다. 이대로 온종일, 그것도 사흘 내내 틀어놓을 테니까 이 병원 직원과 환자들은 노래를 듣다 진절머리가 나지 않을까.

2층에 도착해 방 번호를 보며 걸음을 옮겼다.

지기 지에코의 병실은 복도 중간쯤에 있었다. 문을 두드리고 기다렸지만 대답은 없었다. 한 번 더 두드렸지만 병실 안은 쥐 죽은 듯이 고요할 따름이었다.

구마지마는 지나가던 젊은 간호사를 불러 세웠다.

"병문안을 왔는데요. 문을 두드려도 대답이 없어서요."

모호하게 설명하자 간호사는 안에다 가볍게 말을 건 후, 문을 옆으로 슥 밀어서 열었다. 그리고 총총히 안으로 들어갔다가 바로 나와서 "주무시고 계시네요" 하고 알렸다.

"어디서 기다리다 오는 편이 나을까요?"

"아침 일찍 진정제를 드시고 잠드신 거라, 언제 일어나실지 모르는데요.”

“꽃을 가져왔는데요……."

“창가의 서랍장이나, 침대 옆 상두대에 놓고 가시면 어떨까요?”

“상두대요?”

“텔레비전이나 일용품을 놓아두는 받침대요. 병실에 흔히 있는 건데요. 평상 상床 자에 머리 두頭 자를 써서 상두대. ”

“아아, 그거.”

간호사가 갑자기 숨을 토해내듯 쿡 웃길래 무식한 면회자를 비웃는 줄 알았는데, 그게 아니었다.

“죄송해요. 방금 똑같은 이야기를 했던 게 생각나서.”

“혹시 초등학교 남학생?”

“네, 맞아요.”

아는 사람이냐고 묻길래 건너 건너 아는 사이라고 적당히 대답한 후, 구마지마는 간호사에게 감사 인사를 하고 병실로 들어갔다.

베이지색 커튼이 햇빛을 옅게 퍼뜨려서 병실 전체가 희읍스름하게 빛나는 것처럼 보였다. 지기 지에코는 그 청결한 빛의 구석에 잠들어 있었다. 숨을 쉴 때마다 이불이 천천히 위아래로 움직였고, 표정은 지금까지 보았던 지기 지에코의 표정 중에서 가장 평온해 보였다.

종이봉투에서 꽃바구니를 꺼내 창가의 서랍장 위에 내려놓았다. 상두대에 놓아두면 잠든 사이에 바로 옆까지 왔다는 걸 알고, 깨어났을 때 불쾌하게 여길지도 모른다.

커튼을 젖히고 바깥을 내다보았다. 여기서도 시민운동 공원이 잘 보였다. 입구를 안전 고깔로 막아놔서 아직 손님은 안으로 들어가지 못하지만, 이미 사람들이 몇 명 모여 있었다. 좋아하는 모란이 다 팔리기 전에 구입하려고 개장을 기다리는지도 모른다.

—모레면 히리카는 스무 살이 됩니다.

이틀 전, 오자와 히리카의 아버지가 한 말이다.

요메가 숲에서 발견된 시신의 치아 대조와 DNA 감정 결과는 아직 나오지 않았다. 하지만 조만간 나올 결과는 아마도 오자와 히리카의 부모가 가장 듣기 싫은 쪽에 해당하리라.

작년 겨울, 묘진 폭포에 두 손을 모았던 게 기억났다.

—뭐라고 소원을 비셨는데요?

낙엽을 쓸던 오쓰키의 질문에, 당시 구마지마는 솔직하게 대답했었다.

—제가 사건을 해결하게 해달라고 빌었습니다.

하지만 지금도 그 소원은 이루어지지 않았다. 해결하기는커녕 행방불명된 오자와 모모카는 무참하게 얼어붙은 상태로 발견되었고, 요메가 숲에서는 오자와 히리카로 추정되는 시신이 나왔다. 한편 계속 수색 중인 지기 다카시의 시신은 발견될 낌새가 전혀 없었다.

가쿠레이 산으로 향한 후 자취를 감춘 오자와 히리카. 그로부터 1년 후 가쿠레이 산에서 살해된 오자와 모모카. 두 사람도 폭포 앞에 섰을까. 두 손을 모으고 뭔가 소원을 빌었을까. 그 소원은 이루어졌을까. 창밖에 펼쳐진 공휴일의 거리, 원근법에 따라 소실점으

로 수렴되는 풍경 끝에 신록으로 가득한 가쿠레이 산이 우뚝 서 있
었다. 묘진 폭포가 있는 산중턱을 바라보고 있자니, 시민운동 공원
입구에서 안전 고깔이 치워지고 기다리던 손님들이 하나둘씩 안으
로 들어갔다. 눈부신 햇빛을 받아 부옇게 흐려진 그 광경을 구마지
마는 잠시 바라보았다.

옮긴이의 말

마지막 1페이지가 알려주는 또 하나의 '진상'을
당신은 이번에야말로 알아차릴 수 있을까˙

실제 '사진'을 활용한 『절벽의 밤』으로 추리소설의 형식과 반전에 새로운 지표를 제시한 미치오 슈스케가 시리즈 제2편 『폭포의 밤』으로 돌아왔다. 언제나 이 이상의 엔딩은 없다는 마음가짐으로 소설을 집필하므로 여간해서는 속편을 쓰지 않는다는 미치오 슈스케지만, 사진의 활용법에서 느낀 가능성을 더욱 추구하기 위해 속편을 썼다고 한다.

전작 『절벽의 밤』과 마찬가지로 『폭포의 밤』도 각 단편의 마지막 페이지에 들어간 사진이 숨겨진 진상을 찾는 열쇠다. 사진을 염두에 두지 않고 읽어도 재미있는 작품이지만, 사진을 제대로 해석하면 더 큰 재미가 찾아온다.

『절벽의 밤』보다는 사진에 담긴 의미를 이해하기 쉽지만, 이번에

˙ 작품의 트릭을 언급하고 있으니 반드시 본문을 먼저 읽고 나서 읽어주시기 바랍니다.

도 역자 후기에 나름대로 해석을 써보기로 하겠다.

제1장 "묘진 폭포에서 소원을 빌어서는 안 된다"는 산장 관리인 오쓰키가 오자와 히리카를 살해해 산장의 냉동고에 숨겼고, 히리카의 동생 모모카가 냉동고에서 언니의 시체를 발견한 내용으로 오해하기 쉽다. 하지만 사실 모모카 시점과 오쓰키 시점으로 교차 진행되는 이야기에는 1년의 시차가 있다(모모카의 시점이 1년 전, 오쓰키의 시점이 1년 후).

산장 관리인 오쓰키는 해마다 눈으로 띠 동물을 만들어서 산장 문 옆에 장식하는 습관이 있다. 모모카 시점에서는 산장 문 옆에 눈으로 만든 '쥐'가 놓여 있다. 즉, 모모카 시점의 이야기는 쥐띠 해에 진행된 것이다. 여기서 제1장의 마지막 페이지에 들어간 사진이 중요해진다. 이 사진은 오쓰키가 밤에 산장 밖으로 나가서 찍은 사진이다. 보면 알다시피 문 옆에 장식된 띠 동물은 '소'다. 즉 오쓰키 시점의 이야기는 소띠 해에 진행된 것이다.

정리하면 언니를 찾아 산장을 방문한 모모카는 쥐띠 해에 살해당해 산장의 냉동고에 보관되었고, 따라서 소띠 해에 산장의 냉동고에 들어 있던 시체는 히리카의 시체가 아니라 모모카의 시체다. 여기서 독자는 두 가지 의문이 생길 것이다. 첫 번째 의문은 모모카가 산장에 숨어들었을 때, 냉동고 속에 있었던 시체는 무엇인가? 나중에 밝혀지지만, 그건 오쓰키의 아버지가 오쓰키 몰래 죽여서 냉동고에 보관해둔 오쓰키의 어머니 시체다.

두 번째 의문은 모모카는 언제 왜 죽었는가? 산장에 숨어들었다가 도망치던 모모카는 폭포 관람대에서 넘어져 위기에 처한다. 이때 모모카가 폭포에 소원을 비는 척 위장해서 오쓰키를 속였다고 받아들인 독자도 있을 것이다. 책 첫머리에 있는 사진을 한번 보자. 더플코트를 입은 이 소녀는 바로 모모카다. 자세히 보면 손가락이 '아홉 개'라는 것을 알 수 있다. 냉동고 문틈에 끼어서 손톱이 빠진 오른손 중지를 다른 손가락 밑에 감춘 것이다. 오쓰키는 이 사진을 통해 모모카가 산장의 냉장고에 숨어 있었음을 확신하고 목 졸라 살해한 것이다.

모모카와 오쓰키의 이야기에 1년의 시차가 있다는 사실을 알려주는 단서는 본문에서 더 찾아볼 수 있다. 모모카 시점에서는 작년에 폭포가 얼지 않았지만, 오쓰키 시점에서는 올해도 폭포가 얼어붙었다(작년에도 폭포가 얼어붙었다는 의미)는 내용의 방송이 나온다. 오쓰키 시점에서는 냉동고의 선반을 떼어낸 상태지만, 모모카 시점에서는 선반이 달려 있다. 오쓰키 시점에서는 폭포 관람대의 낙엽을 청소했지만, 책 첫머리의 사진에는 낙엽이 마구 흩어져 있다. 어쩌면 이것 말고 단서가 더 있을지도 모르겠다.

제2장 "머리 없는 남자를 구해서는 안 된다"에서 신은 삼촌이 다니유를 소형 트럭으로 치어서 죽인 걸로 오해했지만, 다니유가 살아 있음을 알고 삼촌에게 사과하러 간다. 여기서 마지막 페이지의 사진을 살펴보자. 삼촌은 자기가 만든 인형에 점프슈트를 입혔고, 손발은 그냥 둥그렇게 꿰매놓았을 뿐이다. 하지만 사진 속 목매달린 남

자는 운동복 차림에 손가락도 있다. 즉, 사진 속 남자는 인형이 아니라 목을 매어 자살한 신의 삼촌이다.

그렇다면 신의 삼촌은 왜 자살했을까? 신은 다니유가 죽은 줄 알고 삼촌에게 "혹시……죽인 거야?" 하고 물어본다. 하지만 다니유가 죽지 않은 걸 알고 있던 삼촌은 신이 과거의 사건을 물어본 것이라고 착각한다. 강에 빠진 아버지의 손을 뿌리쳐서 죽게 만든 일이 조카에게 들통났다고 생각한 삼촌은 죄책감에 못 이겨 자살한 것으로 보인다.

제3장 "그 영상을 조사해서는 안 된다"에서 형사들은 유기된 다카시의 시신을 찾기 위해 요메가 숲을 뒤지지만 난항을 겪는다. 다카시의 아버지 지기 다카노리는 아들이 가장 좋아했던 꽃 아래 잠들어 있지만 꽃 이름이 뭔지는 절대로 가르쳐주지 않겠다고 다짐한다.

그럼 이 꽃은 과연 뭘까? 제3장의 결말부에서 지기 다카노리와 지에코 부부는 아들이 잠든 곳을 내려다보며 이야기를 나눈다. 그런 부부의 얼굴에 푸르스름한 불빛이 희미하게 비치고, 다카시의 목소리가 들리는 것을 알 수 있다. 이건 환각이나 환청이 아니라 마시코 마을에 놀러 갔을 때 찍은 홈비디오를 틀어놓았기 때문이다. 제3장의 마지막 페이지에 들어간 사진을 보면 다카시가 몸이 푹 빠진다고 즐거워하며, 제일 좋다고 말한 꽃이 '코스모스'임을 알 수 있다. 그럼 코스모스가 딱 한 송이 있는 곳은 어디일까? 지기 부부의 거실이다. 좌식 탁자의 꽃병에 코스모스가 한 송이만 꽂혀 있다.

문맥상으로는 지기 다카노리가 아들을 요메가 숲에 묻은 것처럼 보이지만, 지기 부부는 죽은 아들 다카시에 대해 언급할 때 '시체'라는 표현을 쓰지 않는다(아들의 시신이나 다카시의 몸이라고 표현). 즉 지기 다카노리가 묻은 '시체'는 다른 사람임을 알 수 있다.

제4장 "소원 비는 목소리를 연결해서는 안 된다"의 끝부분에 들어간 사진을 보면 모모카가 전화를 걸었음을 알 수 있다. 당연히 죽은 모모카가 건 전화는 아니고, 기기만 변경한 모모카의 아버지가 큰딸 히리카가 받기를 기대하며 건 전화다. 즉, 사진 속 스마트폰은 지기 지에코가 보관하고 있었던 히리카의 스마트폰임을 알 수 있다. 신이 화재가 발생한 지에코의 집에서 무심코 들고 온 스마트폰을 병원에 가져다준 것이다. 덧붙여 신은 빌린 물건은 제대로 된 상태로 돌려주라고 부모님에게 배웠다. 그래서 배터리가 다 떨어진 히리카의 스마트폰을 충전해서 돌려준 것이다.

한편 제4장에서는 폭포에 빌었던 사람들의 소원이 이루어진다. 신은 다시 말할 수 있게 되었고, 형사 구마지마는 신 덕분에 사건을 해결할 수 있게 된다. 그리고 지에코는 사건이 발각되어 (어떤 형태로든) 끝을 맞게 된다. 폭포에 직접 소원을 빌지 않았던 오자와 부부의, 히리카가 무사히 돌아오게 해달라는 소원만 이루어지지 않은 것이 참으로 아이러니하다.

여기까지가 번역자가 해석한 사진과 소설의 내용이다. 어쩌면 번역자와는 다르게 해석한 독자도 있을지 모르겠다. 하지만 전혀 상관없다. 그게 바로 미치오 슈스케가 독자에게 선사한 '체험형 미스터리'의 묘미니까.

 미치오 슈스케는 각 단편을 쓸 때마다 3킬로그램은 빠졌을 정도로 『폭포의 밤』 집필 작업이 힘들었지만, 언젠가 시리즈 3편을 쓰고 싶다고 한다. 벌써 그날이 기다려진다.

2023년 가을
김은모